一蓑一笠一扁舟

于光杰 著

吉林人民出版社

图书在版编目(CIP)数据

一蓑一笠一扁舟 / 于光杰著. -- 长春：吉林人民
出版社，2020.10（2024.1重印）
ISBN 978-7-206-17676-0

Ⅰ.①一… Ⅱ.①于… Ⅲ.①随笔–作品集–中国–
当代 Ⅳ.①I267.1

中国版本图书馆 CIP 数据核字(2020)第 212302 号

责任编辑:郝晨宇
装帧设计:绿风文化

一蓑一笠一扁舟YI SUO YI LI YI PIANZHOU

著　　者:于光杰
出版发行:吉林人民出版社(长春市人民大街 7548 号　邮政编码:130022)
咨询电话:0431-85378007
印　　刷:北京一鑫印务有限责任公司
开　　本:787mm×1092mm　　　　1/16
印　　张:14　　　　　　　字　　数:204 千字
标准书号:ISBN 978-7-206-17676-0
版　　次:2020 年 10 月第 1 版　　印　　次:2024 年 1 月第 2 次印刷
定　　价:48.00 元

如发现印装质量问题,影响阅读,请与出版社联系调换。

于光杰作《一蓑一笠一扁舟》小引

郝永勃

于光杰的《一蓑一笠一扁舟》（又名《新城旧事》）书稿，放在我的书桌上，已有两个月了。

为文友写序跋，不是一件简单的事。越是看重的人和事，越不容易下笔。

因为一部书，唤醒了许多沉睡的记忆。我们第一次见面大概是在1995年，在柳泉路淄博日报的办公楼上。那时的他还在淄博师专中文系读书，是学生会的宣传部长。那时的师专也已并入山东理工大学了。

他毕业后，在求职的过程中，有人评价他："学历不高，只是专科。长得黑，个子矮，说话口吃。"其实，二十多年前的专科，学历也不算低了。而且，他的高考成绩是过了本科线的，只是阴差阳错地上了个专科。但他为人好，爱读书，写得好。

被录用后他有了属于自己的平台。不论是职业，还是爱好；不论是八小时以内，还是八小时以外，好运一直伴随着他。

人和人最大的差别，要看他工作之余在做什么，看他生存、温饱之后在干什么，看他读什么书、和谁交往。

他的《一蓑一笠一扁舟》，字如其人，文也如其人。一叶知秋，一蓑一笠一扁舟。一、这是一部有史料价值的随笔集。根扎在桓台新城，从陈年旧事中挖掘新意。他娓娓道来的是历史名人的掌故，是地域文化的传说。二、以小见大是他写作的切入点。放弃大而化之的概念,从小处写起,在拥有史料的前提下,有感悟,有生发。尽可能少一点前人的成见,多一些自己的见解。从小我中见大我,有身心的融入,使人读起来不隔。三、他的阅读史,他的成长史。晒一晒自己读过的书,看看是厚重还是浅显,梳理一下自己的经历,有泥泞中的脚印,有渐行渐远的背影。

一部二十多万字的书稿,灵感来自哪里?创作的动力又源自哪里?其中的辛酸,其中的甘苦,其中的喜怒哀乐……是什么东西在支撑着他?才力、学问、性情,这三点缺一不可。写作者的劳动果实,需要的是能力——积累知识的能力,触类旁通的能力,学以致用的能力。步入中年的他,日积月累,年复一年,"半耕半读"的生活中,正在兑现着自己青年时代的承诺。

《一蓑一笠一扁舟》是他的第一部著作,是对过去岁月的总结,是对未来的憧憬。第一次出版自己著作的幸福感,用语言难以表达,的确,只可意会,难以言传。那是自己心血的结晶,自己的骨肉,自己生命的一部分,自己的精神家园,自己的爱……

就在今年春天的一个下午,他来我的办公室,有时坐在我的对面,有时站在我的对面,我们漫无边际地聊着天,我也不时地打量着他。我在心里想,二十五年转瞬即逝,他似乎变化不大。他长得黑吗?我比他也白不到哪里去。他个子矮吗?我比他也高不了多少。他口吃吗?他侃侃而谈的样子,像他的文笔一样流畅。

人是感性动物,对一个人感兴趣,自然对他的文章感兴趣;反之,对他的文章感兴趣,也会引起对他这个人的兴趣。

我们生活在同一座城市,单位之间只相隔几条街道,并不遥远。因为各自都在忙,平时交往并不多。倘若没有读书、写作的爱好,也可能形同路人。但对他这个人,我记忆中是有好感的,那是属于内心温情的存在。

说句心里话,人这一辈子,能出一部书,就像种活了一棵树,就像养育了一个孩子,是有成就感的大事。

想象着多少年以后,当有人翻开于光杰的《一蓑一笠一扁舟》,

他，或者她，会不会像推开一扇门，打开一扇窗。他们看到的桓台新城，还像我们眼里的桓台新城吗？看到的一件又一件的旧事，还是他笔下的旧事吗？

也许一切都会被忘却，也许一切都会翻新，也许一切皆有可能。

——祝福光杰。

写于 2020 年 6 月 25 日端午节

（作者系淄博市文联副主席、淄博晚报副总编辑）

新城旧事

朝露待日晞

新城旧事

新 城 旧 事

一座古老的县城，一部厚重的历史。

遥想当年的新筑之城，迄今历时七百余载，饱经兵火，几经废兴、演变与浩劫之沧桑，如今早已成故城矣。

金末元初，山东境内豪强蜂起，战火纷飞，兵燹连年，民乱无主，生灵涂炭。黎民百姓遭受战乱之苦，颠沛流离。元太祖九年，山东东路兵马副元帅张贵组织流民，保据驿台(即齐桓公戏马台，元代以前为长山县驿马台)。张贵率众绕台掘土筑城，取名新城，即"新筑城池"之意，以区别于周围之古城。南宋理宗绍定元年，始割长山县东部、高苑县南部、临淄县西部三县边区置新城县，西北达高苑县之田镇，东南越黑铁山。建县之初，隶属淄州，张贵代理县令。元代新城县隶属中书省般阳路，明清两代隶属山东布政使司济南府，中华民国三年因国内五个新城县，议留直隶新城县，余皆改名，是年一月遂易名为耏水县，因境内古有齐桓公戏马台，同年四月旋改为桓台县，隶属济南道，新城作为桓台县城，亦遂之易名为桓城。1948年桓城解放，桓台县人民政府驻地桓城。1950年4月县政府驻地迁至索镇，新城遂结束了其作为县治720余年的历史。1958年12月改名为桓城人民公社，1982年又复名为新城。

县衙是县治的权力中心，是古县城中最有代表性的建筑。新城县衙历经元、明、清与民国，建在齐桓公戏马台上，坐北而朝南。衙门口自然是向南开的。据史料记载，古县衙整体布局分中、东、西三部分：中部院落中轴线上由南至北，依次是宣化牌坊、照壁、大门、仪门、公明坊、大堂(新城县正堂)、二堂、三堂、后楼等;东侧院落中有巡捕衙、县丞衙、武庙等;西侧则有监狱、花园、吏舍等。大堂之前立有牌坊和戒石碑,牌坊有匾额,刻有"公生明"三个大字,其中立意人尽皆知。戒石碑上刻有戒谕:"尔俸尔禄,民膏民脂;下民易虐,上天难欺。"戒石碑是古代戒饬官吏的碑刻。据说戒石碑源于五代后蜀第二代君主孟昶所撰《戒谕辞》。《戒谕辞》每句四言,共二十四句,计九十六字,用来劝诫天下官吏要常念百姓衣食父母之恩,为官务必要清正廉洁。宋太祖赵匡胤总结了前朝兴衰得失之教训,研读了孟昶的《戒谕辞》,挑选出其中四句十六字(内容同新城戒石碑的戒谕),颁于州县,刻碑为戒,并令他们将这块戒石碑置于座右,让官吏晨夕念之,期冀各级官员以此为戒,廉洁清正,努力做一个好官。其用心良苦者,天地可鉴也。在戏马台的梯子崖上,还有两个独立的院落,一为漕粮之房,一为杂课办公之所。惜遭兵火战乱,又遇百姓无知,以及年久失修等致轰然坍塌,今已荡然无存。

元朝初年,张贵发动民众在戏马台周围修筑夯土城墙,有效抵抗兵匪的侵扰掳掠,百姓得以安居乐业。是为新城最早的城墙。据《新城县志》载:"县置自元,末年城圮。"元朝末年,城墙倒塌。明成化二年,新城知县白瑛辟其旧址,挖壕筑城(亦为土城墙),建立四门:东曰"厚生",西曰"正德",南曰"永宁",北曰"利用"。在户部左侍郎、新城王氏家族五世祖王之垣的推动下,万历七年七月始,新城知县牛希儒撤土建为砖墙(城墙外面是青砖,内部是三合土),至九年春完工,花费银三千多两,谷八百多石。四门各置城楼,一千四百堞绕之,环城植八百株榆柳。望之荡荡,扣之橐橐,斩若塞霞,屹若负汉,隐然为济东壮县。据《新城县志》载,城墙环绕县城,其外是绕墙马道,再外即护城河。崇祯四年,新城遭"辛未之难",城垣倾圮,县衙被毁。清康熙三十三年,新城知县崔懋率民绅补葺。乾隆五十七年,新城知县刘大绅主持重修城楼,并为城门题匾:"勤朴可风"。新中国成立后,新城残存的城墙陆续坍塌,修路时将西、北城墙残留之部分填入护城河中。如今,新城古城墙已是踪迹难觅。据说在城西某农家,存有乾隆年间刘大绅题书的西城门石匾额"正德",两个斗大的馆阁体楷书字,字体工整,笔力遒劲。匾额右上首题"乾隆五十八年秋七月吉日",左下方题"古滇刘大绅"等字迹仍清晰可辨。蓦地,我突然记起八十年代末在新城镇中学读书时,曾经一段时间住在城西姜姓同学家,这块石额就在他家进门口的南侧,当时斜靠在墙上,因为喜欢书法和古物,我还仔细地分辨了这块巨大石额上的字迹。

明清时期新城县境内自然风光秀美,旧有"新城八景"之说。据明天启年间《新城县志》记载,"一曰黉宫(即文庙,又称学宫)翠柏:大成殿前,盖数百年物也。虬枝铁杆,攫露拿云,掩映金碧,足昭文瑞。二曰会泊(即位于今桓台县起凤镇的古会城泊,又称会城湖)红莲:城东北四十余里。秋水时到,浩渺弥漫,满目芙蕖(荷花),红绿交射,而一种暗香拂拂袭人,尤称胜概。三曰桓公戏马(即齐桓公戏马台):县治所。遐想桓景盛际,牧事修举,凭高一望,云锦成群。今遗址巍然,不无今惜之感。四曰清沙(即位于今桓台县马桥镇的古清沙湖)落雁:城西北二十五里。烟霄雨霁,水碧花明,雁阵回翔,点缀清渚,令人豪濮回想。五曰铁山(即黑铁山)晚照:城东四十余里。朝晖既禅,夕阳在山,光芒陆离,顿增色泽。六曰石桥(古称'晓月桥',位于今淄博市高新区石桥街道办事处北石桥村)晓月:城东南二十五里。相传桥下每夜旧有光彩,俨如满月,映照水底,无问阴晴。今非其旧矣。七曰云阁(即古时矗立于戏马台上之钟楼)钟声:桓台之巅,复筑高丈余,悬钟其上,音韵宣朗,声闻四达。环视诸邑,莫与竞爽。八曰玉带河流(即桓台云涛古迹):邑居高敞,河绕四周,碧波回环,民物翠聚,恍如伟丈夫博带峨冠,振衣千仞之上也。""新城八景",美不胜收,明清著名诗人新城人王象春、徐夜、王象晉,清代贡生成聿炌,新城知县雷聪、胡应鸣等人均留下了传世诗篇,赞美新城景色旖旎,清初诗人成聿炌著《桓台胜览》,对"新城八景"更有翔实的记载和精彩的描绘。

源远者流长,根深者枝茂。古新城历史悠久,积累了深厚的文化底蕴。境内现有齐桓公戏马台、忠勤祠、四世宫保坊、王渔洋故居、徐夜故居、耿家大院、北极庙、文庙、让德祠、米脂祠、清音堂等遗存、遗址和名胜古迹,四世宫保坊被誉为"华夏第一砖坊"。其中的牌坊文化、石刻文化、祠堂文化、学宫文化、科举文化、书画艺术、园林艺术、建筑艺术等文化遗迹几乎俯拾皆是。新城县人文荟萃,明清两代更是涌现出了王、耿、徐、伊、沈、傅等诸大名门望族,王象晋、王象春、王渔洋、王士禄、徐夜、沈渊、张象津、刘大绅、傅宸、于觉世等文人名士数不胜数,诗文专著存世之多浩如烟海,令人目不暇接,"江北青箱""王半朝""千金易得一字难求""一榜五贡士"等典故皆出于此,特别是"孝悌""悯农""道义""济世""读书""科举""仕进""勤事""清廉""爱国"等等,诸如"忠厚传家远,诗书继世长"的家风家训,都让后世之人仰之弥高,钻之弥坚。

2008 年,新城镇被命名为"中国历史文化名镇",当属山东省第一家国家级历史文化名镇。

欣闻是说,聊以记之。

古县　古村　古湖

　　站在齐桓公戏马台上,抚着历史的遗存遗迹,禁不住萌生了缕缕思绪。

　　古台所在的县治,古称新城,今曰桓台;古台方圆几十公里之内,有许多既普通又似乎不凡的村名,完全不同于因家族聚居而衍生的"刘家庄、王家村、赵家沟"之类,实为一些渊源流深的古村;古台东北约二十公里的地方,有湖曰马踏湖,顾名思义"马踏成湖"。它们到底都是怎么来的呢?

　　据史料记载,因为境内有一条古称耏水的乌河,民国政府基于规范地方名称的考虑,1914年,新城县一度易名为耏水县。新城县地方官员、乡绅和读书人对这个名字抵触很大。耏水只是一条流经县域的河流,非但没有什么名气,而且也代表不了这个地域的文化特征,县名取为耏水,充其量是一个县的记号罢了。大家都认为新城县历史厚重,不用说战国时期的颜斶、鲁仲连,汉代的辕固出生在这里;也不用说其境内有齐桓公戏马台、北极庙、四世宫保坊、马踏湖等古迹名胜,单单明清时期闻名遐迩的"王、耿、伊、徐"四大文人名士家族,足令普天下的州县汗颜。历史上的新城的确物华天宝、钟灵毓秀、英才辈出、甲於他邑,可谓海纳百川不溢,镜含万象有余。于是,更改县名实为众望所归。因境内有齐桓公戏马台遗址,新城县知事于普源等士绅认为,齐桓公在位期间,选贤任能、发展生产、国富民强,九合诸侯而一匡天下,最终成为一代霸主。当年的戏马台记载着桓公成就霸业的历史辉煌,见证了这片土地几千年的风云变幻,戏马台似乎更是一种力量、一种象征。因此,取了其中一个"桓"字、一个"台"字,拟定县名为"桓台县"。庆幸的是,民国山东行政公署批准了这个名字,耏水县旋即改为桓台县。

几个古村的由来同样与这个神秘的古台连接在一起。

春秋时期,在齐国故都西二十公里附近,地势空旷,草木繁茂,地处鲁中山地北麓,南临系水,西北约四公里是古孝水,即今孝妇河,北为湖区洼地,地势平坦,气候温润,雨水充沛,非常适合农牧业发展,于是成为齐国苑囿的中心区域,更是蓄养战马的理想地带。桓公时期,齐国繁荣富庶,军事力量强大,北伐戎狄,南却强楚,称霸天下。当时,战争以战车为主,一车驷马,战马的需求量很大。因此,蓄养战马是一件大事。那么,齐国在哪些地方养马牧马呢?

沿齐桓公戏马台向北约三华里处,即今新城镇邢家村一带,地势低洼,水波荡漾,齐桓公辟为牧马池,今名犹存,再向北是古牧马场。从古台向东北十五六公里处,时水以西之地,地势开阔平坦,南近棘邑,是齐桓公驯养战马的地方,曰演马场,嗣后形成村落,随着历史的天空斗转星移,逐渐演变为邢家镇演马村。从演马场向北约一华里,是当时训练战马的官兵居住之处,曰演马官庄。演马村西南约三公里、东南距齐国军事重镇渠丘邑五公里、西南距戏马台约十公里处,有营子村,也叫营子庄、营里庄。传说,这里是为看守军马设置的兵营,即现在的邢家镇东营村。驯养战马不仅要放牧,也要喂养。当年齐桓公不只设有牧马台、牧马场,并且设置了草料场,供应军马草料。在当年的草料场附近建有村落,曰麸村,其后演变成傅村,西距戏马台约十八公里。因草料场范围很大,遂分为东麸村、西麸村,即今果里镇东付村、西付村。两麸村之间,齐国修建了供养马官兵加工粮食的地方,其后亦形成村落,曰面窝村。面窝村向南三公里有刨马泉,据说是齐国战马集结、等待出征的地方。齐桓公好马,不仅仅是爱马戏马,更重要的是壮大军事力量。事实的确如是,史载齐桓公北伐山戎,班师时突然迷失方向。相国管仲以老马带路,找到了归途,此即"老马识途"的典故。至今,桓台好多地名都与齐桓公戏马台有着千丝万缕的联系。

既然齐国蓄养、训练战马、供应草料的地方不但一应俱全,而且规模庞大,那么齐国的军事力量到底有多么强大呢?带着这个疑问,岁次乙未秋日,沐浴着梧桐叶上的萧萧之雨,我们到达了素有"北国江南水乡"之称的马踏湖。马踏湖的风光是迷人的。碧波粼粼的湖面上,一只只狭长的溜子(桓台方言,意思是小船)在渔民们娴熟灵活的驾驭下荡来漾去。岸边儿更有一幅幅诗意盎然的美好图画:耄耋暮年的老者、稚气未脱的顽童、热情奔放的小伙儿,还有一群穿得花枝招展的大姑娘、小媳妇也赶来凑热闹,每人头顶着一把红红绿绿的伞儿,手里握着一根根长长的钓竿,眼睛一眨不眨地等待着咬钩的鱼儿。身边的水桶里、瓦盆里哗哗地响着鱼尾击水的声音。几个偶尔钓上来一条尺把长的鱼儿的家伙不安分地喧闹起来,惹得周围那些上了年岁的老人直瞪眼睛,一个劲儿地埋怨这群傻小子们吓跑了他们的鱼儿。雨仍旧斜斜密密地下着,我们乘兴坐在小船上听撑船的老师傅讲马踏湖的传说:此处本无湖。春秋争霸,齐桓公召集诸侯会盟于湖区东侧的会城,六国诸侯恐陷被擒,并为了显示其强大的军事实力,纷纷拥重兵簇马而至,顷刻之间竟马踏成湖……船行人笑,鸟啼鸭戏,柳绿虫鸣,红荷摇风,细雨蒙蒙,歌声缭绕。眺望远处,湖中有台,台上有村,村村靠湖,家家连水,蒲苇夹道,曲径通幽。鸟翔于天水之间,蛙鸣于池畔草丛,鱼虾竞游碧水之中。门前搭着竹桥,院后飘着船只,户户炊烟袅袅,脑海中当即浮现出"小桥流水人家""野渡无人舟自横"和"一蓑一笠一扁舟,一丈丝纶一寸钩;一曲高歌一樽酒,一人独钓一江秋"的唯美句子,真是"苇堵渠尽疑无路,竹篙一点又一天,只闻笑语不见人,蒲苇深处有人烟"。想来的确如诗如画,令人如痴如醉。船所行之处都给人一种返璞归真、恬静自然的真情实感。漫步马踏湖畔,尚可欣赏到会城遗址齐王阁、齐景公失马寻踪处、东坡登临处、徐夜书屋等历史古迹。湖中心的"五贤祠"里,岿然屹立着颜阖、辕固、诸葛亮、鲁仲连、苏东坡五位文人名士的彩色雕塑,更给风景旖旎的马踏湖增添了浓厚的文化气息。

　　马踏湖是千百年来文人墨客的向往之地。此处在唐代曾被称为李白泊、谪仙居。据《济南府志》载："新城牟家庄东北古城,旧传为李白泊,其居徂徕山时,曾至此乎?果尔,则谪仙泊即官湖。"相传李白自徂徕山至此观光,凭吊鲁仲连,写下了诗句:"齐有倜傥士,鲁连特高妙。明月出海底,一朝开光耀。"邑人取苏轼诗句"卷却天机云锦缎,从教匹练写秋光"中的"锦""秋"二字,改称马踏湖为锦秋湖,并建有锦秋亭一座。元代史学家、兵部侍郎于钦登上锦秋亭亦即兴写下了"霜风收绿锦,万顷水云秋,海气朝城市,山光晚对楼,舟车通北阙,图画入南州,且食鲈鱼美,吾盟在白鸥"的名作。明代南京吏部考功郎王象春游览马踏湖后,兴致勃发,浮想联翩,挥毫疾书了"西湖名胜古擅长,剩有锦秋可比仿。若把西湖移岸上,新城真号小钱塘"的美妙绝句。清初诗坛"神韵说"创始人、"一代诗宗"、刑部尚书王渔洋,特别喜欢马踏湖的风光,写下了"锦湖水色胜湘湖,雉尾莼羹玉不如,持谢江南陆内史,酪浆还得似渠无"的优秀诗篇。

　　但据考证,马踏成湖并非桓公所为,实乃景公致之。史书上至今查不到齐桓公在此会盟诸侯的记载,却有齐景公姜杵曰"有马千驷,畋于青丘",马群来回奔驰踏地成湖的说法:齐景公带人到古青丘(即今马踏湖中)游玩射猎时,丢失了一匹钟爱的良马,景公食不知味、夜不能寐、寻而不得,遂听从地方官员的建议,将数千匹马从都城临淄赶来,纵横驰骋,马踏成湖,而丢失的马也很快回到马群里,是故有"齐景公失马寻踪处"的遗迹。我想这大概又是另一种传说罢了。还有一种说法,就是古青丘地处泰沂山脉北麓山前洪冲积与黄泛冲积平原的迭交地带,地势低洼,形成凹地,孝妇河、乌河、猪龙河汇流于此,故而形成了一个天然湖泊。此种说辞倒是比较令人可信。但我不是历史学家,也不是地质学家,对这些自然无从考证。

　　然而传说终究是传说,事实毕竟是事实。桓台县起凤镇华沟村附近有地名曰马栏子,又名马栏台。20世纪50年代,村里兴修水利时在地面一米以下发现了厚厚的马粪层,据当年在场的人们讲,当时仅仅挖下一米来深,究竟其面积有多广、粪层有多厚,难以估计。传说此地即当年齐桓公的牧马之所。地方志载:高苑城东南有马厩湾。因此有专家认为,这里就是马厩湾古迹。

　　孑然伫立在古台之上，我莫名地想起了清代诗人纳兰性德悼念亡妻的《浣溪沙》："谁念西风独自凉，萧萧黄叶闭疏窗，沉思往事立残阳。被酒莫惊春睡重，赌书消得泼茶香，当时只道是寻常。"

　　桓公戏马，终成典故。

徜徉新城三石

古新城的历史文化,石牌坊、太湖石、古石刻显然是一个绕不过去的重点,我们姑且称之为"新城三石"吧。

牌坊,又称牌楼,一种中国特有的门洞式建筑,《现代汉语词典》里的解释是"形状像牌楼的构筑物,旧时多用来表彰忠孝节义的人物"。牌坊的由来,建筑大师梁思成先生早作过推论:"牌坊为明清两代特有之装饰,建筑盖自汉代之阙,六朝之标,唐、宋之乌头门,棂星门演变形成者也。"牌坊不仅建筑结构别具一格,且集雕刻、绘画、匾联文辞和书法等艺术于一身,熔古人的社会生活理念、封建礼教、传统道德、民风民俗等于一炉,具有独特的艺术魅力、审美价值和文化内涵。明清之际,新城县有功名者不胜枚举,尤其是一些高门望族,除了将其家族的进士、官员、烈女、忠孝之人等翔实地载入诸多志书外,且意犹未尽地在古县城的街道上建造了鳞次栉比的牌坊以光宗耀祖。其中,有的是以皇命圣恩敕建,有的是地方衙署兴建,有的是家族营建,其结构有木、砖、石三种。《新城县志》中有明确记载的著名牌坊就有七十二座,其他尚有几十处未见详细记载。权且说一说石牌坊吧。每一座石牌坊都是一件石雕工艺品。我国传统的石雕技法如圆雕、透雕、高浅浮雕、平浮雕、阴线刻等等,在石牌坊的雕刻中都有着广泛应用。在艺术处理上,它可以在夹杆石、柱子、额坊等处,雕刻各式各样的山水、花鸟、龙凤以及瑞兽等等,将中国传统的石刻艺术集于一身表现出来。如新城"四世宫保"坊,是为王象乾、王之垣、王重光和王麟敕建,虽被誉为"华夏第一砖坊",实为砖石结构。其基座四周、雌雄石狮以及前后匾额等等,均为石雕。"忠勤报国"坊,是为王重光而建,结构为石质。忠勤公殉职后,明嘉靖皇帝赐祭葬,亲书"忠勤可悯",降旨礼部尚书吴山题写"忠勤报国"以示嘉奖。王氏家族在忠勤祠前建有四柱三门冲天式"忠勤报国"坊,青石柱上方刻有"诸侯戴露朝天"的圆雕,青石柱上镌有联句:万里勤王忠侔日月昭青史,一身殉国气作山河壮紫宸。"三世宫保"坊,亦系石坊,因新城耿氏家族耿庭柏为官清正,忠于职守,深得民望,病逝于浙江巡抚任上,皇帝下旨褒其忠勤于政,特赐其祖孙三代奉政大夫太子少保兵部右侍郎,在新城县城大街建造此坊。当代著名画家、油画家、美术教育家吴冠中先生说:"一座牌坊就是一座中国古建筑的标本,代表着中华民族的传统文化。"的确如此。

太湖石是高门大族的赏玩之物。新城忠勤祠内,有两太湖奇石,一曰"苍云",一曰"振玉"。两奇石原居新城司马园,即新城东南城外明代兵部尚书王象乾的别墅之中。据考原存三太湖石,其一已佚。溯之而上,"苍云""振玉"原系元代礼部尚书、散曲家张养浩园中之物。据《中国历史文化名镇——新城》载,张养浩一生爱奇石,搜罗天下十块奇石为"十友",常置酒于石间独饮,呼石"十友"对饮。"振玉石"为"十友"之一,"苍云石"为"十友"之首。原在济南云庄别墅内。当时此石不叫"苍云",而叫作"玉云"石,为张养浩之最爱,他多以此石为诗,可见其珍贵。"苍云"石上平削之处,即刻有张养浩的一首散曲《江城子》:"何年仙斧断云根?玉无痕,翠生春。磅礴空庭,太华入平分。百窍暗通元气漏,无一窍,不氤氲。想当丘壑闷献真,泣波臣,走山君,一笑移来,造物不吾嗔。目击烟霞心已了,谁再梦,上星辰。"据园林专家考证,苍云石的规模之大,形状之奇,造型之美,实属全国罕见。既曰"玉

王羲之集字《水月松风》

013

云",何谓"苍云"？石上刻有王象乾所书"苍云"二字,因以为名。吾妄揣测,盖因张乃文官、王系武将,目之迥异,而视之异乎？抚之,石质细腻如玉。观之,宛如一朵玉翠仙云袅袅而立,却亦有苍劲峭拔之形也。"振玉石"原名"待凤石",顶部平整,盖取自"待凤来仪"之意。因其上镌有"振玉"二字而得现名。新城城东马氏院中,有一明太湖石,其上盘绕百年紫藤。经考证,此系清浙江盐清道新城耿氏家族耿曰椿别墅故址。据耿氏后人讲,新城耿氏与博山孙氏世家联姻,太湖石原为孙家之物,明末清初由博山移至耿氏别墅。邹平县焦桥镇牛家村袁氏家中,亦有一太湖石。巨石玲珑奇秀,古朴浑厚。袁氏何人？余闻得清末民初,当地曾有民谣云"中原康百万,江南沈万三,山东袁紫兰",窥得袁氏家族必为锦衣鼎食之望族。据民间传说,清代焦桥袁氏曾有恩于新城王家,王氏遂以太湖石赠予袁家以表谢忱,袁氏费银几十万两之巨,耗时三冬之久,凭借坚冰与滚木运输,终将其移至袁家花园,即今牛家村之旧址。忠勤祠石刻园内,还有一太湖石,谓曰"百鹿石",因其上线刻百头小鹿而得名。余遍观之,其石造型殊异,形体奇特,石上亦刻有诗文和佛像。据资料记载,"百鹿石"原为明代王象晋南园故物。

　　石刻文化,更是古新城文化的精髓之一。《新城县志》有"忠勤祠石刻,琳琅满目,海内知名"的记载。大隋开皇石刻,距今1400余年。《中国历史文化名镇——新城》载,清光绪二十一年,新城县北岭庄罗姓村民在高埠挖土时掘得石碑一块,其上刻有隶书文字:"大隋开皇十四年,岁次甲寅十月壬戌朔廿三日甲申,青州长乐县高丘乡人、佛弟子西门兴,知身无常财非已有,遂舍家资,敬造祇桓精舍一堀。上为国王帝主、群僚百官、州县令长,又为师僧父母,亡过七世,现在居门眷属,法界众生,愿共弥勒初会,不堕三涂,善愿从心,咸同斯福。"石刻之尾镌有"李靖书丹"。这对于研究县史、书法都是极为珍贵的历史实物资料。水月松风石屏,张养浩云庄别墅故物,明万历年间王象乾将其移至新城县城东门外之东园。因石上镌有"水月松风"而得名,落款"晋王羲之书",四个大字为集字(书法术语,指将前代某一书家的字迹搜罗并集成的书法作品)。石屏两边镶条石,刻有张养浩行书"风竿鸣地籁,云锦发天机"联句。背面为浮雕,中有一巨猱,与曲阜孔府内宅门照壁上的巨兽并无二致。传说它是天界的一种神兽,嗜贪成性,因为过分贪婪,最终落海而死。古代官宦人家在门前堂后照壁上画有此兽,以警示自己戒除贪念,清正为官,切莫贪赃枉法。神兽四周高山流水,风行云飘,明月松涛,猕猴嬉戏,麋鹿惊走,雀鸟归巢。画面细腻逼真,惟妙惟肖,浑然天成。石屏寓意深刻,为国家一级石刻,堪称艺术珍品。"苍云""振玉"二石俱为国家二级石刻,其品"皱""瘦""透""秀",具有很高的观赏价值和文物价值。传说张养浩辞官归隐后酷爱园林,喜与山猿、野鹤、山石为友,一生藏石无数。他收藏了十块名石,其中四块按其形状命名为"龙""凤""龟""麟"。聆听导游讲解,"水月松风"即"麟","苍云"即"龙"(业界有一说是龙石下落不明),"振玉"即"凤","龟"则在济南趵突泉公园。忠勤祠东边长廊内,镶嵌着忠勤公的"教子诗"石刻,这是新城王氏四世祖王重光唯一的手迹石刻。据《中国历史文化名镇——新城》记述,忠勤祠石刻,大部分为集历史上王羲之、王献之、钟繇、欧阳询、褚遂良、颜真卿、柳公权、虞世南、董其昌、邢侗、祝允明等书法大家的字,新城王氏家族高薪聘请江南刻石名家耗时数十年刻成,真、草、隶、篆诸体俱备。其中,《王氏琅琊公传》《王隐德公传》《少司徒干公神道碑》《少司徒平蛮督木传》《忠勤祠祀》《见峰公神道碑》是集晋王羲之书法刻成的。《颍川王公传》《少司徒泺川王公传》,是集汉末三国曹魏时期钟繇书法刻成。明代吏部尚书兼文渊阁大学士申时行称:"搜古书法,自晋右军大令及唐颜、柳辈,凡数家,择抉前剔,绳连栉比,点画波拂,并出手摩……使人悦目醉心,把玩不能去手,观者可以兴焉。"忠勤祠内现有石刻、碑碣185块,故有"齐鲁小碑林"之称。

　　石头就是石头,是自然简单的东西,而石牌坊、太湖石、古石刻则不然,它们被赋予了文化的内涵,因而就有了生命,有了灵魂,有了灵性,有了神韵,有了光华,造就了石的神奇,几百年来深受文人墨客的钟情与青睐,写下了数不尽的绝词妙章流传世间。徜徉在新城的三石之间,观赏隽彦先贤留给我们的宝贵文化遗产,慨叹逝者如斯的时光流水,感受历史的沧桑多舛。

新城王氏家族的文脉肇始王麟

王侯将相宁有种乎？

完成从农耕之家到诗书之族的华丽转身，"新城王家"的三世祖王麟起到了至为关键的作用。

王氏家族自青州府诸城县初家庄徙至济南府新城县，源于始祖琅瑘公王贵。一说是据清代《新城王氏世谱》载，元末明初白马军乱，为躲开战乱，王贵只身避居新城。一说是王贵误伤老农，惊慌失措之下以为其死，从而逃到新城（《王统照先生与蒲松龄研究》）。一说是王贵与同县初氏之女分别流落新城，两人结为连理。一说是王贵避居新城曹庄，在赵姓地主家佣作，贵"质朴无华，力本重农"，颇受主人家满意。某日凌晨，一股龙卷风从诸城呼啸而起。到达曹村时，风势渐弱，良久既霁。早起的鸟儿有虫吃。清晨，王贵推开院门，瞧见一个姑娘正从半空中坠落下来，"公于尘坌中得之"。王贵看着眼熟，仔细询问之下，姑娘乃诸城初氏女，"晨起取火，不觉至此"。有道是有缘千里来相会，"主人以为天作之合，遂令谐伉俪焉"，即王贵与女子在主人家的撮合下，结为了夫妇。不管哪种说法，王贵是在新城县安家落户了。王贵与初氏勤勉耕织，治家有道，五个儿子日渐成人。至其晚年时，家境殷实，翁姬和睦。王贵一家温和待人、仗义疏财、积善行德，经常施舍穷人、周济邻里，逐渐有了较高的社会声望。

王贵最小的儿子王伍，深得父亲的秉性和做事之道，善良淳朴，乐善好施。据王士禛《先祖事略》载，"王伍性醇谨，事父母诸兄皆得其欢心，尤好施予。岁时勤力治家，人产计口给食，余悉以赈乡里贫乏者"，被新城人尊称为"菩萨公""善人公""植德公"。王伍按照人口和生产情况分配粮食，剩余的全部用来救济贫苦之人。王家门前植槐一株，枝叶扶疏，遇有青黄不接或灾荒之年，"时作糜哺饿者于其下。诸饿者以次受糜，纺其笠于槐，累累如也"。意即王伍就在家门口的槐树下支起粥锅，饥民排队接受粥饭。人们将头上戴的斗笠摘下来，层层叠叠地悬挂于大槐树之上，于是树上满是斗笠。乡人呼之曰"王菩萨"，而称其家曰"大槐王氏善人"。或许善有善报吧，某天夜里酣睡之时，王伍做了一个梦：神人以冠簪笏囊挂在槐树之上，顾曰："以报汝"。王伍醒后不解其意，遂找高人释梦，高人的推断是王家要富贵显达了。"冠簪笏囊"时为达官贵人的装束，大槐树上枝枝杈杈之间挂满此物，岂不是预示着王家"其后人必大也"哉？另有一民间传说，云王伍夫人梦到一位老者推着独轮车，车上装满乌纱帽，到了这棵大槐树下，老者将乌纱帽都挂在树上，夫人奇之，老者曰：你家乐善好施，子孙必兴旺发达，王氏家族要出一石两斗米的官。虽然是传说，但据考证，仅明清两朝，王氏家族中进士者三十人，举人五十二人，贡生一百五十八人，尚书、督、抚以及道、府以上朝廷大员数十人。

　　家道富足有余、品行玉洁松贞，读书仕进成为必然。于是，从王伍的次子王麟开始，王家开启了自农耕之家到诗书衣冠之族的转折。在祖父和父亲的教导下，王麟以课读为业，勤奋学习，刻苦攻读。其"生而警颖强记，于书无所不睹"，意思是说他自幼聪明好学，记忆超群，几乎无书不读。"十四补博士弟子员，每试辄冠其群"，十四岁便到国子监就读，每次考试动辄名列前茅。盖因王氏家族之前尚未有科考经验，故既在意

忠勤祠槐树

王氏大槐树旧照

料之外又在意料之中的是，王麟虽然可以直接参加礼部的科举考试，但其"数困棘闱（考场）"，几次科举考试都未曾脱颖而出。即便如此，由于博览群书，使他满腹经纶，学识渊博，并且成为《诗经》的研究专家，颇具真才实学。王麟"随例应里选"，按照选拔人才的惯例"官永平郡司训"，出任永平郡主管教育的训导之职。几次名落孙山的王麟并没有因此郁郁寡欢一蹶不振。粗缯大布裹生涯，腹有诗书气自华。王麟没有愧对其饱读的诗书，没有愧对长辈们对他的期望，他"劝学兴行，为多士式"，劝导读书学习，劝谕修养品德，成为许多士人的榜样。当地读书之人也纷纷投到其门下学习。积极入世的态度和勤奋为学的精神，对于王氏家族的文化氛围产生了大有裨益的导向，形成了家族文化的一种独到的特质。王麟"最后迁教授颍川王府"，世称颍川公，负责颍川王府朱姓皇族子弟的教育。只可惜天不假年，"既至，疾作，期年而卒"，颍川公到任刚一年便因病仙逝了。

德厚流光，高情远致。王士禛《先祖事略》载，"志传称公内廉行修，人伦醇备。事大父琅琊公至孝，遇诸兄弟门以内，蒸蒸如也"。王麟内心廉正，修养淳厚，嘉言懿行，人伦道德颇为完备，侍奉祖父非常孝顺，对待族中兄弟情深意切。王家几代以来形成的良好的家风——孝悌、行善、苦读，在颍川公王麟身上体现得淋漓尽致。因为担任教职，从而避免了种种徭役之苦，王麟得以悉心培养家族子弟。有道是天道酬勤，厚德载物。自其次子王重光于明世宗嘉靖二十年成为王氏家族的第一位进士后，从明朝中期至清朝中期，绵延二百余年，王氏家族科甲蝉联、簪缨不绝。明朝末年到五、六两代时新城王氏步入了家族的第一个荣显时期：父子尚书，兄弟督抚，峨冠博带，名臣翩连，其时有"科甲之盛，海内新城王氏第一"的声誉，世人称为"江北青箱""海内望族""王半朝"。于是，在明清鼎革，海内名门沦胥之际，"新城王氏门第，大振于灰尘烟烬之余"。兄弟同科、叔侄翰林等相继出现，王氏家族达到了前所未有的辉煌和巅峰时期。儒学之家的家风家训和文化氛围使王氏子孙具备了显宦与名士并存的气质，积淀了独特的家族精神，到第八代时仅王渔洋兄弟四人中就有三人高中进士，并培养出了王渔洋这样蜚声文坛的文化大师和一代宗师，新城王氏家族以"鸿裁绝词，衣被海内"闻名于世。

清代贡生成聿炘《纱帽树》云：隐隐青箱接武祠，大槐依旧长孙枝。于今纱帽知多少，犹记当年如梦时。

纱帽树饱经沧桑，它见证了新城王氏家族的辉煌。20 世纪 20 年代，大槐树主干中枯，树叶稀疏，王氏后人为保存这一具有深厚文化内涵的古树设置了石制护栏，并将主干打上三道铁箍加以保护。遗憾的是，1965年新城拓宽街道时大槐树被伐掉了。一棵树而已，它与王家的兴衰究竟有多少关系呢？

如果说新城王氏家族是一棵参天大树，其始祖王贵、二世祖王伍等则为粗壮的根系，深植于肥沃的土壤之中；三世祖王麟即为树干，吸取天地之灵气、日月之精华，承接雨露之惠泽，故此这棵大树长得枝繁叶茂——王麟以诗书起家，以诗书传家，遂成为新城王氏文脉之肇始，其功之于王家盖莫大焉。

王重光忠勤可悯

　　出淄博市区向西北约十五公里的桓台县新城镇新立村,有一组始建于明万历十六年距今约四百三十年的明代建筑群,整组建筑为砖木结构,呈典型的明代建筑风格。祠前建有四柱三门冲天式"忠勤报国"坊,四字为明嘉靖年间礼部尚书吴山奉旨题写。青石柱的上方刻有"诸侯戴露朝天"圆雕,青石柱上镌联句:"万里勤王忠侔日月昭青史,一身殉国气作山河壮紫宸。"门口一侧矗立着"忠勤祠"石碑,祠内映壁正中嘉靖皇帝亲书"忠勤可悯"四个鎏金大字赫然入目。

　　忠勤祠是王士禛的高祖,新城王氏第四世王重光的祠堂。

　　明世宗嘉靖二十年,王重光成为新城王氏家族第一个进士。曾祖王贵、祖父王伍打下了良好的经济基础,父亲王麟成为新城王家的文墨肇始,且积累了丰富的科考之经验教训,第四世的王重光考取进士可谓水到渠成了。在游人如织的"登辛丑科进士王重光"石刻旁,聆听着导游姑娘如数家珍般娓娓道来:这是新城王氏的第一位进士,家族荣耀,刻石永传。自王重光之后,开枝散叶,新城王氏科甲蝉联,簪缨不绝。王重光开始了家族的荣耀,永远铭记在了新城王家的史册上。

　　王重光,字廷宣,号泺川,生于 1502 年,卒于 1558 年。历任工部主事、户部员外郎、贵州布政使左参议。其著述有《史论》《祝嘏词》《敬事说》《太仆家训》《集众思虑广忠益论》《条上谷机宜十二事》《五刑加减律议》《寄让德公家书》等。据史料记载,忠勤公天性颖慧,勤奋好学,自幼在其父的熏陶与教导之下寒窗苦读。但是,此时的王麟薪俸微薄,家中仅仅温饱而已,次子重光甚至一度到了"岁无完衣、日不再食"的状况。也许是艰难困苦、玉汝于成罢。因为成绩优异、出类拔萃,他很快被保荐到国子监读书,踏上了科考仕宦之途。明嘉靖十六年,曾屡屡受挫的王重光乡试中举,二十年高中进士,新城知县毕侗等人为褒奖王重光立有"进士坊"。

"穷则独善其身,达则兼济天下。"从一世祖王贵开始,新城王氏家族逐渐形成的朴素的价值观虽然没有总结出理论性的东西,但却做到了有序地传承,世代沿袭下来。唐代诗人杜甫有诗云:"随风潜入夜,润物细无声。"良好的家庭教育,尤其是王氏家族蕙心纨质、怀瑾握瑜的品行,以及刻苦攻读、勤奋为学的精神,潜移默化地对王重光的成长产生了深远的影响。"道义"与"读书",一直贯穿了他的始终。

王重光重视家族子弟的教育,在王家早期一脉相承的"孝悌、行善、苦读"良好家风的基础上,他苦心孤诣地作了总结、归纳、提炼和升华,制定了家族流传于世的第一条成文家训:"所存者必皆道义之心,非道义之心,勿汝存也,制之而已矣。所行者必皆道义之事,非道义之事,勿汝行也,慎之而已矣。所友者必皆读书之人,非读书之人,勿汝友也,远之而已矣。所言者必皆读书之言,非读书之言,勿汝言也,诺之而已矣。"这则家训成为鞭策、勉励、教育王氏后人的治家之宝,甚至可以称之为其家族崛起的"优势基因"。山东大学古典文学研究所所长、教授、博士研究生导师、山东省王渔洋研究会副会长王小舒说:"新城王氏家族历代形成的家训族规,涵盖了中国优秀传统文化的价值取向、精神特质和思想内核,成为这个家族兴盛不可或缺的基因。"王家后人将这一家训刻石立于家祠忠勤祠中,以利世代传承,"恒举此训",并成为根植于族人内心的文化自觉。王重光对诸子家教甚严。苦心人天不负也,其八个儿子中,除两个早夭外,其他六人王之翰、王之垣、王之辅、王之城、王之猷、王之栋悉数皆成就了功名。

在忠君即是爱国的时代,王重光以身示范,言传身教,对自己提出的"道义"说作了最好的诠释。《中国历史文化名镇——新城》载,王重光由工部主事迁户部员外郎,负责九江地区的贸易税务。九江自古乃富庶之地,商贾囤积谋利,豪滑横行霸道。王重光上任伊始,造访者门庭若市。王

明代礼部尚书吴山题《忠勤报国》

重光一时难以裁决,深入民间几经查访,严拒商贾送礼之风,当众将礼品投入江中说:"身处脂膏,而不能茹苦啖药者,有如大江。"遂深受百姓拥戴,豪滑畏惧,声誉鹊起。不到一年,九江地区为国家节省漕粮数百石。1550年,西部俺答族人骚扰关塞,边防频频告急。朝臣力荐王重光,皇帝认为他足智多谋,遂晋升其为佥事,坚守云中。重光性格耿直,奉守法度,忠心报国,军民对其非常信赖。期间,他不卑不亢,妥善地处理了与云中守将仇鸾及其部卒的关系,以至军心大振,捷报频传。嗣后王重光怀着干一番事业的雄心壮志,上疏"上谷机宜十二条",皆中款要。王士祯《先祖事略》有载:"当事以其能,晋秩佥事,守云中。强直奉法,军民赖之。寻晋参议,守上谷。条上谷机宜十二事,悉中綮要。"但是这得罪了权奸严嵩党徒,"以忤当事意,调贵阳",他就任贵州布政使左参议。明嘉靖三十六年,北京皇宫内华盖、谨身、奉天三殿遇雷击遭火,亟待修复,嘉靖帝诏令王重光从贵州采伐大木。但是各彝族占据山林,巡抚高中丞特许王重光酌情行事,王重光说:"彝盘据出没,少出师不克,多出师无所佐军",遂把方略授之诸将,"分兵关隘,绝其援。"他亲率众将突入彝穴,诸彝仓皇不及,解甲请命。王重光又单刀赴会深入彝垒,谕以祸福,消弭民族隔阂,彝族人被其诚心感动,纷纷以所知异木而告之。"不遗一镞,不废斗粮",即获得了胜利。巡抚奏请皇帝晋职,部议暂留,待督木后重用。诸彝感激王重光的威德,"公至,彝人争以所知异木走报公"。平蛮功成后,王重光深入果峡口、大落包、雾露沟等处,入密林丛莽,冒岚烟瘴雨,不顾虎豹出没,援藤乘舟,披荆斩棘,跋山涉水。他身先士卒,排万难除险阻,终将异木数百株辗转运出,跟随他的两员部将王之屏、张朝为输送大木被卷进激流溺死。是时,有人劝他珍重身体,王重光曰:"固也,天子且夕坐明堂,朝百辟,岂臣子晏安?"因为深入原始森林达一年之久,操劳过度,触冒瘴烟,嘉靖三十七年不幸以身殉职。临终前,他对儿子说:"吾所为强疾尽瘁者,冀报主恩耳。"至死,没有一句话谈及家事。嘉靖帝至为感动,认为"平蛮"功成为"忠君","督木"殉职是"勤事",于是赐祭葬,亲书"忠勤可悯"四字,并降旨礼部尚书吴山题写"忠勤报国"以示嘉奖。翌年,谕旨派山东布政使右参议李一瀚到新城谕祭王重光。嘉靖四十一年,朝廷三殿竣工,皇帝闵其忠勤,"追叙前烈",特加恩恤,赠王重光为太仆寺少卿,并在贵州永宁县敕建"忠勤祠"以祀。明万历年间,王重光次子户部左侍郎王之垣、长孙兵部尚书王象乾等认为"岁时常酹,贵州祠远,不能近祀;家乡无祠,雅不称盛德"。遂奏请万历皇帝恩准,"在邑城西南隅别立祠,额仍用'忠勤'示不忘本,且彰群赐",在家乡新城又立忠勤祠,春秋永祀。世人称其"忠勤公"。"忠勤报国"遂成为新城王氏之门风。

古语讲自古忠孝难两全。吾窃以为,王重光可以称得上是忠孝两全的典范。嘉靖二十二年,其父颍川公王麟一病不起,"哀毁如礼"。王士祯《先祖事略》中载,"公性孝友,为颍川公次子,方龀而母沈安人亡。三事继母常、岳、卢,如所生。两弟早夭,抚其遗孤,不殊己子。"意思是王重光在年幼之时母亲沈安人就去世了,他奉养三个继母常氏、岳氏、卢氏时,就像对待自己的亲生母亲一样。两个弟弟早亡,王重光抚养他们的孩子,如同对待自己的孩子一样。

忠勤祠院中,两株四百年前所植的合抱松柏苍劲挺拔,虬枝盘旋,直耸云天,此岂非重光先生忠勤不渝精神的象征?

是可悯也。

王之垣居功至伟

新城王家第五世进士三人，举人一人，贡生两人。其中，以王之垣声名最著。

提到王之垣，不得不说王氏家族的科甲蝉联，提到王氏家族的科甲蝉联，不得不说王氏家族的第五世、第六世在科考上取得的辉煌。第五世的子嗣里面，忠勤公王重光两个儿子考中进士：王之垣，嘉靖壬戌进士；王之猷，万历丁丑进士。另有王重光的长兄王耿光的儿子王之都，万历乙未进士。第六世进士共十名(其中武进士一人)：王象坤，嘉靖乙丑进士；王象乾，隆庆辛未进士；王象蒙，万历庚辰进士；王象晋，万历甲辰进士；王象斗，万历乙未进士；王象节，万历壬辰进士；王象恒，万历乙未进士；王象丰，万历年间武进士；王象春，万历庚戌进士；王象云，天启乙丑进士。王家以进士、举人、贡生、荫生等正途身份仕宦者达三十七人，其中位至正四品以上大臣者九人。嗣时出现了父子、叔侄、兄弟数十人同朝为官、布列权要的局面。是故，朝野遂有"王半朝"之称。至此，新城王氏家族已成为当地最为显赫的名门望族和蜚声海内的官僚世家。明末文坛领袖钱谦益称"嘉靖以来，其门第最盛"。明陈继儒曰"今海内推乔木世家，首届新城王氏，名公卿累累，项背相望"。王渔洋《池北偶谈》卷六写道："吾家自明嘉靖中，先高祖太仆公以甲科起家，至隆、万而极盛，代有闻人。"

再回到王之垣。王之垣系太仆寺少卿王重光之次子，清初"诗坛领袖"王士禛之曾祖。字尔式，号见峰，1527年生，1604年卒。据《户部左侍郎王之垣公传》载，"始太仆公未第。少时家食贫，常卧敝絮、食粗粝。攻苦

茹淡、穷日夜不辍、少能文章,未冠之年补邑诸生"。王之垣是嘉靖三十七年戊午举人,嘉靖四十一年壬戌进士。初授湖广荆州府推官,历刑科给事中、礼科都给事中、太仆寺少卿、鸿胪寺卿、大理寺卿、顺天府尹、都察院右副都御史、湖广巡抚、户部右侍郎、左侍郎等。其人正色立朝,无论是对上待下,均以至诚相待,有古大臣之风。后称病乞休,蛰居故里新城二十余年。卒后赠户部尚书,赐祭葬,以子象乾贵累赠兵部尚书兼蓟辽总督太子太师,崇祀乡贤。在新城王氏家族的发展史中,王之垣的地位举足轻重。

新城王氏宗族组织的强化和扩大,王之垣功莫大焉。山东大学历史文化学院何成在《明清新城王氏家族兴盛原因述论》一文中提出,新城王氏家族组织的建设与完善主要得力于王之垣。他于明代中期建家庙、置义田、修家谱,以敬宗收族。新城王氏的家庙最早来自王重光祭祠。万历初年,王之垣的同僚好友云贵巡抚何起鸣为王重光在贵州建碑立祠,并拨置了祭田,派专人看守。王之垣念"永宁尚建祠,本县乡土岂宜无祠,乃置地于东庄建立。祠成,又以木植单薄改建今祠于南郭外"。此即新城王氏家庙,名忠勤公祠。王之垣又设置义田,撰写了《念祖约言》两卷,作为族众必须遵守的家规族约。惜已散佚。万历三年,王之垣修订了新城王氏第一部家谱,崇祯三年,其子王象晋又主持续修了家谱。吾亦以为,完备的家族组织建设,对于增强新城王氏家族的凝聚力,以及家族的恒远发展和长期兴盛的重要意义自然是不言而喻的。王象晋曾有言:故老立例析凡诠论纪系而谱作焉,而又建家祠以报祖功,立族约以垂后戒,侪义田以瞻族众。除此以外,王之垣非常重视通过联姻巩固和强化宗族组织。他在《炳烛编》中有言:《易》基乾坤,《诗》始关雎,夫妇之际,人道莫重焉。周太王王季、文王、武王有太姜、太妊、太姒、邑姜为配,周之子孙独盛于夏商,世祚亦最永。岂惟帝王,古今世家亦多由母德之贤,故婚配不可不慎。历史学博士何成《明清时期新城王氏家族婚姻研究》提到,之垣原配于氏出自明代中叶以科举起家的新城于璧家族,继配路氏出自兖州府官宦世家汶上路氏。王之垣本身就是一个基于政治利益选择婚姻的代表人物。

在对家族子弟实施经典教育方面,王之垣居功至伟。在"万般皆下品,唯有读书高"的封建时代,科举入仕无疑是王氏家族教育的主导思想。王之垣非常注意汲取临邑邢氏等士大夫家族培养子弟的经验与教训,制定了一套经典的科举教育体系,对家族子弟进行了近乎苛酷的强化训练,有力地提高了子孙的科举能力。据《乡园忆旧录》载,"太公(王之垣)尝至一同年家,一门科第极盛,其少年学作文者,将来必发。问:'奇才何尽生君家?'曰:'非才过人也,惟严立课程耳。每日读经史毕,作文七篇,缺一不可,旷一日不可。'太公即以其法训子。每夜五鼓即起,终年在书屋。惟元旦拜家祠,与尊长贺礼毕,即入塾肄业。虽至亲近族,罕得会面。一文不佳,责有定数。初不胜苦,久久操之既熟。入闱时,人忙我闲,视在塾反为从容。科第蝉联,良有故也。"严厉的家教使家族子弟终生难忘,"方伯(渔洋祖父王象晋)年至耄耋,时时梦课业未竟,中心惶惶,跪受扑责"。家存"课子镜",诸小儿跪读。垂示后人,其意深矣。这种被外人视为严酷的甚至残忍的、与世隔绝的教育方式让我唏嘘不已,真是两耳不闻窗外事,一心只读圣贤书啊。此外,王之垣亦规定,家族子弟如有事外出,则规定归来时间,需刻烛以限,超过规定时间返回的,要受到惩罚。惩罚,惩罚,惩罚,又是惩罚。但是,王氏子弟科考之时,却能够做到气定神闲、从容不迫。我想,再苦再累也值了。正所谓"吃得苦中苦,方为人上人"啊。《乡园忆旧录》亦载:"明户部侍郎王公之垣,阮亭先生之曾祖也。家法极严。孙某制绿纱裙,偶为公见,大怒曰:'此荡子衣,岂吾家所有!'寸裂之。时孙某之父方官京师,封置一箧,并书寄都中,责其教子无方。"意思是王之垣某日偶然看见一个孙子穿着绿纱裙,大怒说这是纨绔子弟的服饰,岂是我们王家人穿的!遂令其脱下并撕裂寸断。该孙子的父亲其时在京师为官,王之垣命人将碎衣装箧并附书一封寄往北京,责备他教子无方。王之垣家教之严厉,藉此亦可窥一斑矣。套用当今流行的说法,王之垣是当之无愧的"狼爷狼爸"。

王之垣为学、为官、为人均可谓之王家子孙的典范。据记载:"始,之垣绩学时,攻苦茹淡,躬日夜不辍,教诸子亦如之。"他在考取进士以前,常常与诸弟侄同甘共苦,堪称表率。据《明代王氏族谱》《恭人王母于氏行述》载:"予同诸弟侄始读书一室中,二鼓睡,五鼓兴。予未就枕,诸弟侄不敢先;予未起,而诸侄读书声已盈耳矣。"为官之时,虽然地位显赫,但他时时处处俭朴行事,力戒奢侈,在家平居,无鲜甘之奉、华美之饰,以步代车,即病足,御便舆,入里必下,布衣出入,不带侍从。子孙遵用其教,常布衣屝而行市。无导从者,出入有期,不失晷刻。正如王象晋所撰之联:"绍祖宗一脉真传,克勤克俭;教子孙两行正路,惟读惟耕。"相传,之垣公少时业师魏智家贫外出,正遇之垣公骑马出行,公急忙下马扶师上马乘骑,而自己步行随从其后。乡人皆以此例教子孙,传为尊师美谈。王之垣素不嘱私事,从不徇私情,致仕后,书一贴于厅云"誓不说事"的典故至今在新城故里广泛流传。王之垣性格耿直,为官清正,明敏干练,不畏权贵,秉公断案,其名甚著也。掌管刑狱之时,他"察隐蔽,督坚强,讼为之清,他郡疑狱滞案多以嘱公"。尤其是按律严惩了辽王属下杀人一案使他声名大噪,当时在京城国子监供职的张居正曾专门托人致语云:"理刑王公祖,甚有执持。我甚服之"。即使赋闲在家,王之垣亦"处江湖之远则忧其君",伯子司马公(王象乾)以参政备兵上谷,(王之垣)谓之曰:"吾家世儒生耳,委尔于边野,犯锋镝,不慈。以为难也而避之,逆上命,不忠。吾终不以慈废忠矣。"督促儿子早日赴任,"象乾既行,尽瘁西事"。在父亲的教导下,王象乾恪尽职守,戍边廿余载,威震边陲。王公之垣拳拳报国之心,天地可表,其心可鉴,其情可明。他休致家居数载,课教诸孙,闭户写作,著述等身,撰有《历仕录》一卷、《炳烛编》一卷、《摄生编》二卷、《百警编》一卷、《念祖约言》二卷、《惺心楼》三卷、《基命录》三卷、《日程编》一卷、《谏议疏稿》四卷、《琅琊游记》《诗集》等。

处心积虑苦心孤诣经营若此,则新城王家幸甚子孙幸甚矣。

王象乾文韬武略威震边关

在新城王氏家族的历史中,有一位自二十四岁中进士出仕,为官长达六十余载,历仕隆庆、万历、泰昌、天启至崇祯五朝,虽出身于文吏,却镇守边关达二十余年,建立了赫赫战功的子弟。他,就是王氏的六世祖王象乾。

王象乾,字子廓,号霁宇,明嘉靖二十五年生,崇祯三年卒于新城故里。始起家于文进士。王象乾曾祖王麟、祖父王重光、父亲王之垣凤以诗书传家,再加上父亲课子殊严的科举教育,王象乾秉承家训,刻苦攻读,年少而才丰。我不禁想起了《论语·颜渊》的句子:"君子之德风,小人之德草,草上之风,必偃。"风行尚草偃,况乎王氏家族久以"道义""读书"治家哉?况乎王公象乾自幼天资聪颖饱读诗书哉?明隆庆四年山东乡试以亚元考中举人,隆庆辛未年殿试,孝妇河畔传诵出了"一榜三王"的佳话。一榜高中三进士,孝妇河上下,千村万户,一片欢腾,皆曰孝水之域地灵人杰。"一榜三王"即新城县王象乾,淄川县王教、王晓。《史记·礼书》曰"守正笃实、久久为功",正是书香门第这种惟耕惟读的长期熏陶,不但使得王象乾腹有诗书气自华,而且影响他在戎马一生的连年征战中凸显了过人的胆识与谋略,树立了一员威震边陲的"儒将"的光辉形象。毕竟是文进士出身,虽为军界职衔,但其人委实是文韬武略,著述亦颇丰,有《忠勤录》二卷、《开天玉律》数卷、《经理䢵河宣大奏议》《云中奏议》《请减福王赡田疏》《争水西界疏》《三争水西界疏》《请发帑金以充抚赏疏》《皇明典故纪闻》十卷、《文选删注》十二卷、《音韵类编》《文选音注》十二卷、《评苑文选傍训大全》十五卷、《赵松雪文集》《备陈抚款事宜疏》《再陈款战事宜疏》等等,直令我惊叹不已。王象乾累官至兵部尚书兼吏部尚书。

王象乾学而优则仕,但不忘师恩,其尊师轶事至今为邑人所称道。明朝嘉靖年间,贡生崔正宇因故以教书为业,其学生中名著者王象乾系隆庆辛未进士,新城耿氏家族耿庭柏系万历年间进士。王、耿两人皆为宦京师。某日,兵部司马王象乾回新城省亲,途径长山县,见一长者骑驴而行,兵卒喝曰:"回避!"见此人镇定有余,象乾命不必惊扰,辨识此人乃己少年之师崔正宇,遂命停轿躬身施礼,崔正宇但见一武将面之甚恭,只觉似曾相识,不知羹饭何时,便曰老夫一介书生,未曾以将军为友,将军莫误识乎?象乾谦笑曰生非别人,乃新城王象乾也。崔旋即忆起,曰汝吾数年未见,变化之大甚矣,吾今乃无用之人。象乾甚觉叹之悲之。《中国历史文化名镇——新城》记述,王象乾遂曰:"先生将欲何往?"崔正宇道:"昨日来长山会友,今日回家。"王象乾说:"那正与学生一道,请先生上我的轿,学生送先生回家。"崔正宇说:"不必了,汝公事在身,不打搅了。"说完赶驴要走。王象乾忙道:"先生不必介意,吾虽官身,并非专为先生相送,汝吾同行一路有何不可?"崔正宇望望面前威武的将军、雄壮的卫士,低头见自己布褛褴衫,寒酸至极,思忖:吾坐轿内,岂不有损生之威名?便曰:"使不得,使不得,吾一介草民,将军乃国家勋臣,何敢有辱将军威名,将军还是自行上路吧,老夫乘毛驴赶路足矣。"王象乾躬身道:"先生所言非是,象乾吾并非过谦,学生能有今日,驰骋疆场,怎敢忘先生教诲之恩。先生之德大焉,先生之功大矣!汝吾并非他人,请先生乘吾轿有何不可?望先生不必推辞。"在王象乾的一再坚持下,崔正宇坐上了官轿,王象乾遂骑毛驴轿后随行。越过新城,将师崔正宇送至大王庄方回。此事虽已近四百年,但至今仍在新城传为佳话。

考中进士后,王象乾授山西闻喜县令,迁兵部主事,历员外郎、郎中之职。知保定府时,正值灾荒之年,百姓颠沛流离,象乾未得旨意,冒险借军队购马款万两,赈济诸邑百姓,使之安心种粮,次年交还官银,获利数千,悉散发平民百姓购买耕牛、种子,其赈贷有方,百姓欢欣,政声大著,迁河南副使。其受命戍边时,以社稷为重,忠猷素著,对少数民族采取了恩威并施的策略,既怀柔笼络,以招抚为主,又厉兵秣马,兼以武功,数管齐下,遂娴熟于治边方略,与少数民族关系日趋融洽,维护了民族团结和边疆稳定。据载,象乾曾五次戍边。第一次在口北道(张家口、宣府等地)。万历十七年,象乾进直隶右参政,分守口北道,衙驻宣府。《明史稿·王象乾传》载,"自顺义王俺答受封后,他部皆纳款。宣府所直诸大部:曰哈剌慎、曰老拔都、曰永邵卜、曰火落气,并骄悍,岁市赏银二十七万,犹时跳梁。象乾裁之,衷甲(披坚执锐,横刀立马)坐市台,召谕诸部长,皆慑不敢动,卒裁四之一。象乾机警有胆略,善骑射,熟外蕃故事、一切土俗及种落家世。以暇,呼大小诸部长,犒以牛、酒与马射为戏,诸部长皆喜曰'那颜爱我'。那颜者犹大人也。史车二部长久报塞,忽叛去,巡抚王世扬用象乾计招之归……在事七年,边境无事。"从中,我们既能领略到王公深谙少数民族风情之博闻强识,又可洞悉其知己知彼百战不殆的策略,且其勇可嘉,其谋之深,吾亦以为神也。殚精竭虑若此,何事何愁不成!吾辈当为鉴也。第二次是万历二十九年,象乾转左侍郎兼右佥都御史,代李化龙总督四川、湖广、贵州军务,兼巡抚四川。据《明史稿·王象乾传》载:"播州杨应龙初平分其地为遵义、平越二府,设流官,其遗党吴洪诡称杨氏聚众沙溪作乱,结水西宣慰使安疆臣为援,象乾至,讨平之。水西与播接境,白乌江北膏腴地六百余里为杨氏所侵。杨氏有难,复入水西。至是,议清疆界。李化龙谓先属播地,宜归之朝廷,象乾亦主之,贵州巡抚郭子章以先讨应龙时,檄疆臣协讨,许裂土酬功,今不当夺其故地,与象乾异议。象乾遣使责疆臣退地,子章不得已,亦遣使趣之。贵州巡按毕三才劾两人亵国体,南北言官遂交章诋象乾贪功启衅。兵部尚书萧大亨主言官议象乾'以中外多庇疆臣,乃尽发其罪,言征播之役疆臣伪报歼应龙子惟栋,他首功可知。至佯败弃阵,送药往来,欺君助逆,迹已昭然。令还我侵地,不咎既往,已属至仁。若因其挟而予之,彼不以为恩,而我益示弱,德威两失矣'。因乞休致,并发疆臣遣使入京行贿状,而兵部执如故。四川巡按李时华亦主子章、大亨,即如其议,请敕两地,按臣勘奏。奏上,竟以地界疆臣,增官进秩,其母亦赐祭。自是,安氏益强,竟为后患。象乾亦丁父艰归。"第三次是万历三十六年,蓟辽总督缺官,诏起象乾任之。是时,辽东战局紧张。

《兵部尚书兼蓟辽总督太子太师王象乾公传》载，"关外贼寇长昂，骚乱宁前道，宁前道总督塞达因革其额赏，其子徕晕大怒，联合插汉诸部，声犯蓟门。朝中议论推举总督，神宗记起象乾曰：是争水西地界者，可遣也。其时王象乾已告假居家，朝廷降旨任命其为右副都御史、兵部左侍郎，总督蓟辽军务。象乾接旨，克期往视，事先发一道檄文，将控关门，遣使者去插汉部帐中，申明朝廷威德，并且称象乾代命，谕之曰：尔赏额自若也，奈何从乱？诸部素来深信象乾，队伍自行散解。徕晕势孤，亦请献进贡马牛羊驼二千四百有奇，以自赎罪。嗣后，帝闻之，以象乾屡建奇功，遂委以重任。"《新城县志》云"象乾任，则边衅宁；象乾离，则边衅起"，虽有溢美之词，但体现了其对于安境戍边的重要作用。第四次是天启元年。《兵部尚书兼蓟辽总督太子太师王象乾公传》载，"辽东战事吃紧，朝廷以故官请公复出，提督九边军务、总督蓟辽兼制宣大等处。次年广宁失陷，朝廷采用象乾西靖则东自宁的战略决策，命其安抚了西部，恢复广宁。复命大学士孙承宗暂解部务巡抚边关，与经略王在晋意见不统一，经抚不和，致使全军覆没，山海关外大部失守，先是哈喇慎部大酋罕孛罗势闻广宁陷，声称进取蓟东，京师大震。象乾公遣使谕之曰：尔祖父以来，世受天朝豢养，尔顾不率祖父忠顺，尔甘为盗也？众闻之为象乾公，惊曰'那颜在此也！'即附使者叩献酥酪，随后不长时间插汉八部、哈喇汉五部、多颜朗素等率相而至，愿移帐退守关门如故约，全仗象乾引诱之力居多焉。帝闻念其功，屡加少师兼太子太师。"第五次是天启七年至崇祯二年。天启七年，插汉遣使入新平堡乞赏，堡将误杀使者，虎墩兔借口为事端，起兵进犯大同，杀掠人畜无算。1628年，崇祯帝即位，颁旨象乾起用原官，总督宣大行边视师。崇祯二年，王象乾时年八十三岁。当时北方边防十分紧张。故此，帝命袁崇焕为督师处理辽东等军务，同时又根据袁崇焕的推荐，任命军界元老王象乾以兵部尚书兼右都御史总督宣大(宣化、大同)，以抚驰漠南蒙古。象乾不辞年老力衰，以大局为重，召之即来。崇祯帝隔着御案对须发花白近在咫尺的老臣说："卿五朝元老，忠猷素著，见卿矍铄，知袁卿荐举不差，有何方略可面陈来？"王象乾以其数年经验，向皇上建议招抚插汉虎墩兔，并可将其部族安定在蓟镇边缘住牧，为我藩篱，永绝边患。

崇祯帝大悦:"卿抚插酋于西,袁崇焕御后金于东,恢复成功皆赖卿等之力。"王象乾旋即亲赴前线,整军强势,瓦解敌酋,边关暂安。战事告捷,公以疾乞休,疏十余道,帝方准其休致居家。疾驰回原籍新城,帝褒谕再赐蟒衣一套,白金四十两。遗憾的是,崇祯皇帝为以后越来越糟的形势所忧所惧,又偏信阉党谗言,疑心将帅不忠,错杀蓟辽督师袁崇焕,清军敌酋东、西联战,李自成义军又澎湃汹涌,终把明王朝送进了历史的坟墓。

王象乾忠心报国,为保卫大明江山呕心沥血,堪称社稷栋梁、国之柱石。终其一生,成功镇抚为患西北边境的蒙古诸部与以卓越的军事战略眼光力争水西地界遂成为象乾公两件主要的历史功绩。王象乾戎马倥偬,统兵数载,威震边关,功勋卓著,扬名中外五十余年,经纶伟业详载史册,终以抚西成就其一世功名,稳定大明社稷功高盖世。在长城山海关老龙头原守备署内的蓟、辽督师一览表中,天启二年栏内,赫然列着"督师王象乾"之名。公文韬武略,官居一品。王渔洋在《池北偶谈》中曰:"当明中叶,门户纷纭之时,无一人濡足者,亦可见家法之恭谨矣。先伯祖太师霁宇公(讳象乾),出入将相六十年,与叶文忠公、沈文端公、郭文毅公辈师友之谊最厚。"王象乾身故之后,其事迹被写进文学作品流传后世,蒲松龄《聊斋志异·王司马》篇,即讲述了王象乾镇守北部边关时"桐木人刀哄骗敌兵""诈计建筑苇薄长城""安卧吓退敌兵"的传奇。他的感人事迹亦被说书之人编成故事,传颂于大江南北。

万历四十七年,大明朝廷为褒奖王象乾,在新城敕建"四世宫保"坊,彰显其功,荣宗耀祖。崇祯三年,象乾卒,皇帝命加坛谕旨赐阡祭葬于淄川凤凰山之阳。缘何不进祖茔而葬于临邑?道光辛巳举人、淄川王培荀《乡园忆旧录》载:"新城王大司马霁宇有知人鉴。其婿,吾邑浙抚东溟公举之子也,字宏室,贵介子,而朴质无文。王夫人心微歉。司马曰:勿尔。婿厚重,福人也。后生二子,绳东玮,念东珩。每游外祖家,司马必亲送,人疑焉。公曰二子虽幼稚,天下才也。兄弟皆有异秉,读书过目不忘。崇祯己卯,绳东领解,念东同举,人比之'二陆'。司马精堪舆,自择葬地,面河背山,甘舆家或载之图。所植松最多,号千松岭。传兵弁受恩者人植一松云……墓在吾邑,至今高氏子孙岁时为之祭。盖遗训也。"象乾卒后,崇祀乡贤祠,敕建司马祠。据史料记载,除"四世宫保"坊外,尚敕建有"四世都宪"坊、"父子尚书"坊、"殿邦元老"坊、"甲科济美"坊、"圣恩五锡"坊等,都是为褒扬纪念王公象乾而建,或者是与王大司马密切相关。惜遭数年战乱,今仅尚存"四世宫保"砖坊。

尚书既殁,所存遗迹亦失之多半,唯英名长存于天地之间矣。

明农隐士王象晋

绍祖宗一脉真传,克勤克俭;

教子孙两行正路,惟读惟耕。

畅游在新城王氏家族的发展历史中,突然想起了王象晋的这副对联,又想起了"方伯年至耄耋,时时梦课业未竟,中心惶惶,跪受扑责"之故事。怀着好奇之心,慢慢走进他的世界,粗略读之,吾惊诧于其为官之余,不但潜心文学,而且之于农学之于医学,都有极深的研究和造诣,无论在其中哪个领域,何种专业,都堪称当朝名家。这会让很多自以为学识渊博的人感到学养浅薄。即使根据当前之尚不完全的探究、考察与统计,王象晋著述计三十余种逾一百册,不可不谓之宏富。

王象晋,字康侯、荩臣、子进,号康宇,晚年自号清悟斋、明农隐士、赐闲老人。明嘉靖四十年生,清顺治十年卒,享年九十三岁,崇祀乡贤。王象晋是户部左侍郎王之垣第三子,兵部尚书兼吏部尚书王象乾乃其长兄,清代诗坛大家王士禛是他的嫡孙。万历二十二年中举人,三十二年中进士,授中书舍人,四十一年考选升任翰林、御史等职,官至浙江右布政使。

王象晋为人做官处事笃实厚重。或许一方水土养一方人,明清山东新城境内少山,王象晋的胸怀正如新城的平原一样坦荡如砥一马平川。万历四十一年考选,同乡诸公皆欲以台省之职处之,恰巧其长兄象乾任以蓟辽总督兵部尚书。朝廷定制,父兄官为内阁及六卿者,子弟无得居言升官之路。其见于居职者,例改翰林官。因此,王象乾的想法是暂归新城故里为三弟留出晋职的空间,这样一来象晋可升翰林。孰料象晋再三谢绝说不可以兄弟之私情而违背朝廷的规矩,遂平调入礼部任仪制司主事。时人皆佩服象晋之正、象乾贤之友爱。事之同僚,象晋处以宽厚,情同手足。《浙江布政使王象晋公传》载,崇祯十一年,公迁浙江右布政使。是年冬,左布政使姚永济入京朝拜,象晋摄其政事。是时,岁饥灾荒,贼寇讧乱,国库虚空,朝中户部官吏视见赋税入赢不足影响皇宫所用,正遇姚至京,以征税不及额而下狱。象晋闻知后,命镇守库藏官吏将所有贮存尽数输之,该库官推辞以朝廷考核官吏政绩不便而言之,将影响公之仕途。象晋曰:"若所言,吾岂不知,顾姚事急,吾视事日浅,即不及降秩耳,姚祸且不测。与人同僚,濒危而忍秦、越视之乎?"于是,令选择官吏前往送京,至京部验看文书证件,赋税如额。姚永济遂得以释还,回后率其子弟顿首感谢于门下,跪拜而感动地说:"如果不是公之相救,我不可能再回来至此,今后之余年是公赐给我的。"起来后相持象晋公,感动至深,潸然泪下。公之为人,可见一斑。事之百姓,象晋体恤有加,执法为民。督理苏、松、常、镇粮储时,恰逢漕运兵卒与吴地江民发生冲突,愤怒的百姓殴伤粮官,焚烧漕运船只。王象晋详加调查,证据确凿,遂依律将肇事漕卒逮捕法办。事之刑狱,象晋不媚权贵,秉公办案。职河南按察使时,皇室宗亲兰陵王母刘氏因故诬陷许州诸生五十人,巡抚大人接受其词,下令逮捕处治,王象晋查清了其中冤情,与上司河南巡抚据理力争,避免了一起冤狱。其后,皇室宗亲骄横跋扈、纵行恣意于郡县之势稍有收敛。事之大义,象晋坚贞果决,忠君爱国。崇祯二年,通州暴民作乱,聚众数千,烧杀抢掠,来势凶猛,倘若处置不善,恐当危及政局。王公象晋自泰州疾驰奔赴,第一时间赶到现场处理,其临危不乱,指挥若定,擒戮数名要犯,乱即平定。他在《清寤斋心赏编·为政篇》写道:"莅官之法,事来莫放,事去莫追,事多莫怕。为政之要曰公与清;成家之道曰勤与俭。事上之道,与其循之以法,不若奉之以体;临下之法,与其循人之情,不若平我之情。"读之,甚觉至情至理、至察至明。王象晋做到了。是故,史书盛赞之:济人利物常恐不及,乃爱国爱民、急公好义、关心国计民生的长者。

王象晋是其宗族家风家训传承的关键人物。在其父王之垣的影响下，崇祯三年，王象晋主持续修了新城王氏家谱，促进族众之间"睦邻保、振窘乏、恤孤寡"，家族的组织团结和持续发展有了强劲的精神纽带。其侍奉长辈，犹卧冰求鲤，率先垂范，忠孝兼优，堪称王氏后世子孙之楷模。《浙江布政使王象晋公传》有载："闻听继母路太夫人病，请假急归。时有三原来户部复善医，方榷关临清，亲自冒冰雪星驰五百里邀请来看病，不得痊愈，则祷告于岳祠，愿以身代母命。"太夫人临殁，感动得唏嘘不止，执手叹其孝悌之情意。寤寐思之，吾感慨良久。子曰："犬马皆能有养，不敬何以别乎？引申斯言，不孝不敬，何以言忠？"即连自己的亲生父母尚且不孝顺、不尊重的人，又怎么谈得上忠君爱国呢？《礼记·大学》曰："古之欲明明德于天下者，先治其国；欲治其国者，先齐其家；欲齐其家者，先修其身；欲修其身者，先正其心；欲正其心者，先诚其意；欲诚其意者，先致其知，致知在格物。物格而后知至，知至而后意诚，意诚而后心正，心正而后身修，身修而后家齐，家齐而后国治，国治而后天下平。"是故今人亦有小孝治家、中孝治企、大孝治国的说法。鲁中大地孝文化源远流长，孝妇颜文姜的故事感天动地传颂千年，博山凤凰山南麓建有颜文姜祠，孝妇河由南而北在淄博这片神奇的土地上汩汩流淌。然公至孝至诚出悌入孝若此，诚令吾辈为之汗颜。王象晋秉承工氏家风，其居官清廉，拒绝一切请托、贿赂等，百姓盛赞其公平。这篇短文写到这里，我的眼前突现出这样一组画面：明朝末期，阉宦当道，官场昏暗，政坛险恶，社会动荡。却有一人出淤泥而不染：不立山头，宦海几度沉浮；与世无争，崇尚宁静淡泊；不贪权势，古稀辞官家居。毫无疑问，斯人乃王公象晋也。更为可贵的，他休致归里之后，常闭门谢客，即使郡县长吏到门拜访，也常避而不见，遂逐渐断绝了与外界尤其是大小衙门和各级官员的联系。其夙知科考兴家，以诗书和举业教课子孙，教育子弟以诗书传家，要求每天读书到夜半，每天都要写文章。他在《清寤斋心赏编》中写道："少年为学者，每一书皆作数次读，当如入海，百货皆有。人之精力，不能兼收尽取，但得其所欲求者尔。故愿学者每次作一意求之，如欲求古今兴亡治乱、圣贤作用，且只作此意求之，勿生余念。思忖虑之，亦有教育子孙读书务以科考为念为要之意。"他对于子弟管束之严格，极其酷似其父王之垣之教子也。王象晋虽曾居高位,然其素淡泊,家室中无媵妾侍女,好读书,常常身体力行以教后人,正如文首其自撰对联之说。他的嫡孙王士禛曾在《自撰年谱》中这样写他的祖父:"盛暑整衣冠危坐,读书不辍,常举唐刘批言诫子孙,无矜门第,务学为善,故其家代有名人,有家法之善,有以维持之。"

王象晋是明代著名的文学家、农学家和医学家。新城王氏家族现存有著述传世者五十余人,王象晋就是其中的一位。世事洞明皆学问也。课教子孙的同时,这位"遗老"勤于著书立说,陶冶情操。不同的是,其他族人大都是文学著述,象晋公除文学以外,尚有农学、医学领域的专著。王象晋对种植花卉、果树、蔬菜等作物情有独钟,即使居官之时亦不忘农耕之本,经常深入农田现场细心观察体验。他重视对粮食作物、果树种植的研究和记载,常常对某种作物引入栽培、反复试种,比如种植甘薯的最佳土壤、管理方法以及留种、育苗、繁殖技术、储藏应注意的事项等,都翔实地进行了经验与教训的总结。经过长期的农业生产实践,王象晋积累了丰富的农业生产知识,又从古代农书中汲取了不少宝贵资料,逐渐完成了理论与实践的初步结合,用了十余年的时间和心血,编撰了一部二十八卷四十余万字的农学巨著《群芳谱》。它集17世纪初以前的古代农学之大成,内容广泛,论述周详。书中按照天、谷、蔬、果、茶竹、桑麻葛棉、药、木、岁、花、卉、鹤鱼等十二个谱分类,并且对每一种植物都详叙形态特征、栽培、利用、典故和艺文,这是历朝历代其他农书所不及的,因此在我国农学史上具有重要意义。康熙四十八年,清政府组织对《群芳谱》整理增充,易名《广群芳谱》,编为一百卷,圣祖仁皇帝亲撰序文刊行全国,成为指导农业生产的要籍。明代以来,《群芳谱》刊行了多种版本,流传甚广。1985年,农业出版社又整理出版了这部著作,列入"中国农书丛刊"之一。垂暮之年的王象晋埋头从事园艺学和医药学的研究,经常收集所见到的各种验方,日久成帙。间或以之授人,用之多验,久之遂通医药,对药物性能颇有了解。《群芳谱》十二谱分类中,药居一类,对药物的种植、修治、制用、辨讹、服食等均有论述,对医药学做出了贡献。王象晋继其父王之垣之后亦开设"保安堂药舍"为人医病,新城王氏四代开设药舍,遇到穷人经常免费救治,免费取药,悬壶济世治病救人,至今传为美谈。

王象晋文学代表作《翦桐载笔》(明代文言小说集),农学专著《群芳谱》(又名《二如堂群芳谱》),医学著作有《保安堂三补简便验方》《神应心书》《广受仁寿》《保世药石》以及《卫生铃释》等,惜后二种已佚。其不少著述经世致用,为后人留下了许多珍贵的资料。另著有《赐闲堂集》《清寤斋心赏编》《金刚经解》《桐封楚游》《郢封里吟》《诗馀合璧》《奏张诗余台璧》等。

"……中心惶惶,跪受扑责",真是严师出高徒。

王象春奇情孤诣绝才异骨

新城王氏家族"代有闻人",著述宏富,被誉为"江北青箱"。明清两朝仅现存有著述传世者达五十余人。其中诗文领域当推王象春、王士禄、王士祜、王士禛等。明代自当首推王象春,其诗歌成就卓著,与钱谦益、钟惺、文翔凤齐名,与山东公鼐、冯琦号为"齐地三彦"。对王渔洋的诗歌创作影响尤甚。

仕途坎坷

王象春系太仆寺少卿王重光之孙,浙江按察使王之猷第五子,王士禛的从叔祖,徐夜的外祖父,新城王氏第六世著名的代表人物。初名象巽,字季木,号文水,又号虞求,别号山昔湖居士(另有一说为"鹊湖居士",笔者无考)。明万历六年生,崇祯五年卒。万历三十一年举人,三十八年以榜眼中进士,与明末清初著名诗人钱谦益同科,钱为探花。官至南京吏部考功司郎中。

王象春刚正不阿,直指当世贤愚善恶,陷入了明末党争,仕途甚为坎坷。礼部会试与殿试之时,其便屡遇不顺,遭受打击。《中国历史文化名镇——新城》载,万历四十年,象春公任顺天乡试同考官,因另一同考官被揭发舞弊,使王象春遭受牵连,经刑部追查审理,历时两年,方弄清所诬都非事实。但是王氏饱受精神折磨与迫害,案结后遂告病回原籍休养。万历四十三年,故乡灾乱不宁,于是变卖田产出走。初至沂蒙、徐州等地,又北返兖州……万历四十五年重返官场，先至北京任上林苑典簿，后长期在南京任职，曾历任大理寺评事，兵部、工部员外郎，擢至吏部考功郎中。但是，王象春"雅负性气，刚肠疾恶，扼腕抵掌，抗论士大夫邪正，党论异同，虽在郎署，咸指目之，以为能人党魁也"（见钱谦益《列朝诗集小传·丁集下》），终因"意气太盛，肝肠太热"，傲睨时辈，激论是非，而招致魏忠贤等"阉党"的嫉恨。其时，明熹宗朱由校只贪嬉戏，统治之权皆已落入太监魏忠贤手中，并结为"阉党"。天启四年，"阉党"模仿《水浒传》的体例，编著《东林点将录》，按照一百单八将排名之例，王象春以"天损星浪里白条"赫然入榜。"阉党"宣布了《东林党人榜》，凡榜上有名的，生者削籍，死者追夺，已削夺者禁锢。榜中共三百零九人，王象春是第五十九名。天启五年，遂被削职回籍，家居十余年。《新城县志》称其"诗文有奇气，性抗直，不随俗俯仰，以忤魏珰削职，海内高之"。崇祯四年新城故里遭受"辛未之难"，空前的浩劫，空前的灾难，王氏家族以及新城官民罹难者四百余人。王象春遂携王氏族人等避难于邹平长白山。家人遭难，自己不幸，加之体弱多病，翌年郁恨而卒。

齐音传世

与仕途的失意相比，王象春在诗歌创作上取得了很大的成就。王象春初于诗，宗法李梦阳、李攀龙，与文天瑞击节唱和。王象春作为晚明山左诗坛之巨擘，在山左诗坛上，推崇李攀龙高远古雅而又不涉媚俗的诗文风格，并在"性灵"和"复古"之争中开拓了一条新的诗路。他针对复古提出了"古而不摹，自我作古矣"，并"重开诗世界，一洗俗肝肠"，倡导"禅诗"与"侠诗"。钱谦益评价其：季木于诗文，傲睨辈流，无所推逊，独心折于文天瑞，两人学问皆以近代为宗。天瑞赠诗曰：元美吾所爱，空同尔独师。著名学者朱彝尊评论云：万历中年，诗派杂出，季木自辟门庭，不循时习。朱彝尊亦云：同时名家者，冯用韫（琦）、于念东（疑为可远，名慎行）、王季木（象春），皆拔萃者也。是故，王象春"以诗自负，才气奔轶"，盖实乃其性之使然也。王士禛曾有言：从叔祖季木考功，跌宕使气，常引镜自照曰:"此人不为名士,必当做贼。"尝奉使长安,饮于曲江,赋诗云:"韦曲杜陵文物尽,眼中多少可儿坟。"其傲兀如此。

"日读离骚醉,时偕野梵游"。万历四十四年春,王象春徙至济南,购买了明代著名诗人李攀龙在大明湖百花洲畔的故居白雪楼旧址,筑造了"问山亭",读书赋诗其中,完全是一副脱离世俗的姿态了。读书赋诗之余,他徜徉于济南的湖光山色之中。但眼前的现实,却使他激愤难平。据《济南历史文化概观》载:山东已大旱两年,饥民遍城野,树皮草根剥掘都尽。而官府还在追缴钱粮,贵族官僚依然在歌舞、酬酢中过着荒奢生活。王象春仅在四个月的时间里,就写出了《齐音》这卷杰作。《齐音》又名《济南百咏》,共一百零七首七言绝句,分咏济南的山水泉湖、名胜古迹、节令风俗、神话传说、历史人物、社会现象等,尤其对济南的山、水、湖、泉题咏殆遍。每首诗后附有注释,以抒诗中不尽之意。内容丰富,意义深刻,贯穿着整个济南的地方史,成为济南的一部史志诗。其时人称:"况历(历城)旧无专志,今百咏所载,千秋之作备矣。"确非虚谈。诗人对济南的湖山景色情有独钟,情之所至,他在文章中写:"北地风景似江南者,自齐城之外并无二地。"再如其《大明湖》诗:"万派千波竟一门,冈峦回合紫云屯。莲花水底危城出,略似镂金翡翠盆。"传神地描写了明湖山水相形的阔大境界和城映水底、缤纷荟萃的秀美景致。除歌咏湖光山色、颂扬孝悌之道等之外,王象春亦抒发了其爱国主义精神,如《马跑泉》一诗,赞颂抗金名将关胜:"将军战马就悬崖,石底空闻吼怒雷。四铁一敲冰雪涌,始知赤兔本龙媒。"同时,诗人对朝廷弊政和百姓疾苦了然于胸,他悲天悯人,意存讽喻,在诗中亦作了真实反映。如其《黑虎泉》一诗:"泰山之下妇人哭,泉吼犹能怖啸风。何故焚香祭猛虎,生祠几处在城中。"虽寥寥二十余字,但却入骨三分。

卓立王门

王象春是新城王氏家族中最具独创性的诗人。其藐视阉党宵小,有齐鲁士人高洁不屈之风貌。在悲惨坎坷的境遇之中,他的诗歌更加疏狂任达,兀傲雄肆,将齐气表现得更加酣畅淋漓。王象春题咏古迹的《书项王庙壁》一诗,引用史书记载的楚汉争雄事件,从功业、人格、人性等方面对项羽和刘邦进行了经典比较评价:"三章既沛秦川雨, 入关又纵阿房炬。汉王真龙项王虎。玉块三提王不语。鼎上杯羹弃翁姥,项王真龙汉王鼠。垓下美人泣楚歌,定陶美人泣楚舞,真龙亦鼠虎亦鼠。"清人王培荀《乡园忆旧录》有载:"王考功季木,徐东痴之外祖、渔洋山人之从祖也。才气纵放,傲睨一切。"著有《问山亭集》,务欲超出常规,惊骇流俗,如项王瞋目叱咤,千人皆废。题项王庙一篇,狮吼鲸翻,几欲唾壶击碎,压倒从前作者矣。其余示能称是。自引文太清天瑞为同调,第文太清支离,钱某拟以佛法中之魔波旬考功,则未戾大雅矣也。《归岳忠武庙》云:"衰草寒烟日暮时,伤心瞻拜岳王祠。君王自得偷安计,臣子应班痛哭师。东海未填精卫死,南风不靖杜娟知。由来和议非长策,千古英雄敢莫追。"比樊宗师文从字顺,不得以怪奇目之。安徽桐城人方文《题王阮亭仪部像》云:"山东风雅谁第一,新城王家故无匹。季木开先称作者,贻上后来更挺出。""季木"即王象春。他已成为山左诗坛举足轻重的中坚力量。

但是,在政治禁锢之下,王象春只能读书赋诗,隐居田园。其人以诗名于万历年间。他的为诗思想对后人影响很大,其外孙徐夜自三岁始随母亲居外祖象春家,由其抚养长大,成为明末清初山左著名遗民诗人,堂孙王士禄、王士禛"承季木家学",为清初诗文大家。抑郁数年,象春公于1632年含恨病逝。同科进士钱谦益为撰墓表,弟子张世伟为撰行状,均镌立碑石。季木公外孙、明末清初山左著名诗人徐夜有诗赞之:"问山亭子高屹屹,中坐吾翁翁神明。湛湛江水上有枫,死生门生张先生。先生笔写秋毫及,吾翁耿耿当中立。想其下笔风雨来,灯火欲灭风吹入。"虽素有奇伟大志,然恰逢乱世,阉宦当道,黑白颠倒,英雄终无用武之地。惜哉!

王象春重开了山左诗坛新世界,并对明清之间的诗歌起到了承前启后的重要作用,延续了山左诗坛的辉煌。钱谦益《列朝诗集小传》中肯定了其"自有门庭"之论。著有《问山亭集》《济南百咏》(《齐音》)《李杜诗评》《地理俯察备要》《暗湖集》《迁园集序》《文人邑志》等。

王象春者,奇情孤诣、绝才异骨也。

神仙中人王士禄

在对王士禛的诗作风格影响较大的几位诗人中,王士禄是其中的一位。清康熙年间,王士禛被誉为诗坛泰斗、一代诗宗、文坛领袖,开创了著名的"神韵诗"论,完成了对家族诗学和山左诗学的继承、总结和超越,与王士禄对他早期的指导和影响密不可分,从这一点上说,王士禄功不可没。

王士禄是诰封朝议大夫国子监祭酒、新城王氏第七世王与敕的长子,王士禛的长兄,字子底,一字伯受,号西樵,又号负苓,济南府新城县人。明熹宗天启六年生,清圣祖康熙十二年卒,终年四十八岁。顺治五年戊子举人,十二年乙未科进士。殿试时,大清朝廷以顺治九年程可则磨勘之故,由前名改为三甲进士,又未被选中政职,无奈之下,王士禄遂投书吏部乞改教职,得授莱州府教授,后迁国子监助教,擢吏部主事,官至吏部考功司员外郎。

王士禄的科考与为官坎坷曲折。唐代诗人王勃在《滕王阁序》中写道:"时运不济,命运多舛。"或许是命中注定,或许是好事多磨,他的科举之路与仕宦之途,可谓坎坷崎岖,荆棘丛生,艰辛异常。在参加童子试、乡试、会试之时,王士禄都是各有三次方才通过。对于吾等后学而言,摇头揣测微叹,这是巧合,对于西樵山人来说,却是苦不堪言,更是摧残。更有甚者,其为官亦三起三落,甚至曾一度入狱。士禄其人盖与"三"结缘乎?《中国历史文化名镇——新城》载,康熙二年,王士禄迁吏部稽勋司员外郎,被命主河南乡试。康熙三年,礼部查处河南乡试试文有疵,王士禄等人循例以罪被罢官夺俸。"同时被谪者数,独先生恬然如平时",十月后,"得昭雪则跳身之吴越,偕诸名士为大桥三竺之游,银甲弹筝,金鱼换酒,泛月坐花,逾时忘返,识者叹为神仙中人也"。嗟夫!正如王勃所言:"酌贪泉而觉爽,处涸辙以犹欢。北海虽赊,扶摇可接;东隅已逝,桑榆非晚。"王士禄尝游杭州,历览湖山之胜。蛰居家乡新城八载,康熙十年方起原官。时遇大学士张贞等人建言过强获咎,王士禄以其忠直,赋诗赠之,和者甚众,文章之士游挲下者,以不识王士禄颜色者为耻。十一年,寻又免归。王士禄匆匆治装,以母病之由重返故乡。朝野文士皆为王士禄鸣冤,皆呼"劫难总逢德才士"。"母殁,以毁卒"。因丧母过度悲伤,王士禄病逝于新城故里。程轶在《清初诗人王士禄研究》中写道:"平生却是一波三折,起起伏伏。廊庙英姿,湖海浮沉,没有令他消沉、颓唐,反而练就了他的旷达、乐观,他虽屡更机阱,却又天钧泰然。"王士禄虽神理绵绵,然终饱受磨难。

王士禄素以诗名并书法传之于世。先生自幼天资颖悟,聪明超绝,因祖父王象晋的培养和诗书之家传统家学的熏陶,早负诗名,弱冠即文名省内。据《中国历史文化名镇——新城》记述,其人于学无所不窥,尤精经史诗文,深醇博奥,自成一家。顺治十二年考中讲士时,其风神玉立,曰"夙工欧阳书",练就了一手出色的欧体书法,是故曾盛名于京师。王士禄从小即喜爱读诗、吟诗。他书盈四壁、博综众长,对汉魏、六朝古调、初盛唐诗、香奁体、杜诗等皆有所师法,唐代诗人杜甫的雄浑高古以及王维、孟浩然等人澄澹清远、雅好山水的诗作风格,对王氏影响尤甚,其诗风逐渐变得超旷清新。特别是"甲辰之狱"后,王士禄的诗学宗尚悄然发生了微妙的变化,他的诗冲和淡泊,"闲谈幽肆",文风质朴,犹如清水出芙蓉,天然去雕饰,作品以才情见长。如其五言绝句《庭梅》:"索笑怜窗晓,流光照砌春。那须江上见,宛似弄珠人。"短短二十字,将他萧疏澹远的风格体现得淋漓尽致。再如他《题龚半千画为周栎园侍郎》诗:"石门积雨黯层峦,鸦路苍苍万木攒。为忆秋风吹老屋,孤情著意写荒寒。"胸中丘壑,尽然纸上。程轶《清初诗人王士禄研究》认为,"王士禄诗歌,题材比较广博,其中记游诗和赠答诗数量最多,成就亦最高。其记游诗反映面相当宽泛,因此又分为山水诗、怀古诗、风俗诗、行旅诗等四类……其赠答诗内涵亦十分丰富……王士禄诗歌取向多重,形成对立统一的独特风格:既有清远闲淡的自然净雅、轻逸幽婉,又有劲健雄放的沉雄瑰丽、澎湃酣畅"。读其人其诗,吾亦深以为然。王士禛曾删选王士禄诗作为《考功集选》四卷,并在《考功集序》中引述时人的品藻如是评价王士禄的诗歌成就:"先兄考功平生诗,不减二千余篇,已刻者曰《表徐堂集》、曰《十笏草堂集》、曰《辛甲集》、曰《上浮集》,海内耆宿论之详矣。杜于皇以为'扫绝依傍,期于亲见古人'。孙豹人以为'取法少陵,稍出入于康乐、东坡之间'。汪苕文以为'幽闲澹肆,极其性情之所之,而夷然一归于正'。尤展成以为'如深山道人,草衣木食,而神色敷腴,非食肉之相'。林铁崖以为'登临瞩望,多豪隽非常之词,时逃于贝叶,时逃于绮语'。毛驰黄以为'磅礴在中,郁纡在外,皆忠爱悱恻之所激发'。盖诸公之论云然。而先生尝题襄阳诗曰:'鱼鸟云沙见楚天,清诗句句果堪传。一从时世矜高唱,谁识襄阳孟浩然。'其微旨所寄如此。……坡公所云:'出新意于法度之中,寄妙理于豪放之外。'以评是诗,其亦无溢美尔矣。"于此之间,亦可领略王士禄诗歌风格之多样性。王士禄一生著述浩繁,有《读史蒙拾》《燃脂集》《表余堂诗存》《十笏山房》《上浮诸集》《辛甲》等,并传之于世。与弟王士祜、王士禛均甚有诗名,诗坛称之为"三王"。

王士禄读诗、写诗以及诗歌风格对其弟影响甚笃。他勤学不倦的精神和诗学旨趣潜移默化地使王士禛、王士禧、王士祜等兄弟的诗学观念有了明晰的发展方向,深深奠定了他们取得诗学成就的基础。据记载,王士禄"清介有守,笃于友爱。自少能文章,工吟咏。以诗法授诸弟,皆有成就,而王士禛尤以风雅为海内所敬仰"。王士祜诗法王维、孟浩然,充满神韵清远之趣,王士禧诗作多寄情山水,亦有唐人风调,字里行间不约而同地均有王士禄的影子。士禄之于士禛,则亦是"文章经术,兄道兼师",是王士禛的启蒙人之一,在为人为官为诗等诸方面对王士禛进行了良好的熏陶和引导,影响极其深远。尤其是其追慕复古和纵情山水的诗学传统对王士禛的影响非常之大,诗作内容主要集中于记游山水、登临写景、咏史怀古、思亲怀人等等,作品多有意境空灵、余味悠长的神韵篇章。是故,

清代卞永誉《王士禄柳荫放鹤图》

王士禛"神韵"诗作风格和诗论的形成及在诗学上取得的斐然成就，更是与王士禄早期的指导息息相关。清顺治年间，王士禄和王士禛兄弟二人同上公车，与海内文人论文定交，一时驰声艺苑，传誉京师，其时人称"二王"。嘉兴李山颜曰："渤海何森森，泰山何嵬嵬。钟灵二王子，出为天下才。"以渤海和泰山起兴，高度赞扬了王士禄兄弟二人的盖世才华。光绪进士徐世昌《晚晴簃诗汇》认为王士禄与王士禛"一门诗学，固属沆瀣。至其才力雄深，伯仲之间各有面目，殆非渔洋所能掩也"。著名史学家邓之诚曾比较王士禄与王士禛的诗歌成就说："士禄修洁不及士禛，而笔力劲健过之。若谓士禛大家，士禄当为名家"。虽青出于蓝而胜于蓝，但两人为诗的确各有千秋。

王士禄编撰《燃脂集》，是对中国女性文学的突出贡献。他汇辑了先秦至清初女性诗词文赋、杂著二百三十卷编为《燃脂集》，鼓励女性创作。为何取名"燃脂"？据史化《王蕴章〈燃脂余韵〉》说，"燃脂"，即燃烛，语本南朝徐陵《玉台新咏序》"于是燃脂暝写，弄笔晨书，选录艳歌，凡为十卷"。清初王士禄"尝欲辑古今闺秀之文为一书，取徐陵《玉台新咏序》'燃脂暝写'之语为名，然陵所选乃艳歌，非女子诗，士禄盖误引也。其弟士禛书其年谱后曰：先生著书，惟《燃脂集》二百三十余卷，条目初就，盖为之而未成，仅有此例十条而已（《四库总目提要·燃脂集例》）。因前有王士禄误引徐陵"燃脂"一词，作为"闺秀之文"书名的《燃脂集》，清末南社社员王蕴章将错就错，将其记载清代女子诗事之作取名《燃脂余韵》。据笔者所知，由于王士禄借用"燃脂"一词之例一开，其后遂成为女性作品的代词。前述王蕴章收录清朝闺阁诗事的笔记体诗话《燃脂余韵》即属此列。以该词代为女子诗文者不乏其人。如福建近代女诗人萧道管有《燃脂新话》三卷，女诗人傅宛编有《燃脂一百韵》等。因卷帙太多，其时王士禄、王士禛兄弟因故并未刊刻，只有手稿本一部，故此书的生存状态，三百年来一直为学界关注。王士禛《香祖笔记》中亦有记述："先兄西樵先生，撰古今闺阁诗文为《燃脂集》，多至二百卷，诗部不必言，文部至五十余卷。自廿一史已下浏观采摭，可称宏博精核。而说部尤创获，为古人未有。"但是，此部手稿本，如今已散佚各处，难以窥其全貌。断笺残稿，惜哉！根据学者郭延礼调查，上海图书馆藏九册计三十卷，山东省博物馆藏二卷，国家图书馆藏有五卷，另收入《四库全书》的《燃脂集例》一卷，胡文楷先生藏有钞本五卷（与上海图书馆重者二卷），总数四十卷，其卷数尚不到全书的十分之二。《燃脂集》是研究中国妇女文学史与中国古代文学史不可或缺的极其珍贵的古代女性文献。

　　清代书画鉴赏家卞永誉作《王士禄柳荫放鹤图》，现藏于美国弗利尔美术馆，画面之中，高山清幽，水流潺潺，白鹤亮翅，荷红蛙鸣，先生道骨仙风，憩于其中，神气娴畅，怡然自得，望之如神仙中人。

观池北书库偶记

万般皆下品,唯有读书高。

岁次丙申初秋,余与友人畅游王渔洋故居西城别墅,但见别墅西北有池,池北有藏书之楼,鎏金匾额高悬其上,名曰"池北书库"。王渔洋在《池北偶谈》自序中云:"予所居先人之敝庐,西为小圃,有池焉,有老屋数椽在其北。予宦游三十余年,无长物。唯书数千卷,庋置其中。辄取乐天池北书库之名名之。池上有亭,形类画舫曰石帆者,予暇日与客坐其中,竹树飒然,池水清澈,可见毛发,游儵浮沉,往来于寒鉴之中。""乐天"者,唐代著名诗人香山居士白居易也。

明清之际,新城王氏家族科甲蝉联、簪缨不绝,至五、六世时发展为齐鲁望族,世人谓之"江北青箱"。"青箱"一词,原义指收藏书籍字画的箱笼,引申为家学渊源、人才辈出之意。单就王士禛藏书的池北书库而言,前人常以"藏庋之富,甲于山左"形容。清代著名诗人、学者、藏书家朱彝尊作《池北书库记》云:"彝尊经乱,先世之遗书莫有存者。及壮,糊口四方,经过都市,残编断帙,至典衣予直,积之二十年矣。以验藏书家目录,则仅有其十之二三焉,然未尝无出于藏书家目录之外者。譬之于海,九川四渎无不趋焉。"康熙年间,朱彝尊与王渔洋并称诗坛"南朱北王",朱氏亦为藏书大家,但其倾力所积二十年尚只有渔洋藏书十之二三,遂由衷感慨王氏藏书如浩瀚大海,自己竭力而存只是江河细流而已。朱先生虽有自谦之意,但足见王士禛藏书之富绝非一般之汗牛充栋。是故,余以为称池北书库为"江北青箱"亦未尝不可,甚至是比较恰如其分,因为符合了词语的本意。

《池北书库记》中载："池北书库者，今少詹事新城王先生聚书之室也。新城王氏，门望甲齐东，先世遗书不少矣，然兵火后散佚者半。先生自始仕迄今，目耕肘书，借观辄录其副。每以月之朔望玩慈仁寺，日中集奉钱所入，悉以购书，盖三十年而书库尚未充也。"王氏藏书，部分是祖辈遗存，但是因为战乱遗失过半；部分是抄录的珍贵稀缺之典籍；部分是以自己的俸银所购之书。渔洋山人《居易录》中有载："予家自太仆、司徒二公发祥，然藏书尚少。至司马、方伯二公，藏书颇具矣，乱后尽毁兵火。予兄弟宦游南北，稍复收缉，康熙乙巳自扬州归，惟图书数十篋而已。官都下二十余载，俸钱之入，尽以买书。"公之《蚕尾集》亦载："予游宦三十年，不能以籯金遗子孙，唯嗜书之癖老而不衰。每闻士大家有一秘本，辄借钞其

池北书库

副。市肆逢善本，往往典衣购之。今予池北书库所藏，虽不敢望四部七录之万一，然亦可以娱吾之老而忘吾之贫。"其嗜书之情，悉数在文中。王渔洋仕途始自扬州为推官，康熙四年，卸任扬州时"唯图书数十箧"，王氏有诗云："可使文人有愧辞，韩欧坡老是吾师。四年只饮邗江水，数卷图书万首诗"。无独有偶。康熙四十年，渔洋山人告假而归，惟载书数车以行，送行之人甚为感叹，门生禹之鼎为之绘有《载书图》，以纪其胜。诸城人刘喜海《渔洋山人池北书库藏书目》有载："国初新城王阮亭尚书池北书库藏庋之富，甲于山左，且以载书一图更传为美谈。""载书一图"即指于此。四十三年因故罢官，归里时"遂巾车就道，图书数篚而已。送者填塞街巷，莫不攀辕泣下"。为官长达四十五载，回家之时功名利禄皆然放下，所带行李只是数箱书籍而已，余遂对其文人之性、嗜书之情和居官清廉、两袖清风皆顿生慨叹。《池北偶谈》业已对王士禛从始仕起即集奉钱所入悉以购书之事具以详载。

山人经常到街巷书摊淘书，丝毫没有朝廷大员的架子。尤其是在慈仁寺书市购书，堪称京师一景。《池北书库记》写其"每以月之朔望玩慈仁寺"，他在《香祖笔记》中亦载："每月朔望及下浣五日，百货集慈仁寺，书摊止五六，往间有秘本，二十年来绝无之。……京师书肆，皆在正阳门西河沿，余惟琉璃厂间有之，而不多见。灯市初在灵佑宫，稍列书摊，自回禄后移于正阳门大街之南，则无书矣。"渔洋藏书珍品不少是购之于此。《居易录》载："偶过慈仁寺书市，得琅琊《王若之集》。"又载："同年九月二十五日，朝审毕，过慈仁寺阅故书摊，买得《陶隐居集》三卷、《曹邺诗集》《曹唐诗集》各三卷。"因此癖好，常令拜访渔洋者寻而不遇。造访之人摸出其中规律，径直前往慈仁寺书市即遂心意。《桃花扇》作者孔尚任辄屡以此法见到山人。康熙二十九年，孔尚任与王渔洋在慈仁寺书市上相识，因俱嗜书订交。孔氏尝有诗云："弹铗归来抱膝吟，侯门今比海门深。御车扫径皆多事，只向慈仁寺里寻。"诗后有注："渔洋龙门高峻，不易见，每于慈仁庙寺购书，乃得一瞻颜色。"王渔洋对造访者寻其常常不遇之事在《古夫于亭杂录》亦有记载：昔在京师，士人有数谒予而不获一见者，以告昆山徐尚书健庵。徐笑谓之曰："此易耳，但值每月三五，于慈仁寺书摊候之，必相见矣。"如其言,果然。购得心仪之书时尚胸中欢欣,失去买书机会时则憾恨不已。《居易录》中对此有载:"尝冬日过慈仁寺市,见孔安国《尚书大传》,朱子《三礼经传通解》,荀悦、袁宏《汉纪》,欲购之,异日侵晨(桓台方言,'清晨'之意)往索,已为他人所有。归来怊怅不可释,病卧旬日始起。古称书淫书癖,未知视予何如?自知玩物丧志故是一病,不可改也。亦欲使我子孙知之。"欲购未得,竟至大病而卧床,真乃书痴乎!对于买不到的珍贵稀缺之书,王渔洋总是借来抄录而藏。是为苦心孤诣者也。《渔洋文略》《居易录》和《池北偶谈》均有详载。

政务之暇,渔洋山人手不释卷,博览群书,入得佳境则常通宵达旦。其嗜书如命,超然物外。难怪《康熙实录》载,圣祖仁皇帝曾赞赏王渔洋:"居家除读书外,别无他事"。《渔洋山人精华录笺注》中载:"公(王渔洋)长身修髯,无声色博弈之好,惟嗜读书,公余手不释卷。性好客,坐上恒满。谈言亹亹,至夜分不倦。从不干人以私,子弟应试,虽门生故旧为主司,未尝以一言属也。又好汲引士类,见人有一长,称之唯恐不及。"渔洋四子启汧《带经堂印谱》中辑录的渔洋藏书印有"王阮亭藏书印""御史大夫""宫詹学士""忠勤公之世孙""经筵讲官""怀古田舍""琅琊王氏藏书之印""国子祭酒""宝翰堂章"等图章数十枚。渔洋精于鉴赏,据说书商卖书欲抬高书价,必托词"经新城王先生鉴赏过"云云。王士禛有《池北书库藏书目》,收录宋元明本近五百种,每书之下撰有题记。据资料显示,王士禛的藏书在他卒后不久即散佚,其中部分为叶德辉观古堂所有,观古堂在抗战中流入日本。中国社会科学院蒋寅著《王渔洋与康熙诗坛》中提到:"历年阅读所及,见知渔洋藏书存世及经前人收藏的已有六十二种"。

吾慨叹痛惜之余,以一代诗宗渔洋之联作为本文结尾:"书搜万卷,读书求实用;笔剩一枝,下笔尚真情。"

梦 渔 洋

一抔寂寞的黄土,一段尘封的岁月。

出新城新立村向西不远,老梧河北岸王氏祖茔内,王渔洋墓即坐落于此。据载,王氏祖冢原占地四百余亩,松柏两千余株,墓冢百余座,规模宏大,气氛森严,在明清两朝鲁北地区,绝无仅有。其中,王渔洋高祖王重光墓、曾祖父王之垣墓均为御制造葬,砖墙砌就。因为渔洋先生过世后没有享受御之礼,墓地葬式非常简单。据说只有封土、祭台和一幢神道碑而已,占地面积仅仅两千平方米。

停车驻足,放眼远眺,一望无垠的是绿油油的麦田,农夫在田地里辛勤地劳作,除草、浇水、剜菜,忙得个乐此不疲、心旷神怡。他们或许知道,在自家常年耕耘的地底下,埋葬着新城王家的一位先人——王士禛,他是清朝的高官。恐怕鲜为人知的是,沉睡在这里的,不仅仅是一个从一品的朝廷大员,更令人瞩目和仰之弥高的,是一位主盟清初诗坛达半个世纪之久的一代诗宗,"神韵说"诗论的开创者王渔洋。恰如其门人程哲所言:"新城先生以渔洋著称海内者,凡五十余年,盖皆称其诗也。"

"在城西南二里梧河之阳,葬刑部尚书王士禛",光绪年间进士新城人郝毓椿监修的《重修新城县志》中有这样的记载。"城"即新城县城,梧河又名系河。康熙五十年,七十八岁的王渔洋患疡症病故。据《王氏家传》载:"山人卒于五月十一日。于是年十二月初七日,葬于系河北岸祖茔之次。"一代诗坛泰斗、一颗璀璨夺目的明珠就此陨落,其友人、门生、故吏纷纷前来悼念。

王士禛故居

　　《桃花扇》的作者、罢官后隐居多年的孔子第六十四世孙孔尚任曾赴新城吊唁，表达哀婉之情。年逾花甲的孔氏闻讣即刻神色凝重的自曲阜动身，全然不顾鞍马劳顿。康熙二十九年，孔尚任与王渔洋在慈仁寺书市上相识，因俱嗜书订交。两人交往甚密，常有诗酒唱和。孔氏癖好收藏古物，每得好物，常邀王渔洋前来赏鉴。康熙三十二年夏秋之间，王渔洋亲自登门拜访孔尚任，让他至为感动，愉快地接受了王氏将其书斋名改为"岸堂"的建议。孔尚任罢官之后，凄凄然滞留京城逾两载，极度窘困，王渔洋雪中送炭，悉心周济照料他的生活，帮助其度过了人生低谷。孔尚任作七言长歌以示谢意，其诗中"新城清风天下闻，乃有大被暖铁汉"两句，深切地表达了作者对渔洋先生笃于友情的感动和感激之情。其时，新城西城别墅内肃穆静默，孔尚任跪拜在王渔洋遗体前老泪纵横，在场者无不为之动容。

　　淄川蒲松龄亦有诗悼念："昨宵犹自梦渔洋，谁料乘云入帝乡。海岳含愁云惨淡，星河无色月凄凉。儒林道丧典型尽，大雅风衰文献亡。薤露一声关塞黑,斗南名士俱沾裳。"根据明清文学研究学者、蒲松龄研究专家、山东大学教授袁世硕先生的考证,王渔洋与蒲松龄只有一面之缘,蒲松龄曾给王渔洋写过四封信。康熙二十八年,读完蒲氏的书稿,渔洋先生在卷末题写了一首脍炙人口的《戏书蒲生〈聊斋志异〉卷后》:"姑妄言之姑听之,豆棚瓜架雨如丝。料应厌作人间语,爱听秋坟鬼唱时。"蒲松龄和道:"志异书成共笑之,布袍萧索鬓如丝。十年颇得黄州意,冷雨寒灯夜话时"。王渔洋故去后,蒲氏心里自然非常清楚,对于倾其一生心血所萃的《聊斋志异》,在那个文字狱盛行的年代,如果没有渔洋先生的庇佑,他的手稿将会面临着怎样的灾难。

顺治十五年同科进士、文坛名士陈廷敬作《悼王阮亭兼忆汪苕文》:"诗忆平生句,人怀别后颜。高秋回白首,落日下青山。感旧风尘际,论交杵臼间。九原见汪大,应笑老夫顽。"陈廷敬,原名陈敬,御赐"廷"字,字子端,号说岩,晚号午亭,清代泽州(今山西晋城市阳城县)人,曾任康熙帝师、吏部尚书、文渊阁大学士、《康熙字典》总修官等职。王、陈二人既是朝中同僚,更是志同道合的诗友,其脾性志趣相投,他的悼念诗似乎更具有代表性。

王渔洋仙逝,与之"同朝历三十余载"的文渊阁大学士兼礼部尚书王掞作《皇清诰赠资政大夫经筵讲官刑部尚书王公神道碑铭》碑文:"余惟公以诗古文词宗盟海内五十余年,海内公卿大夫文人学士,无远近贵贱,识公之面闻公之名者,莫不尊之以为泰山北斗。凡公所撰著与其所论定,家有其书,户诵其说,得一言之指示奉为楷模,经一字之品题推为佳士。"缅怀王士禛一生的人品、文品与政声。墓前为吏部尚

王渔洋墓旧照

书加太子少师宋荦作《资政大夫刑部尚书阮亭王公暨张宜人墓志铭》。此碑乃稀世国宝蝉鸣石做成,石质特异,泛红带蓝丝,风吹既有蝉鸣在耳。在宋荦所作墓志铭碑左右,依次排有杨绳武、翁方纲、孙星衍等清代诗文大家为王士禛所撰墓志铭。

20 世纪 30 年代后期,王士禛墓遭到破坏,国宝蝉鸣石不知下落。60 年代后期,王世禛墓被挖掘,仅存两块碑文,渔洋墓故址已夷为农田。2005 年,淄博市文物专家对其墓葬进行勘探,只测得墓室长四点五米,宽四点二米,地表与地下遗存一无所有,墓址在标志碑西十二点五米处。

风绵绵,雨绵绵,一代诗宗梦里牵。清影曲高寰。著述繁,掖不倦。魂居寂寞垣。廉声在人间。

静静地伫立在路边,凝望着清冷孤寂的标志碑,我有感而发,悲叹时过境迁,往事经年,早已如烟消云散。

清慎勤不负民

"无暮夜枉法之金,清也;事事小心,不敢任性率意,慎也;早作夜思,事事不敢因循怠玩,勤也。""钱粮不论多寡,批回俱要一一清楚。号件簿最要稽查,每日勾销一次,须无延捱迟误及贿压等弊。""勿用重刑,勿滥刑;至于夹棍,尤万万不可轻用;病人、醉人不宜轻加朴责;盛怒之下,万不可动刑。""日用节俭,可以成廉。而下人衣食,亦须照管,令其无缺。"

在新城王士禛纪念馆,珍藏着王渔洋先生一部世所罕见的著作的手迹石刻拓本,著作名曰《手镜》,以上四条均录自其中。《手镜》共计五十条箴言3009个字,字字珠玑,句句灼见,饱含着一位慈父对儿子的期冀,闪烁着一位宿臣对仕宦的真知。康熙三十六年,王渔洋三子王启汸出任河北唐山县令。高居庙堂的王渔洋,对儿子以一介书生出任县令,委实放心不下。久经官场心如明镜的他深谙为官之要,怜子之情萦绕心间。王渔洋遂撰写并亲书《手镜》交给启汸,让其"置座右","披玩而从事焉"。

既曰"手镜",岂不就是要求儿子随时随地随事都要对照吗?我不由想起《旧唐书·魏徵传》里的话:"夫以铜为镜,可以正衣冠;以古为镜,可以知兴替;以人为镜,可以明得失。"又想起了新城王氏家族家规家训的传承:四世祖王重光提出"所存者必皆道义之心,所行者必皆道义之事,所友者必皆读书之人,所言者必皆读书之言"。五世祖王之垣将王氏家族治家经验编著为《念祖约言》,告诫子孙"有祖宗之世德,然后子孙成世业,子孙成世业又当修祖宗之世德"。六世祖王象晋在《清寤斋心赏编》中要求后人谨记"士大夫当实有忧国之心莫徒有忧国之语";"当为天下必

【新城旧事】

刘春国先生题《世事洞明皆学问也》

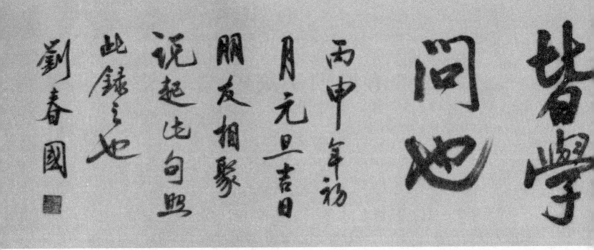

不可少之人莫做天下必不可常之事";"莅官之法事来莫放事多莫怕";
"为政之要曰公与清成家之道曰勤与俭"。八世祖王渔洋教育子弟"不负
民即不负国,不负国即不负所学"……世代传承的家风家训,早已潜移默
化地成为根植于王氏族人内心深处的文化自觉。

王渔洋自己就是勤谨职守、清廉为官的典范。身为扬州推官,其"不
名一钱",他的至交穷诗友许天玉为参加会试向他借川资,他无银可助,
夫人张氏将手腕上的镯子脱下给了许作会试之资。其在离开扬州时写诗
道:"可使文人有愧辞,韩欧坡老是吾师。四年只饮邗江水,数卷图书万首
诗。"扬州五载,离开时"唯图书数十箧",正如扬州如皋冒襄曰:"公实今
日之循吏,仁而明,勤而敏,廉而能慎者也。"康熙八年,在榷江苏清江浦
关督船,打击官商勾结牟利,治贪除污。三十年春会试,正主考张玉书、陈
廷敬、副主考李光地皆欲拟惠周惕为第一,独副主考王渔洋不同意(惠为
渔洋门生),其主持公道、清廉无疵如是。三十一年调户部右侍郎,主政宝
泉局督理钱法,力主革除样钱,屏绝货贿,一例不染。四十三年因与理密
亲王(废太子胤礽)诗歌酬唱,被误为太子党,为康熙帝所怒,故以他故罢
官。十月归新城故里时,"遂巾车就道,图书数篓而已。送者填塞街巷,莫
不攀辕泣下",行李仍然只有数箱书籍而已。归之于里后,康熙四十六年
山东大旱,王渔洋家中虽"瓶无储粟",却谢绝了济东道巡抚宋广业的好

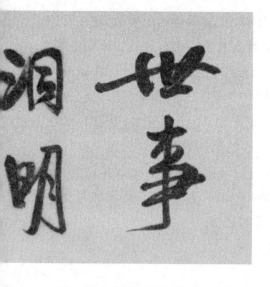

意，不具册领赈。一代廉吏于成龙曾叹服曰："真有古大臣之风"！渔洋山人自扬州始仕宦生涯长达四十五年，清圣祖仁康熙皇帝因其政声人品俱佳，御笔亲书"清慎勤"三字以赠之。

《手镜》固是一件难得的文化珍品，但其命运多舛。据说它先流入真州某人家中。清道光丁酉钱塘（今杭州）人金守楷得之，如获至宝。因渔洋先生的书法作品世人所见甚少，何况《手镜》又是传示父训，告诫为官之道，得之胜隋侯之珠、和氏之璧。金守楷遂请甘泉王临川先生摹勒上石，以期流传后世。民国三年秋，王渔洋八世孙王亿年在河北任县长期间，得到了此拓本，担心此帖散失，遂托坊间制版石印印刷。新城王士禛纪念馆馆藏的拓片即源于此。但是原碑和原拓片皆无从查找了。

王渔洋一生秉持"清慎勤""不负民"的做官宗旨，恪尽职守，政绩卓著，并将其经验传授给了担任县令的儿子。《手镜》中可见他的这些宗旨流溢于字里行间。《手镜》的内容涵盖了王渔洋在立身之本、为官之道、处世之基、审刑之度等方面的真知灼见。山东大学古典文学研究所所长、教授、博士研究生导师、山东省王渔洋研究会副会长王小舒认为，《手镜》录是第八代传人王渔洋的一部家训，在这部家训里头，王渔洋主要表述了

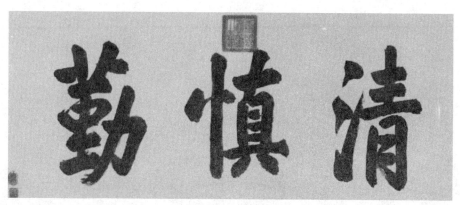

康熙皇帝题《清慎勤》

两个方面,那就是为官从政要自己严于修身,然后要为民请命,这些思想我觉得就是在今天它有着非常重要的现实意义。山东省政协原副主席、山东师范大学原副校长、山东省古典文学学会会长王志民说,新城王氏家族之所以科甲连第,人才辈出,与他有纯正的家风和丰富的家训有直接的关系,从为官之道、做人之道、治家之道,一直到养生(箴言)、女性(教育)等,内容非常丰富全面,王氏家族的家训对我们今天建立良好的社会风气,特别是树立良好的家风,是一份非常丰富的历史营养。

据王渔洋研究专家所言,王启汸恪守父训、为官清正,因此在其身后二百余年,民间依然传颂着他洁己爱民的品德。

《手镜》鉴古明今,清风传世人间。

"神韵说"与"意真说"的碰撞

温柔敦厚,诗教也。

乾隆中期以前清代诗坛六大家,顺治年间的"南施北宋"指安徽宣城施润章、山东莱阳宋琬,康熙年间的"南朱北王"指浙江嘉兴朱彝尊、山东新城王渔洋,雍正年间的"南查北赵"指浙江海宁查慎行、山东青州府益都县颜神镇赵执信。六大家中,山东人占据三席。三席之中,淄博人占据两席:王渔洋,新城县即今桓台县新城镇人;赵执信,颜神镇即今博山区人。

"神韵说"与"意真说"为不同的诗歌流派,两支流派的代表人物,前者是王渔洋,后者是赵执信。两种诗歌理论的碰撞就在他们两人中展开。孰重孰轻?孰是孰非?如果简单地以是非对错或以"文人相轻"的世俗的观点去评价清初诗坛的两位大师级人物,那就未免显得太过浅薄了。

王士禛,字贻上,号阮亭,别号渔洋山人,清初文坛领袖、一代诗宗,"神韵说"诗论的开创者。

赵执信,字伸符,号秋谷,晚号饴山老人,清初著名的现实主义诗人,"意真说"理论的倡导人。

不同的人生经历、不同的政治地位、不同的价值取向,冥冥之中似乎早已注定了两位诗坛大腕的分歧。

两人均系出身名门。王士禛高祖王重光,明嘉靖进士,官至贵州布政使左参议。曾祖王之垣,明嘉靖进士,官至户部左侍郎。祖父王象晋,明万历进士,官至浙江右布政使。伯祖王象乾,明隆庆进士,官至兵部尚书、吏

王士禛故居西门

部尚书。从叔祖王象春,明万历进士,官至南京吏部考功司郎中。赵执信曾祖赵振业,明天启乙丑进士,官至监察御史,入清以后,做过山西、江南两省布政司参议。叔祖赵进美,明崇祯庚辰进士,入清以后,官至福建按察使。他的岳父是同里内秘书院大学士兼吏部尚书孙廷铨之子、光禄寺主事孙宝仍,其岳母是新城县王与阶之女,与刑部尚书王士禛同高祖。王士禛之季妹为赵执信堂叔之妻。康熙十七年,赵执信娶王士禛甥女为妻。

两人的人生道路迥异。顺治七年,十七岁的王渔洋应童子试,县府道三试第一。顺治八年参加乡试,得第六名。顺治十二年会试中式。顺治十五年中进士。他从扬州府推官开始起步,而礼部主客司主事、户部四川司郎中、侍讲、侍读、入值南书房、入翰林院充《明史》纂修官、国子监祭酒、都察院左副都御史、经筵讲官兼《三朝国史》副总裁、兵部督捕右侍郎、户部右侍郎、户部左侍郎、都察院左都御史、刑部尚书。赵执信在仕途上则远没有他幸运。秋谷先生十四岁中秀才,十七岁中举人,十八岁中会试第六名,殿试二甲进士,选翰林院庶吉士。散馆授编修。二十三岁担任山西乡试正考官。二十五岁迁右春坊右赞善兼翰林院检讨,名噪京华。二十八岁时因在佟皇后丧葬期间观看友人洪昇的戏剧《长生殿》传奇，不合礼制，被劾革职，结束了十年仕宦生涯，永不录用。京都有人发出了"秋谷才华向绝伦，少年科第尽风流，可怜一曲长生殿，断送功名到白头"的感叹。赵执信离京时写下《出都》诗："事往浑如梦，忧来岂有端，罢官怜酒失，去国觉天寒，北阙烟中远，西山马首宽，十年一挥手，今日别长安。"其后的五十年间，他终身不仕，徜徉林壑。虽"十八贾登朝"，但一失足铸成终生恨事。一言以概之：前人高居庙堂，后者久废乡居。

两人均在诗坛久负盛名。王渔洋自幼即有喜爱诗歌的天性。十二岁时游大明湖写《明湖》诗，十五岁时作《落笺堂初稿》，成诗一卷，尤其是其中的《落叶》《锦秋湖二绝句》等诗，神韵特色已初露端倪。会试中式后，渔洋专攻诗。读诗、写诗，再读诗，再写诗，凡此几十年，他的诗歌创作水平达到了空前的高度。顺治十四年，公与齐鲁名士畅游大明湖，遂成《秋柳四首》，旋即和者数百，王氏一举成名，诗名饮誉大江南北。康熙元年，王渔洋赋《浣溪沙》三阕，其中之"绿杨城郭是扬州"句至今余音绕梁。赋《冶春绝句》，扬州红桥都因此声名大噪。其时，渔洋先生广读诗书，广游山川，广交诗友，广作诗章，深深地奠定了他日后鼎定诗坛的根基。康熙八年，其《渔洋集》备受朝野关注，诗名震京师，即使魏象枢、施润章、张英等大家俱为折服。魏象枢有言："吾仕京师三十年，惟心折一阮亭耳！"清圣祖康熙尝征渔洋诗三百篇，谓之曰《御览集》，阅后评曰"作诗甚佳"。其诗文著述甚为丰厚，尚有《蜀道集》《南海集》《蚕尾集》《雍益集》《渔洋山人精华录》《蚕尾续集》《池北偶谈》《居易录》《古夫于亭稿》《蚕尾后集》《诗话》《古夫于亭杂录》《分甘馀话》《香祖笔记》和《带经堂集》等诗作、诗论、笔记著作，令文坛诸家叹为观止。再说赵执信。作为清初一名才华横溢、风骨凛然的现实主义诗人和著名的诗歌理论家，秋谷诗名亦饮誉文坛。赵执信饱经书香门第的熏陶，自幼聪颖过人，颇有才名。据《博山区志》载，赵执信七岁即能赋诗，九岁时写文章就"以奇语惊其长老"。传说内秘书院大学士孙廷铨回乡探亲时，在赵府见到赵执信谈吐非凡，遂召至身边问其会不会作诗，孰料小执信竟然毫不谦虚地说："能吟会作"。孙廷铨命其作《海棠赋》，执信略加思索，诗文旋即而成。看罢诗文，孙廷铨颔首赞许:"执信远大器也。"又观执信天庭饱满、地阔方圆、气宇轩昂,心想他日必为国家栋梁,当即招为孙婿。在京师为官时,以博学鸿词科选入翰林院的名士毛奇龄、陈维崧、朱彝尊等文坛前辈,都非常赏识他的才华,并与他结为忘年之交。《清史稿·赵执信传》载:"尤相引重,订为忘年交。"一代诗宗王渔洋也心折其才,与他相互酬答,且似乎有意将其罗致门下。纂写《大清会典》时,许多有识之士婉言谢绝,不敢负此重任,但是赵执信阅国书、查档案,精心编纂,最终颇受康熙皇帝赏识。赵执信的著述亦不逊色,其诗歌集子有《并门集》《闲斋集》《还山集》《观海集》《鼓木世集》《葑溪集》《浮家集》《回帆集》《金鹅馆集》《红叶山楼集》《怀旧集》《磺庵集》等等。他的著作已经刊行的有《饴山诗集》十九卷,《饴山文集》十二卷,《诗余》一卷,《谈龙录》一卷,《声调谱》一卷,《礼俗权衡》两卷等。

两人的诗歌理论各有千秋。王渔洋以神韵缥缈为宗,赵执信以思路劖刻为主。渔洋早年因其兄王士禄的引导,海量阅读唐宋诗作,尤其是唐代王维、孟浩然、韦应物、柳宗元等人的诗作风格,对其一生的诗歌创作产生了深远的影响。渔洋嗜好山水,任扬州推官期间,公事之暇,他遍游江南的名山大川,因倾心太湖中的渔洋山之秀美,遂自号"渔洋山人"。足见其清韵脱俗的风格。清初的"文字狱",对文坛的影响很大,即使到了清中期,文人雅士仍然心存余悸,谈虎色变。王渔洋身为清朝大臣,必然会严格受到政治形势的约束,谨言慎行、戒急用忍自然成为首选。因此,谈"阮翁素狭"也好,云"以风流相尚"也罢,然清者自清,浊者自浊。古语有云:大隐隐于朝,中隐隐于市,小隐隐于野。历史上许多隐士看破红尘隐居山林,希望依赖世外桃源的环境忘却世事,但往往只是形式上的"隐"而已。而真正达到物我两忘的心境,反而能在最世俗的朝堂之上排除嘈杂的干

扰，即虽处于喧嚣的庙堂，却能大智若愚、淡然处之、自得其乐，这才是心灵上真正的升华所在。吾窃以为王渔洋做到了。是故，我们不能过分地苛求他写出慷慨激昂的与统治者抗争的诗篇。"神韵说"对于王渔洋的主流诗作而言，是必然的选择。既曰"主流"，是因为王渔洋诗作中亦有一些现实主义的诗篇。如其在推官任上曾有诗曰"拈花悟禅心，……萧然远尘思"，"欲乞五湖长，垂钓将已矣"。嗣时王渔洋就有到太湖中做一钓翁、远离尘俗的想法，此难道只是因其迷醉山水之情乎？再如《蚕租行十首》，凄凉地叙述了一个因繁重的租税、残酷的逼迫造成蚕农家破人亡的悲惨故事。还有《秋柳四首》《秦淮杂诗》等，在神韵之风的背后，以朦胧隐约的手法，含蓄蕴藉地表达了诗人的故国情深。但这类诗歌在王渔洋的诗作中毕竟是不多见的。他对自己诗作风格变化亦有体会：康熙三十五年祭告西岳、西镇、江渎，得诗百首，结为《雍益集》，曾自述道："无复当年《蜀道》《南海》豪放之格。然览古兴怀，得江山之助，生色有加。"其罢官归乡后"闭门著书，不以一字通朝贵"，渔洋风骨，可窥一斑。赵执信的诗作风格截然不同。秋谷可谓少年得志，前期仕途得意，但其人恃才傲物，桀骜不驯，个性轻狂狷急。他憎恨官场的肮脏黑暗，从不趋炎附势、曲意逢迎，以致目中无人。唐代杜甫诗《赠李白》写道：秋来相顾尚飘蓬，未就丹砂愧葛洪。痛饮狂歌空度日，飞扬跋扈为谁雄？清代黄叔琳《赵执信墓表》载："朝贵皆愿纳交，而先生性傲岸，耻有所依附，落落如也。故才益著，望益高，

清代禹之鼎《王士禛放鹇图》

忌者亦益多。"陈恭尹在《观海集序》中写道："士以诗文贽者,合则投分订交,不合则略视数行,挥手谢去,是以大得狂名于长安。"后来,他在《沈东田诗集序》里也曾这样评价自己:"余少好为诗,而性失之狂易,始官长安时,颇有飞扬跋扈之气。"大约是性格决定命运吧,1689年,因观《长生殿》之祸他在党同伐异的形势中被排挤出了政局。命运瞬间改写。官场仕宦的坎坷挫折和乡野之间几十年的磨砺,对赵执信的诗歌风格影响很大。他不仅创作了许多优秀的现实主义诗篇,而且提出了一套比较完整的现实主义诗论。赵执信的诗歌,语言淳朴,峭拔清新,思想深邃,犹如清水出芙蓉,天然去雕饰。吴雯《并门集序》称赞其诗"直而不俚,高而不诡"。陈慕尹《观海集序》则称赞其诗"自写性真,力去浮靡"。他"必使后世因其诗而知其人,而兼可以论其世"的"意真说"主要是指诗歌要反映现实生活。"诗以言志,诗中要有人在,诗之外尚有事在,文以意为主、以语言为役,艺术风格应该由作家'从其所近'自由选择",他的这些诗歌理论,集中在《谈龙录》里。假若赵秋谷终生仕宦得意,他诗歌的风格将何去何从呢?

两人的矛盾终缘于诗歌流派的不同。在文学的领域,流派之间的论争是很正常的。平素而论,赵执信是王渔洋的姻亲晚辈,博山与新城相距不过百里之余,王渔洋又大赵执信二十八岁,两人何来对峙呢?《清朝野史大观》载:赵秋谷……自遇新城先生,不觉低首帖服,至有"愿作扫除隶"之语。由是搁笔不复作诗,历四五年,未尝成一句、吟一字也。新城知之颇不安,乃张筵招饮,固请开禁,秋谷始稍事吟咏,然有所作,必就正新城,惟言是听。意思是早期的赵执信对王渔洋还是相当敬佩的,甚至是达到了俯首帖耳的程度。既是野史,未必可信,但秋谷早年尚未完全形成自己的诗学观点时,他仍处于扎实学习的阶段,即使其骨子里再狂放不羁,再有"舍我其谁"的豪情,面对如雷贯耳的诗坛领袖,"俯首帖耳"当然是可以理解的。一旦自己诗学理论形成,羽翼丰满,与王渔洋的神韵说形成对峙亦属正常。赵执信《谈龙录》载道:"钱塘洪昉思,久于新城之门矣。与余友。一日,并在司寇宅论诗。昉思嫉时俗之无章也,曰:'诗如龙然,首尾爪角鳞鬣,一不具,非龙也。'司寇哂之曰:'诗如神龙,见其首不见其尾,或云中露一爪一鳞而已,安得全体?是雕塑绘画者耳。'余曰:'神龙者屈伸变化,固无定体,恍惚望见者,第指其一鳞一爪,而龙之首尾完好,故宛然在也;若拘于所见,以为龙具在是,雕绘者反有辞矣。'"恰恰证明两人仅仅是诗歌理论上的分歧。况且赵执信的观点是兼容并蓄,比之王、洪尚觉略胜一筹。另据《谈龙录序》载:"新城王阮亭司寇,余妻党舅氏也,方以诗震动天下,天下士莫不趋风,余独不执弟子之礼。"亦说明了两人在诗论上的背道而驰。但是后来,赵执信在评价友人金农之诗时以"邻家鸡声"影射王渔洋,不但逾越了评诗的范围,并且显示了其"狂"的旧伤又复发了。温柔敦厚,诗教也。盖因秋谷长期处于边缘化的境地而心理扭曲乎?即使他作为康熙朝诗学的终结者与向乾隆朝诗学过渡的标志性的诗坛大家,慑于王渔洋的盛名,《谈龙录》亦是在王渔洋病入膏肓之时写成的。肆无忌惮的语气表明了其非常清楚王渔洋缠绵病榻,已经不能对他怎样了。老夫聊发少年狂罢。《四库全书·总目因园集》将赵执信与王渔洋的诗作进行了比较:"王以神韵缥缈为宗,赵以思路劖刻为主。王之规模阔于赵,而流弊伤于肤廓;赵之才力锐于王,而末派病于纤小。"这个评语还算比较公允的。

人们大都知道赵执信与王渔洋在诗学意见上的不合,但是鲜有人知在王渔洋去世时赵执信是多么悲伤。是时,赵执信匍匐在王渔洋的灵前失声痛哭。据《续修博山县志卷十四〈艺文〉》,清朝大臣、著名学者、康熙辛未科进士(历史上最年轻的探花)、其时被推为巨儒的黄叔琳所撰《赵执信墓表》写道:"新城公殁,先生奔哭之恸,曰:典型杳矣!"其相爱生如此。

这是以《谈龙录》的"意真说"与王氏的"神韵说"相对立的赵执信对王渔洋的最后评价。

失去了真正的对手,是否意味着要走向衰亡呢?

耿鸣世开启明清耿氏家族崛起的大门

　　古城新城有着深厚的人文底蕴,明清时期即有王、耿、徐、伊、沈、傅诸大名门望族。除王氏家族外,其中的耿氏家族似乎更加引人注目。

　　耿氏家族,是明代以耿鸣世为代表的新城又一旺族。耿鸣世,字茂谦,号敬亭,出生于官宦家庭,天性敏慧,勤奋攻读,明代嘉靖辛酉举人,隆庆二年戊辰进士,为官二十余载,曾历任邢台知县,刑部、礼部主事,广西、山西道监察使巡按、晋赠资政大夫太子少保兵部右侍郎、浙江都察院右都御史等职。

　　耿鸣世为国鞠躬尽瘁,恪尽职守,正气凛然,堪称百官之典范。明南京吏部尚书郑继之有诗赞曰:"耿侍御面如铁,举朝权贵肝胆。惊贲育欲挠挠,不得直言不合。便挂冠豸袍卸,却还青山只今。墓木亦以拱正,气仰射星河寒。""问公遗后何所以,一线清风在乡里。年年披拂三槐堂,绿荫苒苒看如此。"翰林院检讨陈翔龙亦赠诗云:"灼灼桃李花,当春自飘飘。松柏有孤性,凝霜见后凋。嗟乎耿夫子,正气凌九霄。神羊无枉触,骁马谁得邀。武安造飞语,魏其等蓬蒿。当时庭争者,汲郑独不挠。千古同调人,凛烈若一朝。览之三叹息,此义固寥寥。"耿鸣世亦是一位深受民众爱戴的良吏。其在邢台任职四载,深谙百姓疾苦,为民尽职尽责,造福一方,政声卓著。邢台有碑文记载:"邢台灾荒大旱,耿公骑马巡行郊野。见有水泉下流者数处,喜曰是何居也。于是建闸开渠,教民以灌溉之法城东晋安,张村诸乡田数百顷成沃壤矣。岁时劝农力耕,置仓廪修积贮。诸开垦荒基……种谷栽树。"为了减轻农民负担,请于司农得减三分之一赋役,农民立即得到了休养生息。耿氏对邢台的社会治安、社会发展和精神文明建设，都起到了重要的推动作用。当地民众建"德政祠"以纪念他，这让我情不自禁地想起了北宋文学家范仲淹《严先生祠堂记》赞美严子陵的那句话："云山苍苍，江水泱泱，先生之风，山高水长。"

继耿鸣世之后，新城耿氏家族中尚有六人考中进士：耿鸣雷，耿鸣世之弟，明万历二十六年戊戌科进士，官至太仆寺卿；耿庭柏，耿鸣世之子，万历二十年壬辰科进士，官至浙江巡抚；第八世耿宏（一说为"弘"）启，清顺治己亥科进士，官云南广通知县；第九世耿克仁，康熙十八年己未科进士，官山西岚县知县；十四世耿维祐，嘉庆七年壬戌科进士，官至广东按察使；十五世耿曰椿，道光十八年戊戌科进士，官至福州、漳州府知府，署福建督粮道兼巡抚福宁兵备道。耿鸣雷、耿庭柏、耿维祐、耿曰椿是其中著名的历史人物。2009年，王渔洋纪念馆工作人员在新城城东发现一块盘绕着百年紫藤的明代太湖石，它坐落的位置即耿曰椿故居别墅。据史料载，耿氏家族这位朝廷的正三品大员清正廉明，政绩卓显，道光皇帝曾下达圣旨给耿曰椿住在新城故里的祖父母以示对耿曰椿的表彰。据说，这道圣旨现珍藏于淄博市张店区一市民家中。据耿氏后人讲，新城耿氏与颜神（今博山区）孙氏（孙廷铨）世家联姻，太湖石原为孙家故物，明末清初由颜神镇始移置新城耿氏别墅。史料记载，明清耿氏家族累计建有功名牌坊十八座，"辛未之难"时两座木牌坊被烧毁，另有两座建在今张店解家营、桓台耿家桥，"文革"前共存十六座，惜在"破四旧"时悉数被毁。其中，载入《新城县志》七十二牌坊中的是圣恩坊、两朝恩宠坊、棠棣并美坊、殿中执法坊、清朝名卿坊、桥梓联芳坊六座。另有十二座未载入县志，即四世恩伦坊、三世宫保坊、父子进士坊、四科重望坊、帝命旌忠坊等。

清中期以后，新城耿氏家族逐渐以商贾为业，工厂和店铺遍布济南、张店等地，清末在周村创建庆和永批发庄和德庆银炉。据有关资料记载，至清代耿曰桐时，新城耿家拥有土地七百二十亩，并承包学田二百亩。耿曰桐第六子耿筱琴继承父业，在周村以经营纺织业和金融业为主，发展为资金达数十万两白银的民族资本家。耿筱琴青年时代就读于济南高等师范专科学校,起先任教师,后返新城故里经商,陆续在周村、济南、徐州、上海等地建有"庆和永"布庄连锁店。20世纪30年代,耿筱琴在济南创办了德和永印染厂,遂成为商界名流。耿氏虽家道富足,但耿筱琴为福怀仁,乐善好施,捐建多处学堂,经常周济灾民,投身于修桥铺路等泽被乡里的慈善事业。耿筱琴一如他的先人耿鸣世,在新城留下了非常好的名声。据新城城东村一些老人们回忆,解放初期实行土改的时候,当地老百姓都尽最大努力保护他,游街的时候让他坐在爬犁上,盖上厚厚的棉被,象征性地在大街上转一圈。另据《黄桑古韵》载,耿家自新城进入张店后异峰突起,清嘉庆、道光年间,张店的耿、张、赵、王四大家族,其中的耿家以其强大的社会和经济实力跃居四大家族之首。耿氏三兄弟在张店大街修建了规模、样式基本相同的三座大门,时人谓之"三户大门"。据记载,张店的古城墙就是耿氏家族牵头修建的。当年太平军起义失败后,其余部进攻张店时,耿氏家族利用藏在潘庄、解营的万石粮食,修建了防御太平军袭击的城墙。

在我母校新城中学对过,即新城镇东南隅,古城魁星阁下,射圃湾畔,有一组青砖灰瓦的古建筑,这里就是闻名遐迩的耿家大院。根据史料记载,新城耿氏家族重学崇儒、英才辈出,明清时期共出了七位进士,族人中为官者甚众,耿鸣世则是耿氏家族的第一位进士。耿家大院就是明代耿鸣世、耿庭柏"父子进士"的故居。耿家大院现存清末民初建筑四进院落房屋五六十间。一进进的院落宅第,前后相通,左右对称,布局严整,古趣盎然,墙面磨砖对缝,立柱支撑的廊檐,木格的窗栅,光滑的青石台阶,做工都非常考究,点点滴滴无不显示着耿家的殷实和富足。古色古香的味道,把游人们的思绪带到了久远的过去,直让人对耿氏家族的辉煌感叹不已。走进院中,一排一排的砖瓦平房,碎砖铺成的甬道,青石台阶和原木廊柱,雕龙刻凤的房檐门石,萋萋的蒿草……身处其间,恍惚之中似有一种穿越时空的感觉,那些历尽沧桑的青砖灰瓦张扬着它所承载的古老的文化内涵,仿佛在幽幽地诉说着历史的斑驳陆离的记忆。明清时期,这里是新城耿氏家族的住宅与商铺,起初院落规模宏大,是古新城县城中最大的院落之一。据新城城东村的老者讲述,当年的耿家大院跨度很大,包括现今的新城镇中心幼儿园(新城联中旧址)都是大院的南部两处四合院以及马厩、菜园、场院、仓库等的旧址,大院北部系六处四合院和耿氏家祠。无奈岁月更迭,时过境迁,早先的古建筑群破坏严重。民国初年,耿家世孙耿筱琴主持了较大规模的改建和翻修,故现存宅院多为典型的民初建筑风格。而今,几百年的浮华早已烟消云散,耿家大院陷入寂寥之中,只有满院的荒草与飘零的黄叶相为陪伴。

有一种说法是,因为当年耿鸣世曾任过吏部尚书,被他举荐擢用的官员甚多,耿氏家族的实力比以诗文见长的王氏家族更为显赫,是故有"新城王,王半朝,不如耿家一根毛"之说。笔者搜集了诸多史料以考证之,结果却都没有耿鸣世曾担任过吏部尚书的说法,近来又翻阅西北师范大学文史学院廖义刚《明代吏部尚书籍贯考述》,明代吏部尚书山东籍的九人中,亦无耿鸣世。再者,抑或其真的担任过吏部尚书,缘何又有"一根毛"之说呢? 此说着实令人扑朔迷离。盖谬传也。

即便如此,不可否认的是,耿鸣世开启了明代以来耿氏家族进士功名的大门,明清新城耿氏家族的崛起亦自耿鸣世而始。

吏部天官耿庭柏

　　"新城王,王半朝,不如耿家一根毛"。在鲁中之地的新城,自明代直至数百年以后的今天,街头巷尾仍然流传着这样一句妇孺皆知的顺口溜。

　　如何有此一说呢?这个问题在我脑海中一直困扰了数年之久,让我百思不得其解。新城王氏家族自明嘉靖二十年至清道光十六年,不到三百年的时间,考取进士功名者三十人,举人五十二人,贡生一百五十八人,四品以上朝廷大臣数十人,其中官至尚书、侍郎、总督、巡抚、布政使、按察使等三品以上重臣者九人,可谓明清两朝显宦世家,科甲蝉联、簪缨不绝的名门望族,世称"王半朝"。崇祯四年,左春坊左谕德兼翰林院侍讲、国史纂修、经筵讲官文震孟在《新城王氏世谱》序中写道:"若新城之王,自北海(青州)徙济南凡十世,跻巍科、登膴仕者代不乏人。身膺宠锡、龙章凤彩、焄奕炳焕,于海岱间二百余年。遂极人文之盛。则海内王姓之贵者,又莫最于新城……其以明经发迹,自颖川公(王麟)始也。起家进士,著忠勤、得卹赠,自囧卿公(王重光)始也。囧卿公之子六人、孙十九人,盖无弗显者。其得追赠于朝为亚卿、为御史大夫,亦自颖川公及囧卿公始也。以至于今族姓益繁、南宫之仕籍、东省之贤书,无岁不有。王氏子弟朱轮华毂、金鱼象简、罗列门庭,列戟剑牙,所在相望、柏台、兰省,累累若若,至不可胜谱。"诚如是故,我曾苦思冥想,若此锦衣玉食之高门大族,又怎么会不及耿家一根毛呢?

　　十几年前一次整理书橱,偶然翻找到新城耿氏家族的一些资料,眼前不禁为之一亮。困扰我已久的问题终于有了些许眉目。这个说法源于耿氏家族的第二位进士耿庭柏。耿庭柏,浙江都察院右都御史耿鸣世之子,山东新城县人,字惟芬,号华平,1572 年生,1623 年卒,明万历十六年童子试第一,十九年山东乡试以亚元中举人,二十年壬辰科进士。初授浙江山阴县令,嗣后历任河南光山县令,刑部职方司主事,吏部考功司主事、郎中,验封司郎中,文选司郎中,太常寺少卿,太仆寺卿,都察院右佥都御史,浙江巡抚等职,卒后赠太子少保兵部右侍郎,崇祀乡贤。耿庭柏刚直不阿,勤恤民隐,政绩卓著,但不以文名,仅留下《宁夏讨贼方略》《建醮疏》等几篇奏章文稿。

耿庭柏是当之无愧的能臣干吏。当年仅有廿岁的他任号称天高皇帝远的山阴知县时,面对复杂的情况毫不畏惧,明察暗访找到了确凿证据后,毫不手软地打击恶霸豪强,严惩了其中的罪大恶极者,稳定了社会秩序,在山阴站稳了脚跟。其间,他德惟善政,政在养民,改革不合理的赋税制度,减轻了百姓负担;建立"常平仓",以储粮备荒;修建麻溪河堤等水利工程,使数顷良田免于水患;修建县学校舍,惠及了全县学子。正所谓功在当代,利在千秋,功成不必在我,功成必定有我。是故,彻底改变了山阴县一直以来难以治理的局面,山阴遂由大乱而为大治。二年以后吏部考核官员时,县令耿庭柏受到了皇帝的御书褒奖。天启元年,刚刚登基的明熹宗面临朝政腐败,强敌入侵,起用了耿庭柏,第二年着即升任太仆寺卿,主管鞍马粮草。此间,京城有位杜姓将军敲诈勒索百姓,耿庭柏义愤填膺,不畏权贵,立即上疏皇帝罢免了他,从而改善了军队与百姓的关系。不久,耿庭柏右迁都察院右佥都御史,巡抚浙江。曾经在浙江工作过的耿庭柏,深谙浙江官场的状况。赴浙履新后,他雷厉风行地根据当地的实际颁布了十二条政令,规定官员不得刁难、伤害百姓,百姓不得违法;对于违反规定的严加惩处。"十二条"政令颁布付诸实施后,浙江的吏治、民风焕然一新,"两浙吏治,翕然一变"。其后,耿庭柏出兵镇压了危害一方的湖州土匪叶朗生余党,百姓安居乐业,社会得以稳定。为了减轻百姓的沉重负担,他曾不顾朝野反对,裁减了大量冗官。耿庭柏矢志百姓,凡可为民请命者,他都义无反顾挺身而出,纵以身殉亦在所不惜。他更是一

新城旧事

位忠臣干臣,代天巡牧治下万民,使主管之地域之吏治之民生由乱到治,终得政治清明,海晏河清,乾坤朗朗。1623年,耿庭柏因积劳成疾病逝于浙江巡抚任上,"浙人无贤愚童叟,罔不唏嘘流涕也"。

"新城王,王半朝,不如耿家一根毛"的渊源,与耿庭柏曾在吏部任职有关。万历三十四年冬考核官吏时,按例是由文选司郎中提出主导意见,其他官员只是圈阅而已。但时任考功司郎中的耿庭柏开诚布公,公正无私。对于早年因故被万历皇帝罢免的官员,耿庭柏依据其德才表现以及过去的政绩重新任用,前后起用了邹南皋等九十余人。万历三十五年,吏部尚书空缺,侍郎杨止庵代理吏部事务。同年,耿庭柏转任文选司郎中。文选司的主要职责是协助吏部尚书掌管官吏的"班轶迁升,改调之事",即负责官员的选拔任用和调动事宜。文选司是吏部职权最大的部门。其虽为司官,职务不算很高,但权力却不小。耿庭柏一心一意辅佐杨止庵,其惜才如命,不求全责备,提拔起用重用正直能干之人,从不因为有点小缺点而放弃。对于那些贪赃枉法、冒功受封的官吏,即便有高官显贵居间说情他亦严惩不贷,绝不姑息,大刀阔斧地整顿吏治,因而成为吏部实际意义上的掌权者之一。其时,新城王氏家族中朝廷大臣居多,当时人称"王半朝",权倾朝野。耿庭柏虽是小小文选司郎中,但是主管全国官吏的升迁、调动,王氏子弟自然概莫能外。因此,耿庭柏虽然从未担任过吏部尚书,但新城故里的人都称他"吏部天官",因此在当时的新城县,广为流传着这样一句话:"新城王,王半朝,不如耿家一根毛。"

就事论事而言,大约如此吧。

耿徐氏以诗教子

　　我国古代不乏严格教育子女的典型事例,教育的方式方法可谓百花齐放。比如齐国宰相田稷子以"言"教子,北宋包拯立碑刻《诫廉家训》以"碑"教子,明朝初年大臣杨士奇以"联"教子等。明代后期山东新城县有耿淑人以"诗"教子,成为中国历史上美名远扬的教子典范。

　　耿徐氏,封号淑人,出身于济南府长山县徐氏家族,名门闺秀,自幼聪慧,家学渊源。明嘉靖三十年生,崇祯七年卒。七岁能背诵《盛唐诗》《烈女传》等,十二岁即能作诗,邑人誉为"女博士"。十七岁嫁入新城耿家,为广西道监察御史耿鸣世之妻。耿徐氏诗文不辍,颇具诗名。某年清明节出城踏青,沿老梧河岸散步时写出了《清明偶成》诗一首:"时近清明二月天,娇花粉竹正鲜妍。秋千架上人如玉,溪水堤边柳似烟。紫燕飞飞归画栋,白鸥点点浴晴川。年来景物还依旧,不见人生再少年。"渔洋山人将此诗收入了《渔洋诗话》。一年春日,大雪纷扬,她即兴写出了《咏春雪》一诗:"谁剪澄溪练,春深四野飘。樵童迷去径,渔夫阻归挠。寂寞花枝嫩,萧条柳线娇。风寒犹自洌,满地撒琼瑶。"耿徐氏随夫君宦游二十余载,亦写了不少思乡思亲的诗篇,如《关中思亲》二首:"旅闷无聊上画楼,倚栏眺望更添愁。四周山色增凄惨,一望乡关泪双流","暮秋天气更思家,极目乡关路又赊。骨肉远离增怅惘,自怜宦游在天涯"。清代陈梦雷《古今图书集成·闺媛典闺藻部》有载:"耿太淑人徐氏……巡抚金都御史以贞孙……幼读书,工诗。"著有《耿淑人诗集》,惜在明末崇祯十五年新城"壬午之变"中被焚,已荡然无存矣。其诗作散见于《明诗别裁》《山左诗钞》等等,其中不乏闺中佳制,吟情咏物之作,读来令人醉心悦目。江西道监察御史王象蒙盛赞她说:"新城三百年来,尤指难再屈者也。"

耿徐氏相夫教子,崇尚孝道,勤俭持家,极具贤德,清康熙年间一代诗宗王渔洋对她推崇备至,评价她具有"孟德曹操"(一说是孟母之德行、孝女曹娥之操守,一说为孟母之品德、汉朝班超之妹曹班氏之操行)的风范。在操持家务的同时,耿徐氏非常关注对孩子的教育,常鼓励子弟刻苦学习,实现鲲鹏展翅、月中折桂的远大抱负。耿庭柏担任山阴县令,她写了一首《寄山阴》寄给儿子。耿庭柏担任都察院右佥都御史巡抚浙江,给母亲大人寄了些浙江土特产,孰料耿徐氏很不高兴,写了一首闻名于世的《寄大中丞节钺两浙》(又名《寄子诗》):"家内平安告尔知,田园岁入有余资。丝毫不用南中物,好做清官答圣时。"这首诗后来被选入《中国历代女子诗选》。王渔洋在《池北偶谈》中评价说:"有德之言与挫脂弄粉者迥异。"对待耿家的长辈,耿徐氏极尽人伦孝道。有次孩子曾祖寿辰,她尝献诗《祝太翁寿二首》:"寿星才现寿筵开,洞府诸仙已到来。西母献桃离碧圃,上元灯录下瑶台。祥云拥座青鸾到,瑞气凝口紫气回。一派笙歌齐庆祝,此间真个是蓬莱。""节近回阳日渐长,满门和气喜迎祥。饮承五福期颐寿,宠沐三转雨露香。一树灵椿滋异茂,五枝丹桂荫奇芳。由来积善家多庆,济济衣冠启后长。"耿徐氏早年跟随丈夫耿鸣世在晋、陇、陕时,"乐捐济,好淡素,绮纨不御,甘脆弗进……比归里,清贫如故"。意即她常扶危济困,周济穷人,自己既不穿华美的丝绸,又不吃美味的食物,真是节俭之至。清代德州处士张祯之女张氏,为德州望族田绪宗之妻。在《清史稿·列女传》中位列第一,"教三子雯、需、康皆有文行",诗人卢见曾赞其为耿徐氏式的贤母。

耿徐氏虽为女流,但德才兼备,见识抱负不下男儿,为人称道,堪称"女中丈夫"。她常年陪同丈夫耿鸣世宦游,"遇事剖决,有丈夫风"。王渔洋《池北偶谈》载,万历乙未夏,翰林检讨王象节病危,妻毕氏皇迫自缢,家人觉之,救免。夫卒,竟闭户缢死。耿徐氏作《挽王翰林夫妇》诗以挽:"少年声阶重京华,翰苑清风异代嘉。才负栋梁期柱国,名传海宇已荣华。夫妻竟坠黄粱幻,闾里争将气义夸。得配美名诚无恨,人生到此不许嗟。"

此足见其眼界境界格局之不同凡响也。耿庭柏在母亲谆谆教导和润物无声的影响下，"食无兼味，仆不衣帛"，清廉正直，励精图治，终在浙江巡抚任上以身殉职。耿徐氏闻讣，以博大胸怀泣写《吊大中丞》诗，以铭其悲，诗云："柏儿数载宦游深，劳苦功名自殒身，竭力尽忠扶圣主，甘心移孝娱萱亲，山高事业成何用，海阔衷情恨不伸，自古仁人天不负，原来此语也无真。"在她眼里，自古忠孝难两全，庭柏是为国尽忠，死得其所。至亲骨肉的悲欢离合算不得什么，更加痛心疾首的是国家失去了一位栋梁之材，百姓失去了一位亲民好官。其格局之大，见识之高远，胸襟之宽广，真是难得之至。即使到了八十岁时，耿徐氏犹且自恨不是男儿，空怀了一腔报国之志。她作《八旬自味》诗："虚度韶华八十秋，空生空老也堪羞。恨无报国为男辈，耽误前身为女流。心性拙愚天不愧，世情踆逆道难酬。向来功业无些就，山海移枯恨不休。"惜哉！悲哉！壮哉！

斯人虽逝，其风长存。

刘春国先生题《挥毫泼墨悦自心》

林泉高士傅彤臣

新城县(今桓台县)高楼村有华严寺,相传最早建于隋代,占地面积几百亩,建筑规模宏大,寺前建有佛塔,因其建在村西北的高台上,故被称为"高楼大寺"。久而久之,人们称华严寺所在的村子为"高楼村",相沿至今。

我的祖上即高楼于氏始祖士诚公,自明洪武初年由文登大水泊徙至新城县潘孟店,未几载旋迁高楼村久居。恰巧,傅宸亦世为新城县潘孟店人,明初徙居高楼店(高楼村)。他生活的年代是明神宗万历三十二年(另一说为万历四十二年)至清圣祖康熙十三年(另一说为康熙二十三年),得年七十有一,《清史列传》作年七十四岁。笔者无考。于姓和傅姓是高楼村的两大姓氏,况且高楼村自古以来就有"于傅一家"的说法,说起来,我们至少也是同乡了。

傅宸,字兰生,一字彤臣,号荔农,亦称丽农。崇祯壬午省试中副举,文名藉甚。清顺治八年辛卯中省试。顺治十二年乙未三月礼部会试,新城县"一榜五贡士",年龄最长者傅彤臣乃其中之一。同年,傅宸与邑人伊辟、荣开参加殿试同中进士。五人之中,傅宸在朝为官时间最短。初授直隶河间府推官,十四年如京擢御史,十七年出按江西,翌年即乞养而归。户部侍郎王士禛为其撰志文曰:"为人忠信朴直,胸无离棘。尝训诸子曰:吾愿汝辈为道义中君子,不愿为功名中小人也。自乙未通籍,辛丑归养,立朝仅四载。"

傅彤臣一生有着鲜明的传奇色彩。"宸平生多神异"。他自幼深知家道贫寒，颖悟好学，经常如囊萤、映雪刻苦攻读，以至博闻强记，才华横溢，学文博洽。《新城县志》录王渔洋撰《监察御史彤臣傅公墓志铭》："父世準母梦旭日入怀而生。读书十行下，一过目终生不忘。"其实所谓"旭日入怀"，如若不是宸母真的梦境，我以为应该是傅公立业成名之后，为人仰慕以讹传讹而造就的美好传说。正如封建统治阶级编撰的君王降生之日"龙绕大殿久久不去"等愚昧至极的离奇故事。再者，博闻强记也好，过目不忘也罢，倘若没有头悬梁锥刺股勤奋苦读的精神，仿佛一切都是枉然。"公长身修髯，目光如电，声欤作洪钟音。每群贤毕会，掀髯谈笑，上下千百年如指掌，四座尽倾。昔人经神腹笥，不能过也。"真是谈笑有鸿儒，往来无白丁。即使身处群贤之中，傅宸却亦如鹤立鸡群、独领风骚、独占鳌头。真可谓学富五车。其学问之深邃，学养之丰厚，甚是令人叹为观止而至高山仰止。盖是故，渔洋先生曰："家苦贫，卒业华严寺僧寮，寒暑不辍。尝读《论语》首篇反复不解其意，至废寝忘食。一旦豁然，全部四书旨如夙会。"其神异之事更有甚者。《熙朝新语》载："新城傅丽农宸，修躯伟貌，须眉如戟……（其为诸生时）尝过一友家，其女为狐所祟。闻傅至，曰：'傅公正人，将来必贵，吾去矣。'果不复来。"余窃以为，此说大概也是寄寓了善良正直人们的美好理想与愿望期冀的吧！狐女的话却似乎得到了印证，清王士禛《分甘馀话》有载："彤臣辛卯举乡试，乙未举会试，皆与余同年，仕至山西道监察御史。"

　　傅公始仕途坦荡后急流勇退。据《新城县志》和《监察御史彤臣傅公墓志铭》记述，考取进士后，丙申筮仕河间府推官。明允为畿辅第一。丁酉奉特旨行取。戊戌授山西道监察御史，哀矜、折狱，多所全活。他为政宽简，平反冤狱，为民拥戴。曾赋诗："夜半焚香师赵抃，日中约法奉萧何"，题壁间作为其从政座右铭。庚子奉命巡按江西。道出河间，遮道攀辕者数千人。宸感激至深，题诗驿壁云：直道余风今尚在，士民接踵问平安。其感人之深至此。舟抵彭泽，闻九江兵将因缺饷哗变，宸疾驰湖口，逆风而渡。谕诸将弁曰："吾奉天子命按兹土，入境即知此地缺饷七月。有司玩愒，行当按之。今先给饷两月，汝等将卒皆宜畏法纪，遵约束。脱有偃蹇，三尺具在，吾不汝宥。"立召九江守，给饷如额。士卒皆震动感泣，事遂解散。其从容镇定、遇变不惊由此可知。方次第按部，纲举目张，而撤差之旨下，宸闻命襆被就道，陈情归养，林居二十余年。康熙己未，举博学鸿词不就，日以砥名行，厚风俗为事。傅宸为官期间忠君爱民，勤于政务，鞠躬尽瘁，恪尽职守。其奏疏亦反映了他的风格：丙午，吏部议覆御史傅宸条奏，府尹宜用重望大臣。辛未，刑部议覆山西道御史傅宸疏言，诬告之徒，若不立法严惩，恐刁风难息。以后有诬告人，笞杖徒流等罪，应照律加等科断，不准折赎。

傅彤臣以孝闻于世。顺治十八年，宸念继母年事已高，辞官回乡侍奉继母，林居二十余载。他的继母周太孺人性情严厉，傅宸伺候于左右，说话从来不敢高声，更不敢稍有怠慢。《监察御史彤臣傅公墓志铭》载："辛丑，念继母周太孺人春秋高，遂陈情归养。太孺人性卞急，自公诸生是不轻假颜色，宸柔色下气，或长跪终日，俟太孺人意解乃敢退。既贵，居子舍，益恭谨，人以为难。甲辰葬赠侍御公，尽哀如礼。四方观者，莫不叹息。宸流涕曰：葬之厚，何补养之薄哉！庚申，其生母焦太孺人病亟，宸行年七十，犹朝夕侍。焦太孺人病寻愈。而己病作矣。"彤臣晚年侍奉母亲，母亲病愈了，他却积劳成疾。又四年，遂捐宾客……彤臣之孝感动了上苍。"辛亥冬，公得寒疾，危甚。梦观音大士以甘露洒其顶曰：君至孝格天，当延寿已一纪而脱然。又十二年始殁。异哉！"即康熙十年辛亥冬，傅宸得了风寒，卧病床月余，遍寻名医验方均无效用，眼看病入膏肓、危在旦夕之时，傅宸昏迷中梦见天降祥瑞，观世音菩萨取出玉净瓶中的甘露，洒在他的头上，边洒边说：傅君生性至孝，居官清廉，当延寿一纪。宸倏然康复如初。又过了十二年傅宸仙逝。真是怪哉！王渔洋叹曰："雅负经济，一试于瀛海，再试于西江，未竟厥志而仅以孝闻。悲夫！"

宸能诗文，词曲亦跌宕有致。傅宸与邑中文人相交甚厚。王渔洋之伯兄王士禄是其晓社成员，伊辟亦与他有一段青灯袒雨、砥砺年余的交情。其与王士禛甚善，两人相交甚笃，"三十年来，道德相勖，文章相益，过失相规，交谊庶几近古，今已矣"。《渔洋文略》载："王渔洋少宸二十岁，少时私为《清明》《憎蚊》二赋，傅公见之激赏，有过情之誉。"我搜集的资料中甚至有一段王士禛与傅宸的逸事。顺治十二年春，王士禛与傅宸在赶考途中同宿于白沟河(北京市郊),发现了旅舍墙壁上王素音的题壁诗的和诗,红颜薄命佳人的原诗却不知所踪,询问店主人方知原诗藏匿于堆积了五六尺高的木柴后面的墙壁上,时值天寒地冻,但他们为读到原诗把木柴一块一块地搬下来。喜出望外地看到原诗后,傅扆点着火把读诗,王士禛哈气润笔记录,他们分别在墙壁上作了和诗。写完之后,两人饮酒相视大笑,并自嘲其行为"痴绝"(《妇人集》卷二)。才子佳人之情,想必自古使然啊! 傅扆辞官后林居故里潜心创作,非但著述颇富,艺术成就斐然。有诗文集二十卷,古赋一卷,奏疏二卷,词曲二卷,《诗语》二卷,《读书涉笔》二卷,《砚田漫笔》四卷,《续笔》二卷,《姓谱增补》十卷,《韵府补遗》六卷,《赠订尧山堂外纪》一卷,轧《新城轶事》一卷及《傅氏博考》一卷,均《清史列传》并行于世。其诗作《郓州有感》写道:"百雉金汤已渺然,只余四野抱清泉。虔刘毒后居人少,敝灶平沉万户烟。"真实地反映了清初由于连年战争,北方无数繁华城市成为废墟的残败景象。这首诗被中国科学院文史研究所中国文学史编写组编写的《中国文学史》录用。2013年3月,由文化部主办、国家图书馆、国家古籍保护中心承办的古籍普查重要发现暨第四批国家珍贵古籍特展,山东省图书馆藏稿本傅扆撰《话雨山房诗草二卷》被列入第四批国家珍贵古籍名录。

傅扆卒后,王渔洋为其撰写墓志铭。王渔洋曾赋诗怀傅:"侍士平生左氏癖,闭门日读春秋经。偶然按部西江上,诗满庐山九叠屏。"

林泉隐傅扆,高楼出高士。

徐准志虑忠纯才堪大用

明清之际,新城县六大官宦家族,徐氏家族是其中之一。

在桓台县城索镇,有两条徐氏胡同,据说是徐氏始祖自琅琊徙至新城县时的最初落脚之地。《桓台徐氏世谱》有载:"原籍琅琊,明初徙新城县东三十里索镇而卜居。"《桓台徐氏始祖碑记》中亦载:"乌河之滨,云涛西畔,有古索镇。明朝初年,处士徐公自琅琊徙此卜居。时序播迁,子孙绵绵,绳绳继继,族姓日繁,遂有徐家胡同焉。"闻得徐氏始祖徐公初至索镇,长期在张姓人家打工以维持生计,公"忠厚正直,敦本重农",依张氏居,厚养卒葬。经二世祖到三世祖龙章公徐表之时,徐家已成为丰衣足食之户。徐表仁慈博爱,经常周济穷苦人家,"多隐德,喜施舍,邑中呼为徐佛"。盖其祖德泽深厚,荫及子孙,是谓德厚者流光罢,新城徐氏家族自六世始肇文脉,跻巍科,其后徐氏一门耕读传家,诗书继世,代有闻人,载诸史册者亦代不乏人。《桓台徐氏始祖碑记》载曰"徐公之迁索镇,孤身茕茕,终成一乡望族,源于厚德兴仁故也"。同新城王氏家族惊人相似的是,徐氏家族亦由外地迁徙而来,亦始寄人篱下谋取生活之资,亦忠厚善良且以农耕为业,亦将富余粮食施舍穷人,亦由农耕之家转变为诗书之族。

在此转变中,徐氏六世祖徐准是关键人物。徐准,明末清初山左乃至全国杰出的遗民诗人大家徐东痴夜之曾祖,字子式,号守吾。1541年生,1614年卒。明隆庆四年庚午科举人,万历十一年癸未科进士。据《徐氏世谱》载:(准)历任至布政,加衔方伯,食正二品俸。晋阶通奉大夫。时朝有四君子之称,公其一也。同邑(指新城县)考功郎中(南京吏部)季木王先生(即徐夜外祖父王象春)为之立传,载邑志。根据徐准自序的履历和相关史料,其除授中书舍人,历工部主事、员外郎、郎中、直隶永平知府,河南按察司副使,辽东海盖道,山西按察使,云南布政使司右参政、布政使等职。至六世准之时,徐氏已迁至县城新城城北居住。

徐准是新城徐氏家族的第一位进士。其自序履历载:"不肖幼勤诵读,早入庠序,但家贫窘,供给尝缺,书册不能自备,惟借同志者录诵。日过午乏食,不敢言,恐父母知,怒。含泪忍饥,读益励。"真是自古英才出寒门,家中一贫如洗,食不果腹,连书都买不起,但徐准仍含泪苦读。"壬戌,王门延为西宾,教训子弟,得藉束脩,为侍养计"。二十二岁时,他被新城王氏家族聘为家庭教师,得以侍养家庭。翌年,即公二十三岁时,其父患病,徐准请医生为父调治,熬制的汤药总是自己先亲口尝试。即便如此孝顺,三月有余父亲仍然病入膏肓。其母罗恭人哭泣着说:"您病得这样重,恐怕危在旦夕了,大儿子已经成家立业,二儿子业已娶妇,小儿子尚年幼未婚,两个女儿到了婚嫁的年龄,家里没有多少粮食,又没有立锥之地,我们孤儿寡母以后怎么办啊!"徐准的父亲说:"不妨事,有大儿子在啊。"当时徐准就侍奉在父亲身旁,闻之泣下如雨,应曰:"敢不父命是遵。"父亲说:"吾瞑目矣。"说完就去世了。"不肖记此遗言,终身不忘,誓偕幼弟同居,日夜哭泣,几绝家产弗(疑为'弗')能厚葬,随礼制可为者竭力葬之。母罗称未亡人诸弟妹尚幼,养育无资,乃益肆力于学,冀成立以报先人。弟子从游同众所得束脩稍厚,日用养育咸取给焉。一毫不入私室,蔡恭人(徐准妻)并无难色,且喜曰:'公如此,可称孝友矣。'"正所谓穷人的孩子早当家,公之孝悌若此,其为仁之本欤!公二十六岁时,三年服丧期满,徐准开始参加科举考试,并在当年"补廪",可见他的考试成绩是非常优异的。廪生有廪米有职责,廪者遂称廪膳生员。有了国家的供奉,倒也基本上达到温饱了。二十七岁时,最小的弟弟徐行补为弟子员,但徐准落第而归,公乃奋然自矢曰:"名不成,学未至也。"意思是功名不成,是学业不精啊!于是他离开了家,率弟子苦读于新城县城南大柳寺中,两三个月回家探望母亲一次。自此,徐准走上了仕宦道路,徐氏家族开始了诗书继世之途。

徐准志虑忠纯,其于社稷,于百姓,于国计民生,皆尽心竭力,政绩卓然。余虑斯人之才实堪大用焉。他在读书、科考以及仕进期间，遭遇了父母去世、屡试不第、妻子去世、家庭负担沉重等数重磨难，可谓之"天将降大任于是人也，必先苦其心志，劳其筋骨，饿其体肤，空乏其身，行拂乱其所为，所以动心忍性，曾益其所不能"了。《孟子·告天下》亦尝有言："舜发于畎亩之中，傅说举于版筑之间，胶鬲举于鱼盐之中，管夷吾举于士，孙叔敖举于海，百里奚举于市。"然准举于农耕之家，且屡经历练，历久弥坚。据其自序履历载："癸巳年……承乏委署营缮司事，凡遇工程铺车户并匠役等率钻求分，一切谢绝，秉公持正，毫无沾染。七月，内奉委督修太学，二日一次亲赴省工，匠役不敢怠玩，钱粮亲自验收，胥役不得为奸，用是工程坚好，大司成鲁公直斋及称节省钱粮银二千五百余两。"清《光绪永平府志·徐准传》记曰："万历二十四年任永平知府。才干精明，临不爽决。时倭警方炽，海防单弱，公请兵二千防海，一时恃以无恐。倭平，仍申文撤之。又奉调征倭兵十万，由永渡辽，供需飞挽，增派丁银。倭平，悉飞告减复如旧，六属欢呼。至条议河工利害，曲折详尽。遇事敢为，屹然莫夺，朝议以公长才，加河南按察司副使。二十七年，升辽东海盖道、山西参政。职工部都水司郎中期间，正值黄河决口，串淮入江，淹没田庐，侵及明孝陵。徐准上疏献策，开辟海口，分引黄水之势，请旨得以施行。""次年五月，工果告成矣"。其兴利除弊之举，实为社稷之幸，万民之福。明直隶定兴人鹿善继(字伯顺)《赠恒山徐君擢守永平序》云："恒山徐君以永平佐管经略出纳事，年余声实彻中外，擢守永平。余幕中闻报，呼同舍培亭、献孺、星海，酌酒庆也。培亭答余曰：'子不知爱官爵，并冷淡他人之迁除，曾未见一启事止子眉，何今日跃跃也？'余曰：'他人迁除，他人之利也。徐君保障永平，永平利之。接应山海，山海利之，且他人迁除，营而得之，其意中物也。徐君尽瘁于出纳，而全不逢上意，金钱粟米无分毫升合不从雪肠中清头绪，又无不从强项中留膏脂。余金竟作正支，余米且为饥民粥。'"等等。徐君，即徐准。徐准之作为，实令朝中同僚之叹服也。

徐公之后，徐氏一族或文或武或以忠孝闻于世间，博得功名者数人，其中九世祖东痴公徐夜以诗文最为著名，载入中国文学史册。

在今桓台县新城镇城北村，仍有徐准故居，惜只存寥寥之遗迹了。

一瓢一衲野云间的诗人徐夜

在鲁中之地，谈到王渔洋、伊辟、于觉世等既做官又写诗而且书法造诣深厚的高官文人，人们或许略知一二，可是提到徐夜这位断然拒绝在清朝出仕的极具气节和文人风骨的诗人，虽然不论是人品还是诗品，都理应受到后人的重视，但令人惋惜的是，如今除了从事文学研究和诗歌创作的学者和诗人，甚至在中小学语文教师里面，对于他却知之甚少。其实我有时亦想象得到，也不怪乎大家不晓得，与前面提到的几位相比，徐夜或许确实显得有些另类了。

最早听说"徐夜"这个名字，并非我在新城生活的二十几年间，而是我在淄博师专读中文系的时候。对于徐夜，当初仅仅是在古代文学课上迷迷糊糊地听老师讲过罢了，那时并没有想到要深究些什么，只是当作完成课业需要匆匆地瞥了一眼而已。二十几年过后，当我在新城"四世宫保"砖坊底下饶有兴致地观赏古玩时，无意中看到一本蓝中泛白的《徐夜诗选注》(天津古籍出版社)，编著者中竟有我师专的老校长张光兴先生时，于是立即掏出十块钱买下。当时并没有多少考虑徐夜的成分。倒是前些天得知了桓台发现徐夜手稿，却也算是促使我购买此书的因素。及至通读了全书，我的惊讶不啻收藏时捡了大漏，新城竟然还有这么一位让我景仰的隽彦先贤，正如渔洋山人用再恰切不过的两个词"溪松""露鹤"比喻他的人品和诗品一样。我顿时为之感到万分羞惭而难以自容，难怪光兴先生说徐夜是"一个失落的魂灵"啊！

新城旧事

085

一

徐夜是明朝遗民、隐士,是明末清初山左乃至国内诗坛极有影响的诗人,又是一位颇具气节的文人典型。查阅了许多资料,方略知徐夜的大致状况。徐夜,初名元善,字长公,号小峦。入清后更名为夜,字东痴,号嵇庵,山东新城人。生于明神宗万历四十年(一说为三十九年),卒于清圣祖康熙二十二年。根据山东大学终身教授、山东省古典文学学会原会长袁世硕先生的研究,徐夜"一生作诗,抒情言志,无意以诗名世,生前没有付梓,诗稿两次没于水,多数散佚不存。幸赖王士禛重其人其诗,辑而刻之。加上徐氏后裔辑佚,今存者仅有十之三四而已","据其存诗,徐夜亦当是清初山东遗民诗人之大家,载入中国文学史册"。

2016年3月,喜欢收藏的桓台市民张先生在整理搜集到的书籍和书画作品时,意外地发现一个古代线装书册页的书法遒劲、俊秀、飘逸,具有很高的艺术水准。他阅读了册页上的内容,"告外祖季木公枢诗十一首"是册页第一张上的一段文字。到网上一查,发现季木公指的是明末清初新城人王象春,便大胆推测这个册页的作者可能是徐夜。经鉴定的确为徐夜手稿真迹,这是桓台首次发现徐夜手稿。据史料载,徐夜创作了大量的诗歌,他的诗作最早的集子是《阮亭选徐诗》,有二百多首诗。王渔洋有言"今所录皆余兄弟藏弄手迹,什之二三",徐夜的诗作当在千首以上。令人惋惜的是,这些诗大部分都散佚了。一是家境贫寒,无资刊印。二是诗稿保存不善,"其诗亦散佚,半饱虫囊","先生著作既没于水,所存诗卷又没于浔阳"。据王渔洋《池北偶谈》记载,"康熙二十一年壬戌秋,新城暴发洪水。徐夜隐居的东村靠近流经新城东侧的郑潢沟,诗稿大半被决堤的洪水冲走。翌年,江西德安县令、新城人张平澜约徐夜携诗稿赴德安,以冀刊刻付梓,传流海内。讵料,造物忌才,不爱播扬。舟覆扬子江,将所载诗赋文稿掀翻江内,以致全部毁损。毕生心血,付之东流。"徐夜感愤成疾,于次年卒于德安,客死柴桑。三是盖缘于政治因素导致散轶。如光兴先生认为,"《秋柳诗》亦在,诗凡四首。初首已逸,岂渔洋嫌其太过显露,故去之欤？"是故，徐夜诗稿手迹的确甚为罕见。

　　徐夜的一生充满坎坷崎岖。他出身山东新城的名门望族徐氏家族，当时徐家可谓之煊赫隆盛之族、锦衣鼎食之家。徐氏始祖明初自琅琊迁新城县，传六世至徐夜曾祖徐准始大。徐准系明万历癸未进士，官至云南布政使，斯人清廉自爱，政绩卓著，朝野敬仰，被尊为当朝有名的"四君子"之一。徐夜外祖父是南京吏部考功郎、东林党人、明末著名诗人王象春。徐夜与王渔洋系从表兄弟。徐夜三岁，其父徐熙如去世，他随母亲长年居住在号称山左第一望族的新城王家，饱受诗书之家的浸润和熏陶。渔洋先生《东痴先生传》有言："少读书外家，渐染风气，束发工为诗。"徐夜年十四岁即能作诗，得《闻歌》（又名《轱辘歌》）一首："轱辘鸣，井深浅；楼高高，去何远"，意蕴丰富，意境深远，耐人寻味，乃公源头之作，颇得王象春赞赏，长山乐师黄戏寰为之谱曲，传唱四方。崇祯三年，时十九岁的徐夜考中庚午科山东乡试副榜，成为贡生。桓台《徐氏世谱》载："以廪生中式崇祯庚午科副榜，隐居不仕，性好诗学，邑有四大高士，公其一也。"生于官宦世家，自幼聪颖的徐夜理应效法祖辈学而优则仕，但嗣时明朝政权已是危机四伏，摇摇欲坠。崇祯四年，驻守登州的明将孔有德、李九成率部反叛，攻陷新城，杀死王氏族人数人，新城王氏蒙受重大损失，是为"辛未之难"。是年，徐夜随外祖父王象春避难于邹平长白山。翌年，王象春即在忧愤中死去。崇祯十五年，清军攻打新城。徐夜在新城参加了抗清斗争。新城陷落后，清军残酷屠杀城内民众，史称"壬午之变"。徐氏家族十余人遇害，与徐夜相依为命的母亲王氏投井殉难。民国《重修新城县志》卷十九《烈女志一》载："王氏，考功郎象春女，茂才徐民和妻，生子元善……'壬午之变'，元善尚在城头，乱兵突入其家，烈妇不辱死。"崇祯十七年，清军入关，崇祯皇帝明思宗朱由检在万岁山缢死，明朝灭亡。国恨家仇使徐夜痛不欲生，毅然放弃了功名仕进，成为一名前朝遗民。

　　徐夜是一名矢志不渝的反清志士。入清后，徐夜仍不忘故国，更名为"夜"，改字为"东痴"，即思明之意。《隐君诗集》序言中邑人郝毓椿认为"先生为明季诸生，乃心明室始终不变。其改名'夜'也，乃思明之意，别号'东痴'，亦向明之意。向明思明而不能复明，故曰'痴'"。《渔洋文略》中则

清代徐夜书法

提及其"慕嵇叔夜之为人，更名夜"。吾窃以为"夜"字是否亦兼有明亡清存之"漫漫长夜"之意？诚如斯言，盖因王氏身居高位而为之讳言乎？倘若如是，足见其用心良苦也。笔者对徐公尚知之甚浅，乃妄自揣测，并无依据，恐贻笑大方矣。言归正传。清军的残酷杀戮和威胁利诱，并没有让不少忠于明王朝的汉族士人低头，他们选择了不降清、不仕清的道路，甚至清朝鼎定中原以后，不少士人仍致力于恢复朱明王朝，秘密从事反清活动，形成了明代遗民群体。新城诗人徐夜就是其中的

杰出者之一。明灭亡以后，他结交了顾炎武、张光启、董樵等人，且与这些反清志士过往甚密，感情甚笃，图谋恢复。顾炎武曾隐居邹平长白山下。徐夜《九日得顾宁人书》一诗，既说明了二人交游甚密，亦言明徐夜心志："故国千年恨，他乡九日心。山陵余涕泪，风雨罢登临。异县传书远，经时怨别深。陶潜寓下意，谁复继高心？"正是因为复明心切，徐夜路经富春山时，吊唁南宋爱国志士、文学家谢翱，有感而发，作《富春山中吊谢翱》，产生了深切的共鸣。他《拜岳王墓》诗中写道："路入西陵日半曛，伤心瞻拜

岳王坟。黄龙未就诸君约,碧血先埋大将军。徒见南枝巢越鸟,更无北帝返燕云。可怜父老中原望,子弟江东竟不闻。"同样也是借古伤今,寄托了他的故国之思和伤感之情。"年二十九,弃诸生,明末诸生,入清不仕,纵游山水间。康熙十八年举博学鸿儒,力辞不就。居东皋郑潢河上,掘门土室,绝迹城市。久乃出游钱塘,过孤山,访林逋故居,渡浙江,溯桐庐,登严光钓台,展谢翱墓,徘徊赋诗而返。末几,有司将举应'博学鸿儒'科,以疾辞。遂杜门不复出。夜诗学韦陶,巉刻处更似孟郊"。徐夜绝意仕进,虽固穷而不移之。康熙十二年,王士禄、王士祜、王士禛三兄弟拜访徐夜,见徐夜隐居的临近郑潢沟(又名系水,今猪龙河)的东村所居"老屋三间,雨久穿漏,若将压焉""茅屋数椽,葭墙艾席,凝尘满座"(《东痴先生传》),况且因儒生的不习治生,八口之家的拖累,使他"并日而食,箪瓢屡空"。王士禛遂致书新城县令,恳请他帮助徐夜修葺破屋。拒绝参加博学鸿词科考试时,徐夜曾作《答友人劝赴科第》诗:"一瓢一衲野云间,绕屋清流学种田。欲向此中学乐趣,梦魂不到铁牛山。"高珩在给徐夜的诗中也赞扬徐夜矢志不渝的志节:"凤德久知关治乱, 冰心岂但弃科名";"梦向锦秋湖上去,娟娟雪月为君清"。随着清朝政权的逐步稳固,他"守贞特立,厉苦节以终其身"(黄容《明遗民录序》)。新城民间亦流传着他的轶事:徐夜经常往来于张店、新城间。清朝建立后,他每次从张店回新城,总是倒骑或侧骑于驴背,以示自己永不"朝北"。此倒可作为"不堪频北望"的注脚。其坚守志节之情令后世后人景仰。

二

徐夜以诗歌成就奠定了其在文学史上的地位。明末清初,正值山东地方文学创作的繁荣时期,其中以诗歌为最,徐夜是其主要代表之一。据《清史稿》载:"当是时,山左诗人王氏兄弟外有田雯、颜光敏、曹贞吉、王萍、张笃庆、徐夜皆知名。"王士禛在《古夫于亭杂录》中言:"吾乡风雅明季最盛,益都(王若之)湘客、诸城丁(耀元)野鹤……新城徐(夜)东痴辈,皆自成家。""一代诗宗"亦在《徐诗序》中评定徐夜诗文曰:"先生少为文章,原本史、汉、庄、骚,工于哀艳。五言诗似陶渊明,巉刻处更似孟郊。中岁已往,屏居田庐,邈于世绝,写林水之趣,道田家之致,率皆世外语,储、王以下不及也。"徐夜诗作中确如王士禛所言,有"似陶渊明"者。如《初夏田园》:"朱夏辄复变,深绿日以肥。感彼生物勤,节候曾不违。清晨荷锄出,田间人尚稀。观物适自然,时见朝雉飞。不惜劲力疲,但恐坐食非。作劳有时息,高春行来归。端坐抚素琴,可以理朝饥。"这首诗,写其"清晨荷锄出"的躬耕生活和"但恐坐食非"的心志,不事雕琢,其情趣酷似陶渊明。隐居之后,徐夜蓬门昼掩,只与王士禛兄弟来往。其诗亦靠王士禛为之游扬,渐为世人所知。而徐夜性恬淡,不乐人知,王士禛在京师屡屡索稿,他只是逊谢而已。是故,徐夜呕心沥血、惨淡经营的诗作生前并未刊印。加之晚年他的文稿曾两度遭水淹,多有散佚。不得已,在徐夜去世十余年后,渔洋遂"就箧中所藏断简编缀之,得二百余首,刻梓以传"。是为康熙三十七年编印的《阮亭选徐诗》二卷,后多附王士禛评语,清人读徐诗盖多赖此本。盖因当时政治条件的限制与束缚,《阮亭选徐诗》中对徐夜诗中那些揭露统治者贪酷凶恶以及表达故国之思的诗篇多有刊落。尽管如此,徐夜诗作仍未逃脱遭禁的厄运。乾隆四十四年,江西巡抚郝硕以"中有违碍",将王渔洋选本奏准禁毁,所以此本在清代流传不广。据史料记述,徐夜诗作之艺术成就,并不逊于渔洋。当年王渔洋一首《秋柳》诗,使其一举成名,播扬大江南北,一时和者甚众。徐夜也有《和秋柳》诗,其成就与渔洋诗相较,似不逊色:"摇落江天倍黯然,隋堤鸦噪夕阳边。谁家楼角当霜杵,几处关程送晚蝉。为计使人西去日,不堪流涕北征年。孤生蕉萃应相似,怕见残枝带暮烟。"沈德潜评曰:"萧瑟之音,不粘不脱,远胜渔洋名作(《清诗别裁集》)",虽有些溢美,但却足可见徐夜艺术功力之深厚。王渔洋小徐夜二十余岁,受徐影响较大,新城民间亦有"渔洋佳句半东痴"的说法。除《阮亭选徐诗》之外,徐夜的遗诗也有少量抄本流传。民国二十三年,桓台徐氏族人续修家谱,刻印了徐夜诗集,名为《隐君诗集》,共四卷,收诗五百余首。《隐君诗集》第一二卷即是王士禛所编《阮亭选徐诗》的翻刻,第三四卷是徐氏后人保存的部分徐夜遗诗。清人所编诗歌总集如《国朝山左诗钞》《国朝诗别裁集》等也多选录徐夜诗作,对传播徐诗起到了不小的作用。从现存徐夜的诗作看,他并非"邈与世绝"、不与世事的诗人,其诗也非"率皆世外语",其隐居不仕,盖别有深意存焉。

故此,除却"写林水之趣,道田家之致"外,根据桓台人陈汝洁先生的说法,徐夜的诗继承了杜甫的现实主义创作传统,关注社会时事,关心民间疾苦。他常常将家国之痛,身世之悲流露于字里行间。徐夜在诗作中曾表达对"诗圣"杜甫的敬仰说:"因风问月呼古人,颜公杜老真忠臣。"他缅怀明代忠臣杨继盛的七律《上谷谒椒山先生祠》写道:"忠愍祠堂何处寻?灵旗古柏夹城荫。复车尚见当轮气,折槛长留请剑心。驿路野风侵马迹,颓垣荒草入虫吟。贞良一去山河改,终古行人泪满襟。"主题、字句、用韵均酷肖杜甫游历武侯祠时写的《蜀相》一诗。此诗写得感情贯注,沉郁悲痛。晚明至清初,连年兵火加之统治者官贪吏虐,使广大人民处于水深火热之中。在徐夜的诗作中就有不少矛头直指统治阶级贪酷的作品,如《雨多税急民不堪命忧思所及作为此诗》《路遇登州妇女多有为兵将虏者》《乱后遇故乡亲友》等等。

三

另据说,徐夜曾隐居于马踏湖青丘以西,终日读书写字,自称其住处为"徐夜书屋"。书屋面仰冰山,背靠大泽,取"水深鱼极乐,山秀任鸥翔"之意境,是徐夜与王渔洋共读之地。谒公书屋,诗香飘逸,书韵盈屋,青砖老瓦,古朴典雅,仿佛昔日之景犹在哉。清乾隆年间,王氏族人续修三贤祠时,加修了"徐夜书屋"。厦屋三间,独成小院,屋内正面悬有徐夜绣像,绣像两侧悬挂着他的诗作。如《锦秋湖渔夫》:"竹笠蓑衣共一船,载将明月入芦烟,侬家不解耕耘苦,手把鱼叉即是钱。"东山墙画有徐夜与王渔洋埋首书案、专心致学的壁画。屋门外,厦檐底下悬一横匾,书有"徐夜书屋"四字。书屋一侧,同时兴废的还有一组简陋院落"渔洋轩",王渔洋题额为"陋轩"。门内映壁题"寓少海 缅先贤"。殿堂三间,厦柱上有联,曰:"有志者,事竟成,破釜沉舟,百二秦关终属楚;苦心人,天不负,卧薪尝胆,三千越甲可吞吴。"某日,王渔洋远道来访,见徐夜日午未起,柴门紧

新城旧事

闭，入见之后，颇为感慨，遂即挥笔赠诗一首。诗云："先生高卧处，柴门翳若竹。雪深门未开，村鸡鸣乔木。日午饮烟绝，吟声出茅屋。"桓台起凤镇现有的徐夜书屋建于 20 世纪 80 年代末，门楣"徐夜书屋"四个鎏金大字为朱学达题写。台阶引步，走进书屋，迎面悬挂徐老先生遗像，栩栩如生，惟妙惟肖，先生目光炯炯，面带严谨，眉宇间显露出乱世风霜磨炼的刚毅，洞察着人世间改朝换代、冷热寒暖的变迁。画像上方有"溪松露鹤"墨漆匾额，系清初文坛领袖王士禛撰，今书法家田英章所书。

桓台网友"马踏湖"认为徐夜诗作手稿的发现，具有较大的文化意义。文学角度，可以弥补徐夜诗作散佚的遗憾，为徐夜研究和明清文学研究增加素材。书法角度，能够让人领略遗民诗人的书法风采。王渔洋在《徐诗序》中特别提及徐夜"书法酷类虞永兴"。虞永兴即虞世南，是隋唐时期著名书法家、文学家、诗人和政治家。书法继承二王传统，外柔内刚，萧散洒落，与欧阳询、褚遂良、薛稷并称初唐四大家，具有很高的艺术价值。王渔洋在短短的跋语中单独点出徐夜的书法"酷类虞永兴"，说明徐夜的书法在明末清初是非常具备艺术价值的。吾意亦然。

孔子曾问颜回为何不去当官，他这样回答："回有郭外之田五十亩，足以给饘粥；郭内之田十亩，足以为丝麻……回不愿仕。"徐夜不然。徐夜在《饥颂》诗中写道："曾无隔日粮，见笑仓间鼠。妻子晨未炊，饥来不敢语。伤哉此际贫，痴哉彼儿女。……所以嗟来食，宁死不肯茹。彼独为何人，清光照行楮。千载首阳风，移邻相与处。"实为一个失落的魂灵的呐喊。

长夜已矣，斯人已逝。

"好官可用"刘大绅

清代山东布政使司济南府新城县县令中,云南籍人刘大绅是其中极具贤德之廉吏干吏,也是一位著名的学者和诗人。

《清史稿》载:刘大绅,字寄庵,云南宁州(今华宁县宁州镇)人,1747年生,1828年卒。乾隆三十七年进士,四十八年授山东新城知县。连三岁旱,大绅力赈之。其就任新城知县时,正值新城连续三年大旱,饥民遍地,民不聊生。刘大绅悯恤民艰,昼夜操劳,带领新城民众,殚精竭虑抗旱救灾,同心同德发展生产。他深入民众,奔走远近,与百姓同饮野沟之水,共曝炎炎烈日,披星戴月并肩抗灾。旱情严重的时候,他带头捐出自己的俸禄买米买面,在新城兴庆寺前、城隍庙内慷慨施粥,救活了许多饥民,深受新城百姓的爱戴。法正天心顺,官清民自安。因其捐米抚恤,躬亲劳瘁,新城民众免于流亡,四境宁谧。"邑有流亡愧俸钱",刘大绅以此作为自己为父母官之铭言。民国《重修新城县志》载:"刘大绅……廉慈公正,爱民如子,民亦爱之如父母……公之为治,凡有利于己者一无为,有利于人者无一不为也。"遇有灾荒之年,大绅深体民生之艰,将详情具呈上报,请得上面同意,开仓放粮赈灾。其时,县衙具册,灾民领赈,大绅监赈,粮米悉数发放于饥饿之百姓,做到了"官不染指,吏无余润"。在大旱大涝之年,如果说组织赈灾是解决了眼前之需,是治标之举,兴修水利则做到了久久为功,是治本之策。如今,马踏湖畔逆流而上负阴抱阳的"八里倒流水"仍在桓台人民的心里汩汩流淌,仿佛低声倾诉着两百年前大绅芒鞋榆杖一蓑一笠亲率民众凿深拓宽河道的沧桑故事,"八里倒流,彤水清于孝水碧;二度重来,荷花开处稻花香",思绪飞扬之间让我依然能够清晰地感受得到刘县令在新城的一方水土之间留下的光光影影。

乾隆五十一年,刘大绅调任曹县,新城县民众聚众向山东布政使苦苦恳请大绅继续留任。其情其景虽感天动地,但眼看获准无望之时,恰遇钦差大臣等朝廷大员途径新城,数千百姓手执香烛,叩拜陈情,堵塞道路,朝廷官员至为感动,悯民之情,恤民所愿,准民所请,大绅遂得以留任一段时间。是年秋离开新城赴曹县任时,新城士民感其恩德,为之绘有《遗爱图》二十幅,生动传神地绘出了他的诸多感人事迹之情景。新城县人张希平在《桓台遗爱图叙》中写道:"明府治邑三年,德洽而民和,岁频不登,民有饥者不以为弗饱也,有寒者不以为弗温也",(新城士绅民众)"闻公留则喜,欲去则戚"……"前乎此无有是也"。真是前无古人啊。及至到了曹县任上,其旱灾比之新城更为严重。据《清史稿》载:"大绅方务与休息,河督檄修赵王河决堤,集夫万馀人,以工代赈,两月竣事,无疾病逃亡者。"刘县令正苦思何以抗旱救灾,以求得与民休息之办法,河督令征调当地万余民工修缮赵王河堤,遂成以工代赈之美事,使公(水利工程)私(妥善解决民工吃饭问题)得以兼而顾之。两个月顺利竣工,没有患病或逃亡之人。接着河督又令收缴修河秸料三百万斤,大绅以时值秋收之故请求暂缓,却遭到河督大人的严厉斥责,将予以治罪,大绅请求宽限十日。曹县百姓听说,争先恐后运送交纳秸料,未到十天便交足了三百万之数。某日,刘县令到民间查访,听到民众议论当前卖粮行情不好而田赋交纳日期已近的说法,大绅对他们说,等到粮食卖得好价钱再交田赋也不迟啊。此话传到上司那里,上司责怪他擅自缓征田赋,派得力官员代征。曹县百姓怕失去刘知县这样一位好官,又争先恐后地交纳田赋,等到代征的官员到达之时,全县的田赋已交纳完毕。《清史稿》又载:"大吏因责徵累年逋,久倘不足,终以代者受事。民益恐,昼夜输将,不数日得三万馀两。初,大绅以忤上官意,自劾求去,民环署泣留,相率走诉大吏。适大吏有事泰山,路见而谕止之,不得去。至是密自申请,民知之,已无及,乃得引疾归。"清嘉庆进士、山东潍县人刘鸿翱之先君与大绅称相契,尝问公施何德于民,而民情如是?刘县令笑而不答(刘鸿翱《刘青天传》)。五十三年,深怀清官情节的新城民众向山东布政使司具万民书,呈请布政使让刘大绅回任新城县令,带领百姓筹备修城。大绅甚为感念,再度知新城县,"守君子之操守,惜治下之苍生"以百姓衣食为要,以百姓疾苦为念,终不负百姓厚望,竭力任事,廉洁奉公,政绩突出,成为让新城人民永远缅怀的政声卓著的清官廉吏。

乾隆五十八年,刘大绅补文登知县。正值新城修城如火如荼之际,朝廷大员遵照新城县士绅民众所请,命大绅负责督工。"为官避事平生耻",刘县令身体力行,排除万难,逾年终得顺利竣工。但大吏"寻以曹县旧狱被议,罢职遣戍",罗织罪名构陷大绅,拟将其革职削籍戍边。真是欲加之罪何患无辞。新城、曹县两县百姓自发捐款赎之方以得脱。据新城民间传说,在当街的十字路口,曾摆放着三个笆箩,县民纷至沓来竞相捐款,银两铜钱竟一日三满。"碧波托红日、群鹤舞青松",在"正大光明""明镜高悬"两块烫金匾额的里面,到底蕴藏着多少曾经沧海除却巫山的故事呢?嘉庆五年,有大臣以刘大绅操守廉洁、德才兼备、深受百姓爱戴推荐他,补为山东朝城(即今聊城莘县)知县。期间朝城水患,刘县令据实呈报,却受到了上司的责难,百姓感恩大绅,虽然田赋没有得到减免,却也没有怨言。民众食不果腹饥荒绵延之时,大绅一如在新城县时,下令开仓放赈,得到了朝城百姓的拥护。郡县治则天下安。就是这样一位爱民如子正直无私刚正不阿的清官好官,却屡因百姓冷暖开罪大吏,一袭七品红袍几近终其一生。因看不惯官场之污浊黑暗,正以病为由欲辞官归隐田园之际,却被调任青州府海防同知,嘉庆八年擢为武定府(治所在今惠民县)同知。《清史稿》载:"捕蝗查赈,并著劳勚。"职武定府时,遇有蝗灾,大绅亦亲率吏民到田间捕杀蝗虫,又遇黄河水灾,大绅奉命查灾赈济,鞠躬尽瘁,造福百姓。有巡抚代嘉庆帝朱批"好官可用"四字。前几年,云南玉溪市两位记者到华宁县高茶寨村探访刘氏祠堂时,在刘大绅的二十代孙家中,见到了传闻中的"好官可用"匾额。匾额红底金字,其右刻"嘉庆八年五月二十日奉",左刻"山东武定府同知臣刘大绅恭纪",中刻"好官可用"四个大字,四字中间写有"朱批"两字。

嘉庆十年,大绅以母老终养归。回到宁州后,他在城西五里许的青龙潭西自建茅屋居住,取名"潭西草堂",自号"潭西老人"。据资料记载,嘉庆十八年至二十五年,云贵总督柏麟聘请大绅担任昆明五华书院的山长,自此其致力于教育事业,为国为民培养栋梁之材,滇中一些著名学者、文化名人,很多出自其门下。他的学生中戴炯孙、杨国翰、池生春、李于阳、戴淳五人世称"五华五子",《五华五子诗抄》即由大绅选订并为之作序。

早年任新城知县时,刘大绅淡素俭约,廉洁奉公,恪尽职守,衣食住行如同寒士。地头田间,街头巷尾,村头学舍,或谈古论今,或谈诗论画,或诚求民隐,或访问疾苦,到处都能见到刘知县劳碌不倦的身影。其律己笃行,造福民生,一肩明月,两袖清风,对百姓拳拳一片赤诚之心,对文道端庄读书之人以礼相待,对古代贤哲至为推崇,给新城士民留下了深刻的印象,当地民间至今流传着他的事迹。新城县张象津在《寄庵诗钞序》中评价其"行己敬恕,而居官廉慈,是其情性然也"。据志书记载,乾隆年间,新城知县刘大绅,得知"(县)治东南,花(山)、铁(山)两山间有前贤万章(孟轲弟子)墓,岁久荒圮,单骑往返百余里,访得其处,为封土立石(碑)"。大绅与新城士人交往甚笃,咨询治道,择其善者而从之。当年,他以"务修德行,勿以记诵辞章诡取功名"劝诫新城诸生,以经史诗文相教授,强调以经史为本,以古代贤哲为榜样,文道统一,学以致用,使学风大变。其被"罢职遣戍"之时,新城士民皆竭尽全力捐资以赎,张象津就曾因此债台高筑,以至于未能按时偿还而避之津门。

刘大绅是乾隆、嘉庆、道光时期的著名诗人,其诗主要"以陶为宗(陶渊明)",真挚朴实,亦能博采众长,"出入于储、孟、韦、柳"诸大家。大绅尝有言曰:"诗之有大家也,盖合一世之诗人以为言,且合千古之诗人以为言也。"他的诗歌主张不"为技"而"为道"。如果只"为技",其诗仅仅"研声病,究格律,探风气,窥好尚,以取悦人耳目"而已。他一贯主张"终不得以技而废乎道",此"诗之本也"。观其诗作,"有古来诸家之长","有为而作,有托而寄,写性灵、发旷思,言真而情愈深,味淡而旨弥远,亦杜亦陶、机趣洋溢",直抒胸臆,不假装饰。比如其《午后行田闵》一诗:"河水东流不复回,老夫彻夜自悲哀。日长莫枕锄头睡,门外催租吏早来。"农人疾苦,田赋之重，跃然而出纸上。再如其《孤山》一诗："远忆孤山上，无人有明月。荒林绝虎迹，晚饭饱鱼羹。醉数雁千点，卧闻钟一声。邀游及此日，秋水片帆轻。"田园风光，山林野趣，归隐之状，惟妙惟肖。刘大绅著有《寄庵文抄》《寄庵诗抄》等，其在世时共选刻二千五百余首。他的文章在《清史稿》中选有《哑孝子传》。其中，《寄庵诗抄》由新城名士张象津于嘉庆八年为之作序。

大绅卒后，祀名宦祠。

"为帝者师"之沈渊

　　在新城县闻名遐迩的七十二牌坊中,有一座"为帝者师"坊。它的主人,即明清新城六大名门望族之一的沈氏家族的代表人物沈渊。

　　沈渊,字子静,别号澄川,济南府新城县人。明嘉靖十四年乙未生,万历五年丁丑卒,得年四十有三。嘉靖四十四年乙丑科进士,官国子监司业,摄大司成,是万历皇帝的老师。民国《重修新城县志》记载:"嘉靖乙丑进士,选庶吉士,授翰林院检讨。戊辰,分校礼闱,得人称盛。万历改元进编修,以母忧归。己亥起复故职。明年,擢国子监司业,摄大司成……沈渊卒后,同科进士、太傅许国为其撰写墓志,江西道监察御史、新城人王象蒙撰《太史公传》,资政大夫礼部尚书兼翰林学士东阿人于慎行撰《明国子监司业澄川公暨荆孺人合葬墓表》,万历皇帝御赐'为帝者师'坊,巍然屹立于沈家巷澄川公居第门西之新城大街上,惜经浩劫已无存焉。"万历皇帝曾赐太史澄川公坊联两副:"帝范从容一代宏模垂奕世,玉堂笔削成年正议著熙朝","传家业著名臣谱,华国书分太史坛"。

　　沈渊少而聪敏,读书非常用功。据《沈氏世谱》载:"公七八岁,被师扑责,负痛下凳。师云:'一滚滚下地。'能对,当贳汝。公应声曰:'两登登上天。'师大奇之。"渊即出口成章,足见其腹有诗书。王象蒙《太史公传》载:"(公父)赠君行茔浯河之阳高敞地迁葬厥父。后堪舆家以为吉,赠君曰:'若果食吉,其在叔子渊乎!'公兄弟四人,而赠君独奇公,使就经师受学,尤勤于程督焉。公少而英敏骏发,日诵千百言,缀文,文立就,同舍生咸束管避之。已试博士弟子,辄冠其曹。"冰冻三尺自然非一日之寒。著名作家冰心曾经在《繁星·春水》中写道："成功的花儿,人们只惊羡她现时的明艳。然而当初她的芽儿,浸透了奋斗的泪泉,洒遍了牺牲的血雨。"沈公艰难困苦之经历又何尝不是如此!其父晚年病笃,家道更加衰落,但是他没有被窘迫的现实吓倒,而是在城南的僧舍之中勤奋攻读(沈渊与新城徐氏家族的徐准同时代,徐准曾于落第之后在新城县城南的大柳寺中闭门读书,盖沈渊读书之地亦为同一寺院)。《明国子监司业澄川公暨荆孺人合葬墓表》亦有载:"葬父得高敞地曰:'必渊也,食其报者。'赠公晚而病痹,家且益落,昆弟皆出分。先生攻苦积学,读书于城南寺舍,暮则自携膏火袄被往宿,日以为常。久之,文声益起,诸生避席让焉。既举进士,选为庶吉士,数居高等。"古人云,食得菜根,百事可为。沈渊十年苦读寒窗,数载伏案作文,自《三坟》《五典》以下之诸书无不阅读,学殖遂逐渐深厚,终得拨云见日,而至玉汝于成,修成正果。

妻贤夫安。沈公得以专心读书、科考乃至为官,其妻荆氏孺人功不可没。《太史公传》有载:"赠君晚病痿,家步渐蹙,及捐馆舍,公兄弟遂异产,而家日益贫,顾其学日益力,乃孺人则日操作供具以为常,即糟糠不厌,若将终身焉。时二母在堂,孺人以能妇毕得其欢心。公虚心子舍以听孺人无内顾,因得读书城南僧舍。"沈渊自己对此深有体会,"公喜谓孺人曰:余今幸荣遇宠及两尊人者,皆吾妇苦攻佐读之力也",意思是我之所以取得今天的成就,都是承蒙夫人竭力相助的功劳啊。"盖公故不问家,实以孺人为政,而孺人居阃一切井井有条,斯公所由委蛇于羔羊之节,而精意启沃无二命也。"于公慎行对孺人荆氏评价亦甚高:"上奉寿姑,下抚孤幼,为先生营葬,至脱簪珥,知者悲之。荆孺人者,邑处士闱女也。生五岁失怙恃,未笄而归,入门婉顺,即以贤闻。先生性嗜读书,不知握算,一切内政倚办孺人。家故无有也,刺绣易粟,上供甘脆,以其余饷先生,而身自操作或不再食。后先生虽贵,文吏萧然,客至,辄呼酒具。孺人躬为执爨,不敢告劳。及称未亡人,日勤纺绩,课奴田作,家乃更裕,裕于先生时。可不谓健妇令母能持门户者与!"荆孺人深明大义,以辅其夫。《太史公传》载:"(公)里居时竿牍不入公府,邑大夫或造请,必正言无隐。有劝公者,曰:不佞何敢从乡先生后而干邑大夫权?顾心知之,匿不以告,乃以嫌怨故谬为谀辞,令上慢下怼,窃所不取。孺人闻之曰:'夫子一言而上不负邑大夫,下不负邑百姓,是诚吾夫矣。'"又载:"公敦伦睦族,宗亲故旧其所缓急者靡不周。而孺人又怂涌力赞务出其厚,曰:'吾安得爱簪珥筐笥,令夫子困于义也?人亦孰不欲节约,而卒败于侈!'公与孺人泊然世味,不改其素。客问病,布被朴几四壁图书而已。公没之日,贫不能殓。姻党僚友仕京者合赙办之。孺人尤力辞再三曰:'是非吾子志也。'兹不可以观公夫妇乎!"荆氏孺人持家得力,相夫有功,教子亦成,丈夫沈渊卒后,"次子庭梈……孺人课之,读父书,今入曹监,卓然成其名矣"。真是家有贤妻啊!

沈渊秉承"士先志,官先事",鞠躬尽瘁,忠于王事。隆庆皇帝为太子(即以后的万历皇帝)选择师傅时,沈公以学识渊博、品德高洁入侍。他的授课使得龙颜大悦,得到了皇帝的褒奖。《太史公传》有载:"公当进讲,声音高朗,词致剀切,上每动色听纳,及再入讲筵,一日讲罢,上退问适讲者殊佳,胡久不见斯人?"《明国子监司业澄川公暨荆孺人合葬墓表》亦载:"乙亥……进为经筵讲官。端慎有仪,开陈剀切,诸公数目伟之。明年……上幸太学,先生当讲《尚书》,赐白金文绮,宴于阙门。"沈公代理国子监祭酒后,严肃法度,时都试届期,诸生云集。先生摄大司成,矩度甚严,少所假贷,贵游高第,懔懔步趋,莫敢关请,国学(指国子监)为之改观。即使达官贵族都不敢向沈渊说情了,正是他坚持正义,严肃科条,厘革弊习,扶正祛邪,遇事咸依法度,哪管他出身寒微或贵胄,严词拒绝请托说情,所选之人皆贤德之才。沈公为人正直,刚正不阿,两袖清风,其尝"奉册楚之光泽王王国,赠遗甚腆,公悉返之"。清廉高洁如此,可为今人之楷模。《太史公传》载,(万历五年)丁丑春病寒,虽在床褥,未尝置念,诸生仍起视事。会迫庙祭,仍病,仍起视祭事,曾不病为解。客劝曰:"公病矣,盍少休乎?"公曰:"否否。《论语》有之:士先志,官先事。此吾事也,吾诚病,谁当事事者?死死职耳……"卒缘积劳以殁。邑人王公象蒙评价其夫妇云:"公以德行结主知,日侍讲幄,所为启翼之者既殚厥心而造士成均,虽一息尚存,不容少懈。乃临诀之词曰:"国恩未报,命也夫。鞠躬尽瘁继之以死,其于王事亦云忠矣。而弥留之际又何惓惓也?孺人未尝贵起也,始归而绩,中夜不休。既贵饶,而绩犹故。始归,而衣履敝垢不数易;既贵饶,而敝垢犹故。卒能以勤俭之德弼夫为名臣,喻子以至成立,实大有功于沈氏者乎!迹公夫妇竭忠事主,茹苦开家,籍令被之声歌,则亦"四牡"之臣节,"葛覃"之妇道矣"。

沈渊有诗文传世,著有诗集《步唐集》、文集《中秘稿》等。清光绪二十六年,沈氏族人续修族谱,所存诗文集同时重印。明万历礼部尚书于慎行云:"博极群书,文辞高古,有秦汉风。尤好为诗歌,体骨遒劲,与李临淮、康裕卿辈尝结社倡酬,浮白大噱。尝竟日夜为欢,诸长安游客争诵'沈太史倜傥人豪也'。吾观先生学术操行,质有其文,在汉宋诸儒中,朴直似夏侯太傅胜,方正似贡大夫禹,献纳似孙龙图奭,笃学似石有道介,于齐鲁诸儒家法称博闻笃行,不虚矣"。清乾隆年间新城知县、诗人刘大绅拜读其作,目睹其诗文潇洒,相见其风怀澹荡,遂评价公诗文曰:读中秘之书,经术之湛深,治道之宏远,时时于文中见之。而其为诗,复清微淡远,萧疏闲散,言有尽而意无穷。每拈一句,辄令人作十日思。刘大绅尝于沈氏槐阴书屋题诗怀公:"江河太史文章在,不让苏韦储柳前。秋菊佳时重展读,风怀淡荡见澄川。"

另据资料得悉,沈氏与新城王氏、耿氏家族均有联姻,沈渊的次子沈庭柟(另说为"楠",笔者未考)系工象蒙的妹大,《沈氏世谱》有载:"庭柟……配户部员外郎王公之辅女,封孺人。"沈渊的孙女则嫁给了耿鸣雷之子耿庭植为妻(互结姻亲是古代名门望族巩固其家族地位的重要手段之一)。

沈渊卒年四十有三,帝赐墓阡于城东古城西偏。于公慎行叹曰:"假令遭会风云,置身密勿,必能据经守古,有所匡持,绝非碌碌浮沉,与世俯仰者。而天不佑良,诎于短算,岂海岱河济之间气薄使然哉?抑泰运之未弘也。吾深为当世苍生惜焉。"王士禛《分甘馀话》对沈公亦尝有载:"沈渊,同邑沈澄川先生,幼时丧父,太夫人欲卜吉壤,不肯延致堪舆家。但每夜至舍后近地,纵横步之再三,忽曰:此即吉地也。遂卜焉。后沈公成嘉靖乙丑进士,入翰林,官国子司业。卒,以东宫讲官旧劳,特予祭葬。"

沈公出仕为官,惜仅十二载耳。

山左名儒张象津

　　清代乾嘉年间,山东新城县有一位在经学、文学、音韵学以及方志学等方面均有造诣的大家,其人学识渊博,通晓四书五经,尤其精通诸子百家及宋明理学,世人称之为经学大师、山左名儒。

　　斯人即张象津。张象津,字汉渡,号莪石,别号雪岚。乾隆三年生,道光四年卒。出身书香门第,绍承家学,乾隆四十二年拔贡,四十五年举人,铨选县知县,八十三岁时改授济宁直隶州学正,贻赠儒林郎。乡谥"文博",门人私谥"文贞先生"。著述颇丰,包括《白云山房诗集》三卷、《白云山房文集》六卷、《考工释车》一卷、《离骚经章句义疏》一卷、《等韵简明指掌图》一卷,以及《新城后志稿》《邢台县志》等。

　　张象津出生时,其家道已经衰微,贫困不堪,但其刻苦不辍,发奋苦读。寒冬腊月,没有御寒的棉靴,他曾将双脚埋进装满麦穰的柳条筐内保暖;夜晚学习,没有照明的灯油,他曾到村后庙宇内的长明灯下借光读书……其情其景,与西汉匡衡"凿壁偷光"、东汉孙敬"头悬梁"以及战国苏秦"锥刺股"的故事又何其相似!但其科考道路异常艰难。汉渡先生十五岁入私塾,二十岁中秀才,其后数载屡试不第,直至三十九岁中拔贡,年逾不惑的他四十二岁时方中举人,直至终老。

　　但张象津的成就不在宦途上,而在于其渊博的学识上。其人通晓四书五经,精于诸子百家与宋明理学。他是清乾嘉年间研究新城文化,更是研究王渔洋的著名学者。深谙新城历史上的文化名人、隽彦先贤及其著述,《张象津四答雨樵书》可以说是最典型的一个例子。书中以很大的篇幅探讨了王渔洋等新城明清先贤的文学成就、文学思想、著述著作等,为后人研究新城文化乃至山左文化积累了珍贵的历史资料。清代学者成瓘云:"吾济南郡为山东省会,近百年来,沉酣古籍,以博雅著者,历城林汲山人(著名学者、藏书家周永年)而后,惟新城张汉渡先生。"乾隆年间的新城知县刘大绅亦曾有"诗不如渔洋,文不如汉渡"的说法。张象津弟子张宗光则感慨而言:"沙以水润,不足与谈水;木以雨荣,不足与谈雨。"其以"沙""木"喻己,以"水""雨"喻师,以"润""荣"喻其关系,足见对恩师的仰慕与崇敬之情。

张象津在准备科考的漫长岁月里,为养家糊口,到塾学教书,辞官后亦以教书为业。他常告诫学生:"古圣先贤并非不可企及,力学笃行者皆可达到。"教育学生写文章要"题得其情,字得其识""不务时趋,不求速效,达于至善为指归"。张象津孜孜不倦地致力于教学与著述五十余年。张宗光撰《济宁直隶州学正张公汉渡先生墓志铭》中载:"阐发诸经,示人以圣贤之必可学。伦常日用随在,使有以自勉。理则洛闽,法则湖州,每于灯寒齑苦,相期千古。海济河漯之间,莫不奉为人师。经师津门范阳襄国之地,凡化雨所及,经指授者皆有以振衰而起靡也。"嗣时,齐鲁大地,燕赵苏浙,其弟子门生众多,堪称桃李满天下。据相关资料中记载的数字,考中进士者九人(其中翰林三人),举人三十三人,各类贡生四十七人,放官任实职者四十七人,官至侍郎、布政使、知府以及同知者不乏其人,其中二品大员四人。时人赞曰:"十八学士双力案,七十二贤半在门。"当时,周作霖、魏淳瑕、胡公桓、张宗光等名士皆出自其门下。

张象津是一位重情重义之人,对家人、对朋友、对新城百姓、对新城文化皆尽然。《济宁直隶州学正张公汉渡先生墓志铭》中载:"长兄出游不返,寻觅无音耗,奉嫂氏四十年如一日。仲叔以及疏属,咸尽心力。大宗小宗事,无不修举。而家训劝诫,无非远谟。"他对新城文化情有独钟,建立了白云山房书库,不惜花费重金购置、收藏王渔洋等先贤的著作手稿、流落到民间的藏书等,推动了明清新城文化的保存、流传和研究,并为之做出了不可磨灭的贡献。他熟读渔洋著作,撰写了《王文简公传》和《渔洋著述版刻考略》,对王渔洋诗学思想的研究和传播起到了积极作用。汉渡先生与新城知县刘大绅情深谊长,友谊长达四十余年,相互间唱和的诗词达三十余首。其中，张象津写思念刘大绅的诗或与刘大绅唱和的诗有二十三首，刘大绅《寄庵诗文钞》中有九首思念张象津的诗。如张象津有诗云："别时七月半，相逢八月中。屈指两年里，寤寐长相通。"刘大绅亦有诗曰："我与张夫子，无日不相思。九年未如梦，存殁空生疑。"深情厚谊，尽然诗中。当年，刘大绅因得罪大吏被"寻以曹县旧狱被议，罢职遣戍"之时，是张象津发动新城与曹县士绅百姓捐赎，刘知县方以得归。对于新城当地的宿儒、义士、节妇、烈女等，深受封建伦理道德熏陶的张象津都为其树碑立传，以教化百姓。

除了常年从事教育以外，张象津还是一位"杂家"：他是史志学家，主持编写了《邢台县志》《新城后志稿》，特别是《新城后志稿》，使康熙至嘉庆年间新城的历史得以传承，填补了这段时期新城县志书的空白；他是音韵学家，其音韵学著作《等韵简明指掌图》至今被国内学者关注，北京大学耿振生《明清等韵学通论》、中山大学李新魁《汉语等韵学》、山东大学张树铮《清代山东方言语音研究》等均将其作为重要著述加以研究；他是一位诗人，现存诗歌达二百六十六首，包括五言七言古诗、五言七言律诗和七言绝句等，常"以欧、苏之笔阐发程、朱之理"，晚清进士民国著名学者徐世昌编写的《晚晴簃诗汇》就收录了他的五首诗歌；他研究水利，撰写了《新城水利四议》，提出了治理乌河、小清河、孝妇河等河流的建议；他研究方言，其著述《方言土字辨》成为研究当地方言的学术专著；他研究科技，专著《考工释车》对古代的车制进行了翔实的介绍……他对《离骚》《孙子兵法》《周易》以及天文学等等都有研究，写出了一部部的专著。走近张象津，品读张象津，深深感到其的确无愧于"一代大师"之名，真异人也。

几年前读到《淄博晚报》的消息，桓台人张迅（张象津的后人）完成了《张象津先生年谱》，编著过程中使用了他收藏的《白云山房诗集》稿本、刘大绅致张象津信函等珍贵的资料，使得这部年谱资料丰富、考订严谨，具有很高的学术价值。

汉渡先生泉下有知，自当感到欣慰了吧。

文足华国武能戡乱于觉世

　　清顺治十二年春三月会试，新城县一榜五贡士，于觉世是其中之一。

　　于觉世，生于 1619 年，字子先，别字赤山，别号铁樵山人，济南府新城县人。顺治三年丙戌科举人，顺治十二年举于礼部中会试，因丁外艰未殿试。顺治十六年殿试中进士，初授归德府推官，奉裁改江南巢县知县，因平乱保边有功，迁刑部主事，历员外郎，升礼部郎中。康熙二十年典试两浙。不久提督广东学政，三年报最，擢布政使司参议需次，以继母王太淑人春秋高，绝意仕进而归。

　　五贡士中首先着眼于氏觉世，明眼人一下猜出我是有私心的。不过您所不知道的是还有一层意思在里面。山东于氏，出自姬姓，为周武王姬发的后代，以国名为姓。据《新唐书·宰相世系表》载，西周初年，武王克商后，大举分封诸侯，其次子姬诞被封邘国，即今河南焦作沁阳北部一带，姬诞号称邘叔。其后，邘叔的子孙以国名为姓氏，有的姓邘，有的则去邑旁姓于，是为河南于氏。春秋战国时期，邘叔有后裔迁到山东郯城，为山东于氏起源。姬诞成为于姓的始祖。南北朝时期，纷争割据，战乱频仍，"白骨露于野，千里无鸡鸣"，史称"东海望族、驷马高门"的姬宗于氏汉相西平侯定国公宗派一支，从郯城于家庄东迁徙至文登斥山，新建了一个于家庄。经隋唐五代，至两宋金元，竟繁衍成千余家的大村落。尔今，斥山于家庄荡然无存，其迷长期难解。盖因贞祐(金宣宗)之乱兵，文登县境长期处于金兵蹂躏民不聊生之中，像于家庄这样的大村不利于应对官府的穷兵黩武、横征暴敛，化整为零、四处播散自然成为首选之策。民间又有一说是斥山村大约在唐朝时由于姓建村,村随山名曰"赤山"。于氏族人认为,赤山岩石呈红色,意即火山,"于"和"鱼"谐音,鱼近火不吉利,加之"斥"与"赤"古字通假,故把"赤"改为"斥"。但是历经几朝几代,于氏人丁始终不旺,是故遂自金代始迁文登大水泊,至明代中期全部迁完。元末明初,今桓台于堤于氏始祖自文登徙新城。于觉世即其世孙,其别字为"赤山",盖因世祖曾居斥山的缘故吧。我们这支是新城县高楼于氏。据族谱载,高楼于氏亦自登州府文登县祖居地斥山迁往大水泊,明洪武初年,始迁至济南府新城县。算来,迄今已六百余年矣。也算是因了这层意思的缘故,几年前我在荣成买了房子,曾与父亲驱车向西约四十公里到大水泊,向南约四十五公里到赤山探望祖源处。同姓氏的人常相互戏言五百年前是一家。那么,新城县于氏两支同迁自古文登斥山,六百年前似乎应是一家了。

于觉世出身于名门世家。其始迁祖于仲德是作为"文登县诸生"徙居来新城县的。"诸生"的身份,奠定了于堤于氏的望族地位。于堤于氏二世祖于浩,"明洪武中下诏求贤,举贤良方正,授云南都事,迁大理寺评事";四世祖于璧,天顺壬午举人,官苑马寺少卿,新城县立有"文魁""绣衣"两坊;五世祖于利,弘治二年举人,官扬州府同知。于利文才横溢,与著名诗人、文学家,明代嘉靖户部尚书济南历城人边贡最友善。王渔洋《古夫于亭杂录》卷三中记录了边贡《送于利》绝句四首,其二曰:"霜下夜已久,清轩调玉琴。凄凉湘水曲,窈窕白头吟。"于利曾参与成化《新城志略》纂修。王之垣称,"于氏自评事公已大于邑,三四传而至少卿。公以《易》学启后,而累为文献家","科贡遂甲于济中都郡"。

虽然,于堤于氏一族之中有文名者甚众,比如于觉世之兄于维世,博物洽闻,为文浑厚有奇气,著《怡云堂诗》《怡云堂乐府》《怡云堂咏史诗》。《山左诗抄》称"同狂与弟赤山齐名,平时著述皆毁于火"。再如于觉世曾孙于崇敕,乾隆十二年举人,十三年中明通榜。曾知江西余干、丰城、龙泉、乐平等县,政声卓著。自丰城卸任回籍,当地民众有"宦囊不减来时重,添得江西数卷诗"的赠句。喜钟王书法,尤喜谈诗,著有《世雅堂诗集》二卷。但是,于觉世的诗文仍是新城于氏中影响较大的。据载,于觉世工诗,触目成吟,不用雕缀牵饰,乃清初岭南著名诗人。所为诗,有《居巢》《使越》《岭南》《燕市》诸集,所选文有《房书定衡》《程墨删要》,诗选入《山左诗抄》,又著有《感应篇赘言》,据闻现存山东艺校。觉世先生乐山乐水,胸襟开阔,咏物诗文较多。例如其《登巢湖》咏巢湖诗:"长湖三百里,四望豁江天。日气来残雨,风樯落晓烟。环城一水阔,隔岸数峰妍。南国春光早,游歌半扣舷。"描绘了安徽巢湖春日蔚为壮观、诗情画意的绚丽景色。再如其古体诗《黄池雪》:"鸟语失孤村,人烟寒古渡。遥望谢公亭,弥漫前溪路。镗镗起涛声,雪花飞寒雨。肃肃归雁鸣,阴阴白日暮。怊怅北风凉,扁舟自来去。"以黯然肃杀的景象衬托了心中的失意、孤独和悲凉。还有其《舟发三水》《怀西樵二首》《不寐》等,诗人托物言志,直抒胸臆,以旖旎美妙而又不失大气的景致描写,充分表达了其内心深处细腻丰富的精神与情感世界。《桓台于氏世谱》之《于氏前型录》收其诗七十三首,并收其乡墨和会墨。其乡墨题为《好学近乎知》,会墨题为《诗可以兴草木之石也》。于觉世与一榜五贡士中的王渔洋关系甚密,相互之间的唱酬诗文较多。

与清代诸多文人相像的是,于觉世的书法造诣亦是令我叹为观止的。2013 年 11 月,四川德轩秋季大型艺术品拍卖会"谁领风骚"专场,觉世先生一幅约二点二平尺的绢本,款识为:"右咏《梦粱录》杂事为吾杭婚俗之始。癸卯谷雨,铁樵录。钤印铁樵。"根据拍卖公司的推介,"此件绢本书法,可以说是于觉世书法传世之孤品,历史上仅见此一件。该件书法吸取了颜、欧之长,在晋人劲媚和颜书雍容雄浑之间,出笔有柳公权的法度,但又富于温婉润达的个性,为一件精到清初学者的书法,值得珍视"。虽然尚未可知上述之说法是否有出入,姑且不论拍家是否有炒作之嫌,但是其拍卖估价七万元、成交价出八点五万元人民币之右却是不争的事实。续修康熙《巢县志》,于觉世亲笔撰文,蝇头小楷,潇洒飘逸,文理之间,皆饱含对巢县和百姓之深情厚谊。

居官之时,于觉世是当之无愧的能吏、干吏、廉吏、忠臣和良将。首知巢县,渔洋先生在其墓志铭中评价:"县古居巢,带山濒湖,号难治。公为政宽简,间以猛剂。之狱,讼衰止。俗好巫尚鬼,壬子冬,县人数夜惊,晨起则院中多得瓦石,民间竞为祈禳。公曰:'此奸人所为,何城狐社鬼敢尔。'乃下令严缉,三日而获。其作奸者某某,置诸法,人心乃安。庚戌,江北饥,居巢尤甚。公捐俸钱购米以食,饿者存活数万人。明年蝗,公斋戒祭祷,遂不入境,巢人颂之。癸丑,滇寇(即吴三桂)发难,亲王帅大兵入楚,休士马于庐州,糗粮刍茭扉屦咄嗟取办(原文),太守走匿他所,曰:'是非巢令不可檄。'公至,悉以委之。公立启于王,戢禁旅勿哗。出则颐指口画,日中皆集,无后时者,按籍而给之。王大喜,禁旅皆悦。既蒇事,太守谢曰:'非公才略,不及此。'有巨冠宋标者,抵巇、起、安、庐间,众数千人,攻剽郡邑,将掳焦湖为窟穴,扬帆自大江东下。公侦知之,设伏于南门浮桥,而身率甲士邀击之。甫接战,伏发,歼其众,遂擒标。上功幕府,余党皆鸟兽散。安庐之盗遂绝根株,公之力也。内迁刑部主事。明年壬戌,蔡君升元状元及第,即公门下士也。寻出视学广东,东粤当兵燹之后,庙学多圮败。公首请于督抚,疏请修葺。得旨允行。其教士先德行后文艺,士翕然化之。琼州远在海南,前学使多惮风涛不至,公叱驭而往。舟至中洋,飓风作,舟中人皆恐。俄有小鸟,状如鹳鹆,来集樯上,舟人懽譟径渡得无恙。论文之暇,兼问忠孝节义关教化者,悉旌之。"于觉世做事勤恳,恤民水火,政清治明,《巢县志》中亦有记载:"运精明以浑厚,饬法纪以慈祥,士坐春风之中,民安恺悌之宇,讼狱无停滞,亦无冤民,钱粮极肃清,亦极安静。抚台奖语云:真诚任事,职业无亏。九年、十年分,蝗旱两灾,十一年正月,奉宪牒赈济,即自二十日起,设处捐赈,至四月终止,捐俸买米,赈过五百余石,仍劝属员绅衿量力捐助。"

深秋望断南飞雁。唐代贺知章《回乡偶书》诗云:"少小离家老大回,乡音无改鬓毛衰。"升任布政使司参议需次不久,深怀莼鲈之思的于觉世便以奉养老母为辞告归,从此丰城剑回,叶落归根。归之于乡后,于觉世"晨夕定省寝门,如孺子然,乡党称孝焉。辛未,太淑人八袠,率家人上寿,觞甫行而疾作"。对于新城家乡,虽已辞官归隐,于觉世亦桑梓情深。据记载,索镇大桥曾名玉带桥,位于今桓台县索镇镇街里,东西方向横跨乌河,时为交通之要道,因桥映水面宛如玉带而得名。始建年代无考,旧时桥面叠石低凹,行走不便。明万历四十四年,乡宦杨起震加高桥面使之畅通。清康熙二十六年，乡宦于觉世重修。

　　觉世先生卒于1691年，康熙三十年辛未二月二十九日，得年七十有三。刑部尚书王渔洋为其撰写墓志《诰封中大夫提督广东学政按察司事候补布政使司参议赤山于公墓志铭》，评价其："文足华国，武能戡乱。逸气卓荦，丰容魁岸。夏屋之封，水之畔。生气如存，千秋遐算。"实不为过。

　　一代名士，就此陨落。

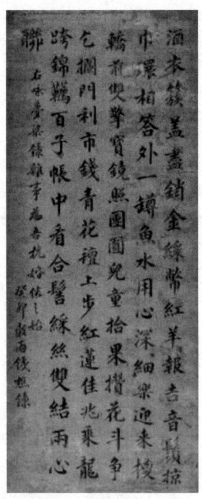

清代于觉世书法

至公至明何世璂

在新城县,何世璂是一位颇具传奇色彩的人物。康熙四十九年,翰林院掌院学士海宁陈元龙阅公馆课诸作,叹曰"真通经学古之士",高居九五之尊的雍正皇帝则评价其"公明兼至",桓台民间至今流传着"一岁三迁"等故事。

何世璂,字澹庵,又字坦园,号铁山,济南府新城县人,康熙五年生,雍正七年卒,终年六十四岁。康熙二十三年以第四名中举人,康熙四十八年己丑科进士。邑人张象津著《何世璂传》有"康熙甲子,年十九岁,以第四人魁礼经"的记载。清代嘉庆、道光年间著名学者俞正燮编《何端简公年谱》载曰:"(山东乡试)闱墨出,江南汪武曹、何屺瞻,德州孙子未,博山赵秋谷(赵执信)诸先生咸击节叹赏,目为真才子。"中国社科院蒋寅《王渔洋事迹征略》载:"康熙四十八年己丑,(王士禛)七十六岁……五月,门人缪沅、蒋仁锡、何世璂同榜中进士"。由文中可知,何氏系一代诗宗王渔洋的门人。其历任莒州学正、翰林院检讨、山西副主考、山西道监察御史、江西正考官、浙江学政、两淮盐运使、贵州巡抚、户部右侍郎、吏部右侍郎、直隶总督等职,卒后雍正皇帝追封为礼部尚书。

何世璂聪慧颖悟勤勉好学。清代名臣张廷玉认为他"生有异禀",世人视之为神童,邑中"宿老深叹异之"。五岁时每天即能诵读数千字的文章,七岁时就善于八股文的写作,顷刻之间洋洋洒洒下笔千言。由于家境贫寒,买不起书,只得从邻塾中借经史子集而读,却能过目成诵。应童子试即夺得冠军,遂成为廪生,享受廪膳补贴。《何世璂传》有载:"五岁日诵千言,七岁工制艺。乡先辈奇之,赠以诗,有神童之目。家贫少书,于邻塾借观,过目即不忘。试童子,冠一军,旋食饩。"又载:"未第时,安贫力学,虽藜藿自给,而读书精舍,萧然自得。尝读范文正公传,至先忧后乐之言,慨然慕其为人。"何公科举蹉跎,会试曾五次不第。其数困公车,却安于贫困,虽然粗茶淡饭,但仍超然物外,致力攻读诗书。读范文正公(范仲淹)传记,常慕其"先天下之忧而忧,后天下之乐而乐"之境界,慨然以经国济世为己任。其志终不衰。四十四岁中进士后,选翰林院庶吉士,康熙五十一年,散馆授翰林院检讨,充《大清一统志》纂修官,五十二年覃恩授儒林郎,翰林院检讨加一级,五十九年任山西副主考,六十一年充圣祖实录纂修官。在距古新城县城北约六公里的陈庄,当地政府立了一块青石碑,曰"翰林何世璂故里"。

何世璂勤于政事,事必躬亲,巨细不遗,为帝股肱。康熙四十年,何世璂任职莒州学正,他严立学规,训以明经砥行,学皆有仪法,莒地之士遂皆向学。《何端简公年谱》载:"当时咸闻而叹曰:胡安定教湖州,许鲁斋掌太学,不是过也。"康熙己丑考进士时,大总裁李光地阅其卷,谓之有儒者气象。何公素有"四不欺"之说,曰"不欺天地、不欺鬼神、不欺君亲、不欺僚友"。清世宗雍正帝早在为皇子时,即素知其人之才学以及处事秉性等。雍正元年四月,"命典江西试,所取亦极一时之选(铁山先生秉公搜罗,得士六十三人。舆论悦服)。前此主试辄以士子坊金为赆馈,公曰:朝廷经制,所以奖励士子,岂可以私废公!拒不受(张廷玉:《皇清诰授资政大夫吏部右侍郎署直隶总督事加赠礼部尚书何端简公神道碑铭》,以下简称《何端简公神道碑铭》)"。雍正龙颜大悦,对清节素著的臣子何世璂有"至公至明"之谕,即日命视学浙江,右迁为浙江学政。浙人闻之,皆庆曰:"天赐清官也。"《何端简公神道碑铭》载:"公……夤缘请托一不得行,弊窦剔除务尽,而又不以苛刻。为明其整饬士习也。每与诸生讲论诚意勿欺之学,终日不倦,闻者感动。学租悉以散给贫诸生,不毫发染指。公明廉干,浙人心悦服之。试未竣,有诏命至淮上(迁两淮盐运使)。去之日,士子挽舟泣留,几不能行。"何公离任两浙,土谭登庸等有公立去思碑:"山左何公,崧岳之英。督学两浙,振起斯文。如衡之平,如鉴之明。如春之温,如水之清。用建碑碣,以志公恩。石有时泐,公德永存。"职两淮时,盐政蠹坏日久，世瑊以清勤笃行，以恤商裕课为务，数年积弊顿清，地方养廉取给仅仅日用而已，其他节省盈余全部留充公用，自己不名一钱，切切实实地做到了上不负朝廷恩典，下不负黎民百姓。雍正三年擢升副都御史，巡抚贵州。何公世瑊与同僚精诚团结，殚精竭虑治理属地，使得贵州由大乱而为大治。《何端简公神道碑铭》亦有详载："滇黔总制鄂公(鄂尔泰，总督滇黔)以忠勤干济为庙堂倚重，方极意绥辑民苗，以仰副圣天子一视同仁之意。公与协心一力，于地方利弊详悉经画，长寨、乌蒙、镇雄、泗城、谬冲诸苗次第剿抚。羽檄交驰，公筹运粮饷，士饱马腾，克日奏绩。又为化诲生苗之法，令薙发，衣服如制，赏银帽以示鼓励，一岁中所化苗寨不下万余人。盖圣世承平日久，声教远敷地方，大吏能宣布朝廷德意，以是卉服椎髻之氓向风慕义，愿为内属者所在多有。而公之尽心经理，相度形势，为严疆久远计，尤极周详曲至，未尝一日不尽厥心也。"他恩威并施，剿除匪患，抚民以静，改土归流，招抚农牧，奖励生产，贵州遂安。雍正六年，世瑊接旨入京师，雍正帝对其示以弹劾之疏，何世瑊并无置辩之言。皇帝深知其志虑忠纯，才堪大用，有古大臣风范，遂令其荐贤以代。他于是按照皇上的旨意，不拘资格推荐人才，做到了唯贤是举。雍正非常高兴，即擢黎平知府张广泗巡抚贵州，擢世瑊为刑部额外侍郎，又迁户部右侍郎、吏部右侍郎。每入奏谳，皇上目送之，叹曰："何世瑊信读书明理人也。"不久直隶总督出缺，皇帝以畿辅重地委其任之，何公遂署直隶总督事，位至封疆大吏。世瑊不负皇恩，恪尽职守，与同僚同德同心，和衷共济，尽瘁事国，"自旦至昏，不遑暇教，遂大行"。己酉正月，世宗派御史传达圣旨："何世瑊夙著勤劳，今年已高，恐用心太过，宜节养精神，以规远大，毋亲细事。前请陛见，以地关紧要，朕故未许来也。"既至，公已先一日卒。之前雍正知其病重，曾派太医弛往诊治，但世瑊终因鞠躬尽瘁，积劳成疾，雍正七年正月卒于保定官署。

勤政为官之余，何世瑊亦有深厚的诗学造诣。其诗清婉有致，淳古淡泊，一代诗宗新城人王士禛对他非常器重。据说康熙四十五年，渔洋山人罢官归里，世瑊常事左右，执弟子之礼。阮亭先生尝曰："吾县风雅衰极，澹庵汝当努力。"俨然对其寄予厚望。何公得渔洋口述，撰《燃灯记闻》，署

"渔洋夫子口授,新城何世璂述"。其著作有《淡志堂文集》《淡志堂诗集》《渔洋诗法》等。清代著名学者王昶辑录的《湖海诗传》和民国初年徐世昌辑《晚晴簃诗汇》均收录了铁山先生的诗作。著名历史学家邓之诚晚年撰成的《清诗纪事初编》则记载了何世璂的诗歌创作活动。

何世璂是至孝至纯之人。俞正燮《何端简公年谱》载:康熙五十四年……王太夫人于五十年九月思亲东归,里居三载。徐夫人朝夕侍侧。是岁十一月二十七日疾终。(世璂)公在京闻讣,哀毁骨立。同年李巨来(内阁学士江西临川李绂)先生来唁,公泣血求为墓志。李公感其诚,不觉相对沾襟。归语同馆曰:"何坦园真孝子也。"志曰:"康熙五十有四年冬十有二月,予同年友山东新城何世璂,闻继母王太安人之丧,哀毁骨立,以帑致状,介友人再拜来乞铭。予趋而吊于其位,则哭而属曰:'世璂六岁而失恃,实赖吾继母以长、以教、以有成立。自获登第备员史馆,迎养京邸,未几旋返,今四阅岁,时时梦见。昨冬至,复梦哭而噩以起,今月朔之夕,恍惚见诸灯下,睇视久之,欲近,乃灭。甫三日而凶问至。吾母贤宜传于后,惟子其毋辞。'"

何世璂卒后,雍正帝悲痛万分地说:"何世璂老成持重,端方廉洁,实心供职。畿辅重地,正资料理,忽闻溘逝,朕心深为悯恻。"世宗皇帝遂召集礼部大臣商议恤典之事,拨千金,赐祭葬,安排朝廷大员前往主持治丧事务,赠礼部尚书,对其祖、其父亦加赠礼部尚书,钦定其谥号为"端简",敕建丰碑。张廷玉撰《何端简公神道碑铭》记曰:"丧还,命所过郡县有司奠酹。公于是可谓极哀荣之盛典矣。"康熙癸丑科进士、新城人张象津撰《新城后志·何世璂传》载:"(公)起家寒素,位至封疆,表里洞达,不欺所学,一以诚恪。洁清自励,苞苴请谒之事,毫不得干于国政民隐。夙夜访求,熟思审处,一破因循苟且之习,故能上结主知,下孚舆望,卓然为一代名臣。"身后,何世璂入直隶、江南、浙江名宦祠、新城县乡贤祠。

一德一心,至公至明。

谒四世宫保坊

在桓台县新城镇城南村大街北端，巍然屹立着一座古色古香的砖坊。古坊为砖石结构，建于 1619 年，迄今已四百余年矣。

孩提时代，曾在离此几百米远的城南小学读书，当时周围没有护栏，古坊是我们一群不谙世事的孩子玩耍嬉闹的地方。当年，有一次在台基上爬上爬下，远远看见我爹骑着"大金鹿"上班时即将途经这里，因惧怕被父亲申斥，便"灵机一动"等在路边，骗他说没钱买钢笔了，特意在此等候，我爹大方地给了两块钱，才侥幸躲过。几十年后想起往事，主动对父亲提起，没想到老人家哈哈一笑说："其实我早看见你和同学在那里疯了（新城方言，疯玩的意思）。"真是让我颇感无地自容。

故地重游，遥看古坊上匾额"四世宫保"四个大字字体工整，笔力遒劲，相传为明代著名书法家董其昌题写。据说另有一说是万历皇帝朱翊钧所写。但是都没有史料记载，王氏族谱中亦无只言片语提及，如果在浩繁的古籍中始终找不到文字性的佐证，恐怕只能由书法鉴定专家根据书法风格进行推断了。不过在新城民间，几百年来流传着一个"一字千金"的故事：王象乾被恩准在新城县南城门前建造"四世宫保"坊。为使该坊更加增光添色，不惜重资聘请书法大家董其昌为坊题字，以显耀门庭、流芳百世，并约定以三千两银子作为润笔之资酬谢。王象春携资带轿亲赴江南相请。董其昌随王象春来到济南他的门生家中，游览了济南的湖光山色，来到新城。王象乾以礼待之，委托王象春陪其遍游新城名胜古迹，观赏了王羲之的"松风水月"、李太白的"振玉"、张养浩的"苍云"等古代至贤的珍贵石刻。董其昌深明王氏意图，郑重地用楷书写下了"四世宫保"和南北御赐楹联等。一天傍晚，董在王家的花厅前漫步，闻听有人说话，躲在一丛翠竹之侧，原来是王家子弟正在纷纷议论："都说董其昌书法好，号称'书画双绝'，盛名之下其实难副啊，论写楷书还不如四叔洞庭(王象咸)呢，三千两银子花得冤枉。"董其昌听了这些闲言碎语，没有作声。翌日，即告辞王家说，到济南门生处玩几天，然后回归故里。王家知道董已经把字写好，并未过分挽留，亦由王象春相送至济南其门生之处。送走董以后，打开题字一看，王象乾大吃一惊，不仅没有了两幅楹联，"四世宫保"四字中也少了一个"宫"字。王象乾十分焦急，有人建议以宗族中善书之人写一个补上，象乾大怒说："你们懂得什么！"遂派王象春再赴济南请董尚书(董其昌曾任礼部尚书)补写"宫"字。孰料，董已离开济南回江南而去。董的门生阴着脸说："恩师年过花甲，再烦不易，何不叫府上子侄补写一字呢？"王象春闻得话中有话，遂再三赔礼道歉，细问究竟，董的门生才道明原委，并说："恩师路过寒舍，留下一'宫'字，不知府上用得着否？如需用时，尚需再出千两银子。"王象春获悉因子弟轻狂之语得罪了董其昌，董故意为之，但因"千金易得，一字难求"，于是，他立即从济南筹措了一千两银子，取回了"宫"字，两幅楹联只好另请别人书写。写楹联之人虽亦当朝书法名家，但有自知之明，遂改写隶书。故事脍炙人口，惜系传说，亦无记载。

瞻谒砖坊，气势雄伟，布局精巧，造型别致，一股古朴典雅的气息扑面而来。古坊建筑形制呈中间高、两边低的宫殿式样。由巨型方石砌成的三层基座横跨大街两侧，基座上满是莲瓣、行云、龙驹、麒麟、松鹿、灵芝和景物等精雕细刻的浮雕，姿态各异，惟妙惟肖。基座上开了一大两小三孔拱门，中间大两边小，左右对称，高低和谐。门楣上均雕有二龙戏珠的图案。拱门两侧雕着四雄四雌八尊威武的石狮。雄狮足按绣球，回首张望，雄姿勃发；雌狮抚抱幼狮，俯首凝视，舐犊情深。坊前坊后石匾左右是隶书的楹联浮雕，楹联上端"玉音"两字颇为醒目，"玉音"即皇帝御赐之意。下端有精雕莲花承托，楹联四周和匾额上下是细致精美的飞禽走兽、山水花卉,有浮雕,有园雕,有透雕。古坊的前后左右外侧围柱之上雕有四位栩栩如生双手持笏的古代官员,但见四人目光炯炯,目视前方,表情庄严肃穆,仿佛是在聚精会神地聆听着圣谕。听工作人员讲解,他们是新城王氏家族的王麟、王重光、王之垣和王象乾。据史料记载,“四世宫保”坊是为兵部尚书王象乾及其曾祖父颍川王府教授王麟、祖父贵州布政使左参议(赠太仆寺少卿)王重光、父亲户部左侍郎(赠户部尚书)王之垣所建。王象乾官至兵部尚书,诰授光禄大夫加太子太保。明万历四十七年,王象乾时年已经七十一岁高龄,尚在兵部尚书任上,因“总督蓟辽”(曾驻守山海关)“行边视师”“威名著九江”,保卫明王朝功勋卓著,被万历皇帝诰赠上三代为“光禄大夫、柱国太子太保兵部尚书”,并恩准他在故里新城建造牌坊。因此,古坊谓之为“四世宫保”坊。中间大拱门之上,“四世宫保”四字之下,嵌有一块叙功匾,即镌刻着王氏祖孙四代的名讳、职衔和诰赠。“四世宫保”匾额往上正中,明黄色的“圣恩”两字自上而下排列,四周雕刻着象征天子威严的黄龙,让游人内心感叹着皇恩之浩荡。牌坊前后横幅石匾两侧均有浮雕楹联,两幅楹联之上都著有“玉音”二字。前联内容为:佑滋岳牧公孤,世表勋名于中外;底定獐苗蛮貉,赞襄威伐于昌明。后联则曰:缵旧惟牙,恩锡表毂治于克绍;庆贤有涉,荣名耀竹册以弥光。古坊的顶部斗拱飞檐,瓦当严整,四角杵头兽面,唇吻耸起,檐角悬吊的风铃,“叮叮当当”,随风摇动,声韵清脆,优美动听。顶端花脊“八跑”,每“跑”二兽,高居瓦基。瓦脊上有“麒麟驮宝瓶”,突出了时代的特征,彰显了明代能工巧匠的精湛技艺(据记载为桓台县演马村建筑巧匠黄兆功设计并主持建造)。瑞兽麒麟,居高望远,南眺金陵,北向京师,俯瞰着世态的变幻,穿越了历史的时空。整个砖坊集明代建筑、雕刻、书法、绘画等艺术于一体,令人叹为观止。同行友人皆赞叹不已,直呼眼界大开,以至于流连忘返。谒“四世宫保”坊,一种古老厚重的情愫油然而生。

　　新城县著名的七十二牌坊饱经战乱,又历“破四旧”时期,大都被破坏拆除掉了。“四世宫保”坊能得以幸存,我不禁为之感到庆幸。

明代 1368 年始建都南京,1421 年迁都北京,两个都城一南一北。恰巧,古坊面向南北,跨街而立,遥望二都,吾窃揣测,建造时是否有此深意存焉?

据说,砖石结构的牌坊为国内稀有,仅存两座,另一座在山西平遥。

一代名臣伊翁奄

锦湖毓秀,酓水钟灵。

2015 年 5 月 3 日,桓台县新城镇邢家村村民清理水湾时挖出了御葬茔立柱和石碑,其中一根白色石柱正面刻着"玉音　内晋廷尉辇毂誉其廉平",背面刻着"玉音　外作屏藩蛮荒资以绥靖"。"玉音"即皇帝御赐。根据史料记载和造葬常识判断,目前应该还有一根立柱尚未被发现,上面镌刻着大清圣祖仁皇帝御赐对联的下联:"君兴旁午手口即瘁于生前;国计忧劳荐剡不忘乎身后。"清代新城人王士禛撰写墓志铭并挽诗道:"家世南兖郡,功名仆射看。行营诸道合,报国寸心丹。未取黄金印,先逢白玉棺。招魂何处是,瘴雾夕漫漫。马革平分志,昆明未息戈。星辰移九列,书檄动诸罗。殁视悲荀偃,生还失伏波。故人歌薤露,流涕向山河。"谢世后竟然能够享受御制造葬之礼,且刑部尚书为其撰写墓志铭。承受如此浩荡皇恩和隆盛之典,这个人究竟是谁呢?

随着县文物部门的查勘,顺治十二年"一榜五贡士"之一、新城伊氏家族的第一名进士伊辟展现我们面前。根据《清史稿》记载和笔者掌握的资料显示,伊辟,字卢源,号翁奄,济南府新城县邢家庄人,明天启三年癸亥五月十七日生,清康熙二十年辛酉五月初八日卒,官至从一品。顺治五年举乡试第一,领山东解元,文传四方。顺治十二年,成进士,改庶吉士,入翰林院。十三年,授广西道监察御史。十四年,奉旨巡按山西。十六年,还,掌京畿道,擢通政司参议。累迁大理寺卿,班于九列。康熙十九年三月为平定吴三桂之乱,以都察院右副都御史参赞军务,并巡抚云南。著作有

《按晋奏议》《传家宝训》等。

伊辟的一生充满传奇性色彩。《伊氏世谱》记载了顺治五年山东学台考遗才，"遗才不取焉得解元"的故事。伊辟本未取名，具帖祈求乡试，终未遂志。值乡试监考官点名完毕，将要封门，伊辟伸腿撑门，大喊："研着（新城方言，意即夹着）解元腿了！"监官道："遗才不取焉得解元？"伊辟答曰："学院取'水皮打一棍'文字，吾文不合试，故也。"监官要求其就"水皮打一棍"作诗即许进场。伊辟作诗道："手执长杆杖碧流，一声击破楚江秋。千条银链分还聚，万颗明珠散复收。红芦滩头惊宿雁，白萍堤上起伏鸥。早知此处无渔钓，整顿丝纶别下钩。"获许考试，果中解元。《新城县志》记载了清定鼎初，世祖章皇帝（即顺治帝）夜梦殿前映壁将倾之时，惊慌之间山东解元伊辟肩立映壁牢固如故的故事。据统计，明清两朝，山东省共举行了一百九十八次乡试，其中明朝八十八次、清朝一百一十次，总计产生了一百九十八位解元。在这些解元中，淄博籍仅八人，其中新城县四人，伊辟是其一（另外三人为王象坤、王士骥、李嗣真）。王士禛在《池北偶谈（卷四）》中言，自顺治十二年（乙未）伊辟进入翰林，到康熙三十年（辛未），"凡历十五科而入翰林者八人"。十五科殿试，山东籍解元有八人进入翰林院，其中淄博籍仅一人，伊辟是也。顺治丁西，伊辟奉命巡按山西，清白自矢，政务宽大，尤矜慎庶狱，前后疏请减释者七百余人，并皆出以公心，荐举其中优秀之人才。如彭中丞有义、卞司马三元，后皆开府，为时名臣。期间，伊辟智断失马查主案，赢得了山西百姓"伊青天"的赞誉。

根据《清史稿》载，康熙十二年十一月，以平西王吴三桂为首的"三藩之乱"爆发。康熙十九年三月，康熙帝拜伊辟为都察院右副都御史，巡抚云南兼辖建昌、毕节等地方，赞理军务。伊辟感激顺治、康熙两朝之恩遇，又以遐方新附，兼程而南。到任后，审时度势，制定了"禁掳掠，收民心"的策略，战场形势迅速好转，清军乘胜追击，叛军望风披靡。伊辟因操劳百端，年余须发皆白，后积劳成疾，在平吴大功即将告成之时罹病，康熙二十年五月八日不幸卒于军中，终年五十八岁。病重之中，遗疏以奉职无状，不能报国恩，不及见灭贼以为遗憾。又举荐云南布政使王继文代理巡抚。是年十月，清兵攻陷昆明，"去公之卒，仅五月耳！"伊辟平素廉谨，及至"殁于军中，遗橐只十余金，行李萧然"。云南提督桑格与贝勒、将军、督抚等人资助，由公内弟何汉光将其灵柩迎回，始间关万里，归于故园。悲哉！伊辟晚年奉旨巡抚云南，指挥平息叛乱，为维护国家统一立下了不朽之功勋，实乃清初一代名臣。康熙为此特降旨赐御联、御祭、御葬。但是，关于伊辟挂帅平叛及以身殉职之事，三百年来却一直有着两种截然不同的说法。一说是根据《清史稿》等史料记载，康熙帝钦点伊辟挂帅平叛，并赐御乘白龙马。伊辟在平叛即将大获全胜之际，因操劳过度以身殉职。上闻震悼，御赐金顶御葬茔、门里上马、赐御祭、御联等。另一说是伊氏族传，伊辟挂帅出征云南平叛是被朝中奸臣索奈陷害所致，在叛军兵败如山倒之时，却遭奸邪跟班族人从中作梗，遂心灰意冷，对仕途之事不再虑之，故诈死埋名，隐遁云南。虽受赐御葬、御祭，出的却是假殡。关于这两种说辞，究竟哪一个是正确的呢？我不得而知。但是不论何种说法，伊辟都不失为一代名垂青史的能臣干吏。

伊辟之文名才能俱闻达于上。据王士禛《池北偶谈(卷一)·会元解元入翰林》：世祖极重科名，自丙戌迄己亥，会试第一皆入翰林……乙未，邑同年(指两人同一年为贡士，亦称"中式进士")伊翁庵(辟)举进士，引见南海子，上顾学士曰："此人山东解元也。"遂改庶吉士。"公之受知自此始。即入翰林。每御试唱名及公，辄语左右如前。丙申四月，特授科道若干人，公授广西道监察御史。在翰林甫岁余，盖异数也！"渔洋山人在墓志铭中又写道："会王师入滇，滇抚需才。上环顾廷臣，惟公谨慎可任。"另据王士禛所撰墓志铭和《重修新城县志》载："公屡有章疏，率多削稿，所存按晋奏议若干卷，尝辑录本朝四十年来名臣奏议若干卷，未成书，皆藏于家。"

伊辟与王士禛同出新城，又同是"一榜五贡士"之一，更同系朝廷重臣名臣，两人相互之间道德相勖、文章相益、友谊深长。伊辟挂帅出征云南平叛时，刑部尚书王士禛曾赋《送同年伊翁庵中丞巡抚云南诗二首》(《渔洋山人精华录》)："金马山前驻碧油，青蛉塞外阵云收。天威近已通诸赕，王会依然遍九州。铜弩雨深诸葛垒，丛祠春赛颍川侯。铙歌鼓吹征蛮府，万里昆明是壮游。""柏台新命帝亲除，重译西南罢羽书。雏将朱鸢皆内属,越人黄屋竟何如。赐来天厩飞龙马,行避中丞赤棒车。荒服衹今劳睿卢,要令绝域化耕锄。"王士禛在对伊辟的墓志铭中写道:"世祖章皇帝驭极之十有二年,予与翕庵伊公举礼部……康熙庚申,予在翰林,而公以大理卿拜都御史,出抚云南。明年六月,讣闻京师,予与其弟望江令巘相向哭。又逾年,公子作霖走千里匍匐乞志其墓。一夕大雪,被酒回忆三十年间与公游好、聚散、生死之际,有足感者,因反袂濡笔,而为志。"又道:"公性恬退,与物无兢,淹卿寺十余载,处之夷然。泪拜抚滇之命,虽慷慨赴军,义不返顾。然微察其颜色惨淡,与故人言若永诀者,予心讶之!盖是时公生父通政公年八十矣。绝裾而行,陟岵而悲。公之怀抱有不敢以告人者,卒之以身殉国,未竟厥施,讵不痛哉!"足见王渔洋与伊翕庵惺惺相惜之深情厚谊。

　　伊辟系出唐仆射慎之后,伊氏可谓之名门望族。元末,其始祖自河北枣强徙新城。新城邢家村有条历史悠久的小巷,曰"达门里",此巷英才辈出、科甲蝉联,且出现了"兄弟进士""祖孙进士"。自伊辟之后,伊氏族人进士绵延数年:伊巘,字允陟,号听庵,伊氏第九世,伊辟之弟,顺治十五年进士。为官勤勉谨慎,以公允廉明著称。清初诗人施闰章、梅绢、刘揆为其专著《详刑遗爱录》。与兄伊辟齐名,并称"二伊"。伊应鼎,字元吉,别字戒平,号侗叟,伊氏十一世,伊辟侄孙,乾隆元年进士。伊应鼎秉性耿直,为官清正廉洁,终日苦于案牍,对仕途不善周旋,至离任时"路费亦不能自给"。伊应鼎诗、文甚多,著有《渔洋山人精华录·会心偶笔》,选评王士禛诗三百零一首,用王渔洋的诗学理论解说其诗,颇有见地。伊桂,字丹木,号凤翥,伊氏十三世,伊辟四世孙,乾隆十六年进士。刘墉系其同年,为江南学台时,初试生场,出题《今有人日攘其邻之鸡者》。刘墉阅后言道:"诸卷未能阐发尽致。"诸生请求刘墉写一篇文章给士子们开开眼界,刘墉考虑所作"不能压卷,遂驰书千里,祈公代作"。伊桂"立成一篇递至,通省士子莫不倾佩,遂订为《江南校士录》首篇"。伊允祯,字树人,号雨琴,晚号知退山人,同治二年恩科进士,十二年癸酉科陕甘同考试官,"得士十三人,入词林者一,成进士者五"。

　　伊辟亦是清代著名书法家,"喜摹晋人帖,合处入能品"。山东省博物馆藏刘迁銮、钟永诚、鲁文生先生合著《清代书法选》,系清代名家书法作品集,伊辟以行书轴赫然入列,方大猷、朱彝尊、沈荃、郑燮、刘统勋、王士禛、弘历、刘墉、纪昀、翁方纲、林则徐等书法大家均名就其中。

一代名臣伊辟去世后,葬于新城西北五里邢家庄之赐阡。刑部尚书王士禛亲笔撰写《诰授资政大夫巡抚云南兼建昌毕节等处地方暂理军务兼督川贵兵饷都察院右都御史翕庵伊公墓志铭》。铭曰:"井鬼之墟,王良策骑。希踪爨玩,效尤吴濞。铁桥开道,金精呈瑞。帝咨上卿,持节往帅。维此遗黎,庶其有几。舟无弥棹,驷不顿辔。马革疆场,誓平僭伪。赍志未伸,殁而犹视。哀哉劳臣,以死勤事。北极恩纶,东园秘器。华表嶙峋,石阙晶贔。后有观者,视吾铭志。"

据相关资料,20 世纪 60 年代破四旧平坟时,邢家村民伊丕良和桓台县政府干部伊庆善见证,伊辟坟中并无尸骨,只有王渔洋撰文的墓志铭石板两块,后分别藏于邢家村民伊丕良和伊茂昌家,两块御葬茔立柱、石碑、石门等被埋在了第九生产队的水湾里。另据说,其部属李之芳在故里惠民县的祠堂里,同样供奉着老帅伊辟。

死后赐祭葬,《清史稿》有列传,让新城伊氏家族走向了光辉的顶点,开启了一个家族的荣耀之门。

伊辟足矣。

静慎处事之荣开

对于新城先贤荣开，包括笔者在内，世人知之实为甚少。

清顺治十二年春三月会试，即满清入关后的第五次科举考试，全国共录取了三百五十人，新城县当时尚不足十万人，却一榜高中五人：王渔洋、伊辟、傅扆、荣开、于觉世，"一榜五士群将相，龙虎风云司李行"，同年殿试伊辟、傅扆、荣开又同中进士，铸就了新城科举史上的辉煌。嗣后数十年间，他们中有的成为朝廷重臣，有的成为诗坛领袖，有的成为书法大家，有的成为平乱保边的名臣，有的甚至兼而有之。荣开，似乎是五人之中不求闻达的一位，但其遇事稳健果决令人称赞。

荣开，字文启，号洞门，其始祖自河北枣强徙新城县，家族之中有举于孝廉者。系诸生（明清时期经考试录取进入中央、府、州、县各级学校，包括太学学习的生员，有增生、附生、廪生、例生等，统称诸生）荣镆之子，1619 年生，1669 年卒。其刚刚七岁时即有成人之度。当是时，学高德隆望尊的王象春见而器之，令读书家塾，负声名场。顺治三年丙戌山东乡试举人，是年遇父亲去世，两个弟弟尚幼，荣公一身任之，有孝义称。荣开曾三次进京会试，前两试礼部不第，学习更加刻苦，他唯知闭门苦读圣贤之书，两耳不闻窗外之事，且从未因功名之事求见过任何显达之人。经年攻读，终修正果。顺治乙未会试中式，又得三甲，赐"同进士出身"。

荣开初授青州府教授，其后迁国子监助教、工部屯田司主事、督水司主事等职，他吃苦耐劳，埋头苦干，以致鞠躬尽瘁，死而后已。都察院右副都御史并巡抚云南之邑人伊辟为其撰写的墓志铭有详载："时世祖章皇帝留意学校,以进士充郡博士,公得青州。以文行,与诸生相砥砺,士乐师。庚子,迁国子监助教。辛丑,奉诏入闽,萧然不携一物。归,橐中止建本书数百卷。壬寅,擢工部屯田司主事。督工孝陵。念山陵事重大,日夜操棰,从事者两岁。乙巳事竣,仍补屯田。丙戌乡试,大宗伯以礼部磨勘乏员,疏请五部各举贤能一员往协理。大司空以公名上。引见称旨。丁未内计,诏诸司应留用者,其长仍甄别才品高下差等以闻。工部列高等仅三人,公与焉。八月,奉命督榷南河,陛辞有日,遽以母艰归。己酉,卜窆岁,方病足,不良于行,往返徒步,不敢废礼。服阕,补都水,奉督修巩华城之命。时方溽暑,力疾于役,黾勉始终。竟以过劳至不起,年仅五十有一。公幼羸秀,若不胜衣,言讱讱不出口。外虽乐易,而中怀端劲,不屑随人俯仰。居京师数载,退食之余,焚香却扫,无所先造请,于势利泊如也。遇事处以静慎而能裁之以断,故膺大役皆有成绩,大司空以下咸引重之。位不称其德,一时朝士皆悼惜焉。”遍查资料,惜仅寻此记载,故以全文录之。余窃以为,荣开之德之才均出其位之右,惜其空有一身高才贵德而宥之于位,可叹哉!而其“不屑随人俯仰”,不媚权贵,也足见其刚直不阿的风骨了。

荣开与王渔洋有同年之谊,两人相交甚笃,常有相互酬唱之词,王渔洋写有《送荣文启北上兼寄伊虞原庶常》和《和荣洞门水部山行览古之作》。据考,荣开还是王渔洋同与傅山齐名的山西蒲州著名布衣诗人吴雯相识相交的中间人。运城学院河东文化研究中心孟肇咏《新修订莲洋吴征君年谱》记曰:“康熙五年丙午,是年渔洋在礼部,于京师荣洞门开水部邸舍,见壁上诗署名吴雯者,读之不忍去……渔洋知征君自是年始。”王士禛《吴征君天章墓志铭》亦载:“君少而食贫,无以为养,数游京师,谒父执友,年二十余矣。京师士大夫无知其名者。予一日过同年荣水部洞门,见其诗云:‘泉绕汉祠外,雪明秦树根’,又云:‘浓云湿西岭,春泥霭条桑’,‘至今尧峰上,犹上尧时日’。大异之曰:‘此非今人之诗也!’吟讽不绝于口。”或许是机缘巧合罢,以推崇“神韵说”而著名的王渔洋与以仙才而传世的吴雯开始了“神”与“仙”的交往,消融了王公与布衣的森严等级界限,遂传为诗坛佳话。“余独以仙才许蒲阪吴君”,性情一向宽和、罕有过激之言的王渔洋竟如此推崇吴雯，好像不由得诗坛不对其另眼相看了。

清圣祖玄烨康熙八年，荣开病卒于官邸，是新城一榜五贡士中去世最早的一位。

荣开著有《洞门文集》《感应篇赘言》等。

其人虽不求闻达，但因记述寥寥，笔者甚觉终为憾事也。

文人墨客郝毓椿

写下这个名字时,其实我这个同乡的晚辈对这位前清进士并不了解多少。

第一次听到"郝毓椿"的名字是在我读新城中学的时候。当年跟随学校驻地一位姓宁的书法家习练过半个月的书法。回家写字时,"万"字怎么也写不像样,祖父说:咱们西贾村清朝末年出了一位进士书法家,名叫郝毓椿,他的字在桓台周边都是非常有名的。搜集查阅了一些关于他的资料,我发现我的这位同乡不仅是个文化人,其文、诗、书、藏俱佳,是个地地道道的文人兼墨客。

据《桓台先贤录》记述,郝毓椿生于1861年,卒于1946年,字芗衫。性素淡泊,擅书法,好读书。年二十一以第一名入泮,应科试以第三名补廪。光绪戊子科副榜,光绪十九年癸巳恩科举人,光绪二十四年戊戌科进士,奉旨浙江即用,到省后以海运出力保升同知直隶州,历充庚子、辛丑、癸卯浙江乡试同考官,所取多知名之士。岁乙巳补授嘉兴府海盐县缺莅任,加二级兼理嘉湖卫事,以办漕两届无误,保升知府,请四品封典,诰授朝议大夫。遇二年乞休,适丁祖母忧,回籍,逾年又丁母忧,遂誓志不复出山。所著有退思斋诗文集,晚岁自号澹安老人。题曰:凡事皆澹,随遇而安。又以生年在戊,每逢戊必有事,自刻印文曰:戊午生人,戊寅入泮,戊子登科,戊戌通籍,戊申退休。清代吴敬梓《儒林外史》中的范进刚中了个举人就口吐白沫、神经错乱了,然郝公却能够高中进士,当时确是凤毛麟角了。其文笔之好可见一斑。

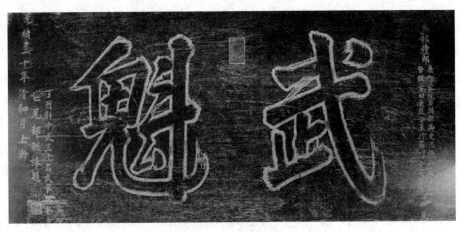

清代新城进士郝毓椿书法

张光兴、李崇葵、毕宜伸所著《徐夜诗选注》中对郝毓椿亦有描述,对于明末清初山左著名诗人、隐士徐夜的改名更字,一直为研究者所关注。《渔洋文略》中云:"徐夜先生初名元善,字长公,慕嵇叔夜之为人,更名夜,字嵇庵,又字东痴,世为济南新城人。"与徐夜同邑的晚清进士郝毓椿,在为《隐君诗集》作序时也特别提到这一点:"先生为明季诸生,乃心明室始终不变。其改名'夜'也,乃思明之意,别号'东痴',亦向明之意。向明思明而不能复明,故曰'痴'。余曾于大庭广众之中,与诸友中有深识者研论及此,皆以为然。"郝氏的解释直截了当,一语中的,是很可以服众的。此足见其学问之深。

郝毓椿勤政爱民,两袖清风,又长于诗赋。据《中国历史文化名镇——新城》载,他五十岁时患眼疾,在济南手术治疗后赋诗一首:"五六年来云雾中,哪想一割有奇功。问君妙术何处得?乃是神仙点化成。"此诗为郝毓椿即兴发挥、信手拈来,可见其文笔功底。其虽为官县令,但生性耿直,居官清廉,两袖清风。郝毓椿为官几十年并无私蓄,恤民于疾苦,曾以个人勤政免除了海盐县盐民的盐税,减轻了盐民的负担,商贾百姓感激涕零,高度赞扬县令的盛德,倍受群众爱戴。他任政不阿,慎于冤狱,自信公仆即以公办事,不公不能解民忧、取民信。对民讼从无苟且,事上不谄,视下不骄,对于贿赂者严词以斥,不徇私情,断事明决。冤者得释,罪者受惩,各皆诚服无怨。如欲敢于鸣冤诉屈,故恶豪敛迹。离政时,百姓咸集往送,皆依依不舍,呼曰:"尊令何时再来?"百姓为扬其德,赠予万民衣、万民伞,以荣其行,未作怀念之志。其惠政之为由此可见。郝公卸任后居家多年,一贫如洗,既无良田华舍,也无侍婢仆人。由于他生性好施,扶危解困在所不辞,对村内公益屡捐巨资,不惜不吝,只知有人,不知有己,实际手头拮据,生活十分窘困,只得持家从俭,其实乃贫士也。但他毫不计较,以仕德乡荣之誉,受到当地官府、士绅及民众的尊重,是新城县倍受敬仰的缙绅。他曾多次拯无辜群众于缧绁,但从不骄功,咸为乡民戴德。

郝毓椿官品政声俱佳、人品高洁、学养丰富,为其书法艺术奠定了深厚的底蕴。离任回乡后,粗衣淡饭,和睦乡里,习于勤苦,只以书文自娱。书如其人。郝公善于书法,造诣极高,颇受大众欣赏。民国二十三年重修新城县志时任监修,写有《重修新城县志序》。其撰书之牌匾字画遍及全县,慕名来求者屡见不鲜,且交往不计冠裳贫贱,有求必应,即一般农户之家,也多有其墨迹。新城王渔洋故居"尚书府第"北部园林有假山,山上有亭,名喜雨亭,亭联即为清代书法家郝毓椿撰书,联曰:"垒石为假山自存真气象,构亭作新景仍照旧规模",颇为观赏者玩味。桓台县城索镇高氏住宅的巨型门额匾也是他撰写的,字迹之苍劲有力,词语之优美含蓄,均堪称胜。

郝毓椿享寿八十五岁,被誉为乡耆老。在我们西贾村东的村碑上,我记得对郝公的生平略有记载。老先生的书法作品早年流传下来的甚多,但好多人家目不识丁,对此更是一窍不通,甚至以废纸视之,认为一钱不值,随手送人的,被雨水淋坏了的,被顽童撕毁的,为数众多。其后人中有一家将他的书法藏在墙缝之中,结果悉数被老鼠啃噬,又遭天降大雨,成了一堆烂纸泥,真是让人扼腕捶胸、痛心疾首。尔今,他的作品遗存甚少,已是踪迹难觅。

受其影响,其子郝少香善于书法,其侄郝康侯早年在省垣即享有书法盛誉,曾常为郝毓椿代笔,济南各商号多存有其墨迹。当代陶瓷器收藏家鉴赏家、上海赏珍轩主人郝子明的简历中介绍,郝子明出身于收藏世家,其曾祖郝毓椿嗜收藏瓷器书画,才获悉老先生亦是收藏家。一个多世纪过去了,历经几代人艰辛积累传承,赏珍轩主人郝子明,如今收藏的瓷器已达数百件,尤以明清官窑瓷器为大宗、为精妙。蔡国声、郝子明合著《康雍乾瓷器精选》,2009 年由文物出版社出版。

这也算传承有绪了吧。

齐桓公戏马台

"桓台古霸迹,戏马饶雄风,苑囿今为邑,台址犹高崇"。

夏日,与友人驱车到位于新城的齐桓公戏马台,放眼望去,古台杂草丛生,满目刷痕累累。"暗淡了刀光剑影,远去了鼓角铮鸣,眼前飞扬着一个个鲜活的面容,湮没了黄尘古道,荒芜了烽火边城"。当年齐桓公"九合诸侯,一匡天下"的鲜明的历史印记,早已被岁月的流水冲刷得几乎了无痕迹。

在古台南面,尚存几块饱经沧桑的石刻,苟延残喘地躺在这片神秘古朴的泥土之中,模糊的字迹和陆离的画面,仿佛在诉说着久远的记忆。古台东面青砖青瓦的房屋建筑,虽为后建,如今亦是断壁残垣、破败不堪。

古台,即齐桓公戏马台,传为齐桓、景时筑,是齐国驯养战马的地方。现台基南部为缓坡,北沿陡峭,最高处离地面约 9 米,南北 104 米,东西 135 米,占地面积 1.4 万余平方米,鸟瞰平面略呈前方后圆。据相关资料显示,明清时期,台基比现在高大一倍有加。在戏马台北三华里处有古饮马池,再北有古牧马场,旧新城县志均有记载,惜现仅存遗址矣。新城自置县以来,戏马台多为县衙治所。古台之上旧建有桓公、景公庙,已废。1914 年新城县易名为桓台县,即源于此台。《重修新城县志》载:"戏马台亦名桓台,齐桓公之遗迹也。"

据史料记载,元朝以前,古台为长山县之驿马台,其时设有驿马镇。至元二年《初建儒学记碑》云:"齐之驿马台也,土人建,桓、景二公,岁时享祀。"溯流而上,相传齐桓公继位后任用一代名相管仲治理齐国,一度出现了政治清明、文教昌盛、经济繁荣的景象。桓公成为"五霸之首"后,曾在新城西北部集结战马,会盟诸侯,以显示军事力量的强大。斯时,战马云集在新城一个高耸宽广的土台前,所谓土台即"齐桓公戏马台"。新城一带在春秋时期即为齐国的苑囿,齐桓公爱好游猎,常从临淄来此游观射猎,并建高台戏马,齐桓公戏马台遂成为齐国苑囿的中心。每当齐桓公会盟诸侯归来,除宣耀声威于都城临淄外,便携带众姬妾到此玩乐。后来,桓公干脆于台上修建离宫,这里就成了他常来常往之处。

抚今追昔,金末元初,山东豪强并起,各据一方,争权夺利,生灵遭受涂炭。元太祖九年,山东东路兵马副元帅张贵,收集流民,保居此土。为城时增筑加高周围修置夯土城墙,保护百姓黎民。南宋理宗绍定元年,即公元1228年,始割临淄西部、长山东部、高苑南部,于新城署县,其后历元、明、清与民国。明天启《新城县志》载道:"遐想桓台盛际,牧事修举,凭高一望,云锦成群。今遗址巍然,不无今昔之感。"齐桓公戏马台成为古新城八景之一。岁月荏苒,韶光已逝,此去经年。如今,只有"王孙游兮不归,春草生兮萋萋"的偌大一个凸台而已。

据在古台上居住的老人家讲,1958年新城农具修理厂在土台上挖土时,发现了黑陶片、黑陶罐等文物,经山东省考古专家鉴定,确定是龙山文化时期的先民遗物。1986年山东省考古工作者、桓台县有关部门工作人员在台址五六米深处,发现不少文物积存,确定为新石器时代的先民遗址。经深入交谈方知,对于齐桓公戏马台上新城古县衙等建筑之被毁,当年是老人家亲眼看见,谈及不堪往事,我见到这位初中老同学的父亲眼睛湿润,当场扼腕捶胸、痛心疾首、惋惜不已。

明末诗人王象春《桓台戏马台》诗云:"新城县北半汗莱,旧是桓公戏马台。长白府临青海上,郑潢遥自碧天来。"著名诗人徐夜、清初新城知县雷聪等均留下了有关戏马台的诗篇,文首开篇即为雷知县《戏马台》一诗。徐夜《桓台》诗写道:"城中楼阁散高寒,砧杵秋风亦大观。霞接民烟成壮丽,雨随兵火见凋残。人家燕去巢谁屋,官舍狐空社鬼坛。独有一钟能醒夜,时飘清响落云端。"新城县城的雄伟壮观,曾经的兵火之乱,县衙被毁的凄惨,改朝换代的变迁,以及诗人的故国遗恨跃然纸上,愁绪之情涌动字里行间。历史的风云飘然而去,如今东院的钟楼、梯子崖、漕粮房,以及西侧的新城县衙等古建筑历经数不清的战争浩劫,其剩余部分在新中国成立以后人民政府全面接管以前的间隙,被当地无知百姓拆除,早已荡然无存。

"兴亡谁人定啊,盛衰岂无凭啊,一页风云散啊,变幻了时空……"歌声兀自在寂寥的古台上飘荡,将我的思绪又拉回现实之中。

朝露待日晞

朝露待日晞

其实我很早就想写一写小时候在新城生活的那些事情了。有时因为工作比较忙,根本无暇顾及这些鸡毛蒜皮的琐事,有时一提笔就先笑了:写什么呢? 无非是一些乱七八糟的回忆罢了。几次举笔皆未成文。一日偶遇童年玩伴,谈及那时之事,忽心血来潮,遂录下以下之文字。

穿落叶的岁月

穿落叶大概是快四十年的事情了。

当时我也就四五岁的样子吧,模模糊糊刚开始记事。家里的人各忙各的一摊子事,像我这个年龄的孩子根本没人照看,农家的娃嘛,历来就是这样的。于是,一大群孩子便在一起疯窜。

那个年月,水果是很少吃的,偶尔能跟爷爷到他工作的新城镇党委政府大院去一趟,便成了我的奢望。大院里有一个张秘书,对我挺好,只要我一去他准拿出大把的糖块和水果给我吃。爷爷晓得我的心思,便经常托村里人把我捎过去,除去打打我肚子里的"馋虫",有时竟还能看上电影。当时叔叔还没有结婚,我是爷爷的长孙,也是他唯一的孙子,爷爷对我的疼爱自然没得说。

可也总不能老这样呀,便和小伙伴们到村子里的沟沟坎坎和庄稼地里找刚发芽的小桃树、小杏树、小苹果树,每发现一棵,便小心翼翼地刨出来,高兴地捧在手里,栽在自家院子里,每天浇几次水,周围还用几块半截的砖头围起来,一来防止太阳曝晒,二来可以挡住那些可恶的鸡鸭什么的。我几乎隔一小会儿就去看一次,老盼着它快点长,老盼着突然有一天能结出密密麻麻的果子来,好让我吃个够。有时一不注意被鸡啄得只剩下光杆,我就伤心地躺在地上大哭起来。

或许因为职业的关系,爷爷抽烟的事情在我印象中是非常深刻的。新城人管抽烟叫"吃烟",吸纸搓的烟卷儿叫"吃洋烟"。数年以后读贾平凹先生的《古炉》,才发现"吃烟"其实在全国都是一种非常通俗的叫法。当年,爷爷吃旱烟,我最喜欢趴在爷爷宽宽的脊梁上,用火柴给爷爷点烟。不一会儿,我们头顶上烟雾缭绕,爷爷吃得恬然自得。有时爷爷也"吃洋烟",卷烟的纸是我小姑正反两面都用过的笔记本上的纸。爷爷撕下一块,把烟末儿卷起来就成了纸烟。模仿毕竟是小孩子的天性,但爷爷的烟末儿藏得很严,我自然无法卷纸烟,便和玩伴们扯下枯黄的南瓜蔓和丝瓜蔓儿,比画着纸烟的长度掰成一段一段的,躲到野外偷偷点上,学爷爷的样子抽。结果呛得一个劲地咳嗽,有几次眼泪都流了下来,偶尔被大人发现还免不了要挨打。到烟草公司工作以后,有条件买几条好烟孝敬孝敬爷爷了,可是因为一场大病,爷爷却对烟没有多少兴趣了。

因为家里穷,儿时的我根本没有几个玩具,"跳方格、弹琉琉、滚铁环"伴着我走过了童年时光。再稍大些时候,穿落叶是我的一大"工作"。大人用一截寸把长的铁丝,一头弯个弯,拴上一根长长的麻线,麻线的尽头再横着拴上一小段树枝,让我拖着到街上穿杨树和梧桐树上落下的叶子。每捡起一片树叶,先用铁丝穿过,然后撸到最后,再去捡另一片。那时农村大街上不仅几乎见不到机动车,连"洋车子"也难得看到几辆的,所以一来首先省去看孩子的麻烦,二来家里柴火不多,可以贴补做饭之用,三来让我有事情占着,不至于老跟在那些锯盆、染布、戗剪子嘞磨菜刀的老头儿屁股后面油腔滑调地学他们招徕生意时的喊叫声,也不至于扯了生产队分粮食时尖尖的粮食堆上那一片片坟头纸似的写着社员名字的纸片,更不至于出个歪点子攀着靠墙的榆树爬到房顶用砖头堵了人家的烟囱。

逝者如斯夫。

拔草与洗澡

你说可笑不可笑,原本风马牛不相及的两件事,却硬是被我拉扯到了一块儿。

我七八岁的时候,也就是 20 世纪 80 年代刚刚开始的光景,叔叔娶了媳妇,爷爷便给我父亲和叔叔分了家。我至今非常佩服爷爷当年真是很有眼光,及时地在我们家废止了"大锅饭"的旧制。当然,这一切最终应该归功于那位"在中国的南海边画了一个圈"的老人的魄力。

当时,父亲在桓台水泥厂干临时工,母亲在本村小学当民办教师,家里还种着十几亩地。他们不得不日夜劳作。因为实在缺少劳动力,母亲即使万分舍不得却也只有迫不得已地带着我和妹妹到地里劳动。摘棉花、掰玉米、逮豆虫、割麦子、拾麦穗、摘绿豆、用铁锨刨地、摞土坷垃、拉地排车、拉碌砫、推碾子、拧辘轳打水、手摇发动柴油机、挂皮带、看菜园浇地……这些活我都干过。周围同龄的人听了很是有些惊讶的。有时看见地里的棉花,我竟然笨拙地想,记得小时候摘棉花时棉花长得可是蛮高的呀,现在怎么却这么矮?全然没有想到我现在的个子比七八岁时可是高多了。最难熬的活是三伏天到玉米地里拔草。那时没有什么锄草剂,庄稼长得不快,野草却一个劲地疯长。于是,母亲两畦,我和妹妹一人一畦,半蹲在玉米地里拔草。早上倒是稍凉快点,却弄得满身露水,没一处干索地方;亟待太阳出来,地里又潮湿又燥热,焖得我们喘不过气来。长长的玉米叶儿就像一片片锯齿,刺在脸上、脖子上、背上、腿上,加之露水的充分"滋润",直弄得浑身上下火辣辣的,又疼又痒。我和妹妹盼啊盼啊,眼巴巴地盼着吃午饭或者天黑。当时我们吃的饭是母亲早上就带到地头去的,尽管吃饭时间短,但总可以歇一会儿,晚上回家简直就是一种享受,一种解放,也是一种奢侈。毕竟地里的活还要做啊。母亲回家还要做晚饭,我则脱去身上所有的衣服,用脸盆盛上早已晒得热乎乎的井水,从头到脚地浇下来,全身仍疼得火辣辣的,特别是背上,那时起痱子是很正常的事情。晚上便只好趴着或者侧着身子睡觉,总之不让痱子多的部位挨

朝露待日晞 劉春國題

着床。这些讨厌的活儿仿佛是永远也干不完的,第二天天不亮便又会被喊起,拖着又酸又疼、散了架的身子去"重复昨天的故事"。

二十年以后我结婚有了自己的小家,卫生间里安上了现代化的整体浴室,洗澡时却从不敢用澡巾或者毛巾擦洗——哎呀,整个一玉米叶刺到背上的感觉!勉强用一次,浑身仍是又疼又痒,久久不去。妻子笑道:你这黑乎乎的皮肤咋比女人还娇嫩呢?我尴尬着一笑了之:她哪里知道我的苦楚!

有时回新城老家,一看到玉米地,我仍心存余悸。

雪糕·咸萝卜·烧鸡

80 年代初,开始读小学的时候,我是在本村西贾小学的,到了四年级,爷爷说我们村小学教学质量不是很高,便商量着将我转到了镇政府驻地的城南小学。尽管又一个世纪的一个秋天,爱人第一次跟我回老家,到当年的城南小学瞻顾"遗迹"时禁不住惊呼出"这种地方还能考出大学生"的话来,我那时却的确是有从乡下到了城里的感觉的。况且后来,我们当年那个班三十三人中考出了一个硕士、三个本科、两个大专和三四个中专生,足以让我感到自豪不已。

记得当时班上有一位姓鲍的同学,我们很要好,每天都一块上学,一块回家。夏天时,每天上学前,他的母亲总会给他一角钱,让他买冰棍吃。那时的冰棍三分钱一根,五分钱就能买两根,豆沙的也只有五分钱一根。

我羡慕得很,总是慨叹人家怎么这么有钱呀!我一年下来总共还吃不上三四根的。现在想来已经三十多年了。及至上了高中,班上一位同学每月花费一千元都打不住,真是花钱似流水,更让我大开了眼界。那时,我是用小麦换饭票,家里每月给的零用钱只有二十元。同在蓝天下,同在一个班读书,差距竟如此之大,直令人唏嘘不已。当时在班里我的花费大概是最少的,我那位同学可能是最多的。由此联想到当年母亲给我一毛钱去打酱油,剩下的钱我没有一次不是如数上交的,邻里还因此把我当作教育孩子的典型,这却着实使我诚惶诚恐了。所以,我现在处于这个极端,却非要由着性子去评价另一个极端,这对我那位同学来说的确是有些不公平了。正因为自己多少知道了一些东西,凡事都是平常之心。记得每周六下午放学回家,母亲便早早地给我炒好了萝卜咸菜,再塞给我五块钱,我就很知足,就感到很幸福了。要知道,平日里父母亲是舍不得在菜里放油的,给我炒萝卜咸菜时却一个劲地向锅里倒油。咸菜炒出来,晾好后装到麦乳精瓶子里,足够我从周一吃到周四的。那时我早上和中午吃馒头就咸菜,下午照例与要好的同学合伙打三角钱的炒白菜。白菜是厨房的老师傅放上辣椒和粉条炒的,虽然上面没漂着多少油花,我们却也吃得津津有味。

那时我最大的奢望是高考考上淄博师专毕业分配到新城镇中学当语文老师,学校能分给自己一间平房宿舍,第一个月发下工资,先去买一只肴鸡、两瓶一块五的啤酒,关上房门,一个人狠狠地把整只肴鸡彻底消灭干净,把两瓶啤酒全都喝掉。以后每周或者每月也都可以买一只打打牙祭的。想来甚觉可笑。现在应酬多了,每每看到酒筵上没人肯动一筷的菜竟然是一只烤鸡时,我心里顶不是滋味。

奶奶的故事

奶奶三岁丧母、十一岁丧父,要给哥哥做饭,还要给弟弟缝缝补补,十七岁那年便嫁给了我爷爷,从未上过一天学堂。我至今都怀疑奶奶到底是从哪儿听来了那些故事。

我与妹妹只差一岁零一个月,六七个月时便开始跟着奶奶睡,一直到我读小学二年级。奶奶说我太淘气,她每天晚上喂我饼干,我还是哇哇直哭,便开始给我讲故事。也怪,奶奶一讲故事,我就安稳下来。长大以后,奶奶讲的故事我几乎都已经忘却。再后来读了中文系,我翻开《一千零一夜》,突然觉得里面的故事怎么这么耳熟,几次三番地苦思冥想终究不得其解。偶有一次回家看望奶奶,她正在给重外甥讲故事,我豁然茅塞顿开:这不就是《一千零一夜》里的故事吗!没错,就是小时候奶奶给我讲的故事。

我在奶奶的故事的滋润中上了学。到小学四年级的时候,也就是爷爷让我转学到城南小学读书的那一年,这些故事在我的脑海里日积月累悄悄地发生了变化。当时我的学习成绩在班里只是中游偏上一点,但语文成绩却总是遥遥领先,特别是作文,我老得满分。那时竟然还学着写了几篇让编辑笑掉大牙的童话并向有国内统一刊号的《童话报》投稿,现在想来连我自己都有些吃惊。大概那就是我搞所谓文学创作的起始吧。可惜现在一篇都找不到了,内容也都已忘却。当时,大部分同学都不愿上作文课,我却非常喜欢,因为老师是要拿我的作文当范文来读的,这在一个孩子的心目中是多么荣耀的事情啊。朦朦胧胧记得我曾写过一篇作文,大意是因为家里穷,小时候没有任何玩具。一次母亲带着我和妹妹走亲戚,路上遇到一个卖蛇形玩具的,我和妹妹都爱不释手,母亲很是为难地哄着我们走了,我和妹妹边走边哭,母亲便苦口婆心地教育我们。那时我和妹妹已经多少懂事了,便很不情愿地对母亲说我们不买了。母亲突然一阵心酸,仍拽着我们俩去买了一个玩具。当时写在作文里,语文老师说如果按照正常思路,母亲教育完我们文章就该结束了,但于光杰同学却写母亲又回去给他们买了一个玩具,比直接结束更有教育意义,这种写法很有创意。于是便让我给大家讲我是怎样构思的。当时我哪里懂什么构思,只是觉得这样写好就这样写了,连我自己都不知道究竟为什么,所以也没有对同学们说出个所以然来。现在想起,大概是奶奶的故事"润物细无声"的熏陶作用吧。

中考时,语文一百二十分的总分,我竟然能考到一百一十三分,全县前几名,别的课程的成绩却一直平平。有人说热爱是最好的老师,我想,这大概还是因为奶奶的故事的启蒙作用受到的潜移默化的效果吧。再后来考上中文系,再再后来找到一个单位从事文字工作,偶尔也信马由缰地涂抹点儿自己想写的东西,读几本自己喜欢读的书。这一切的一切又有哪一样不是得益于我幼时听奶奶讲的故事呢?

我感谢奶奶。

【朝露待日晞】

老家的房子

中午回家，母亲说，把老家的房子卖了吧。我听了以后没有说话。在新城老家住了二十几年，我还真舍不得将那房子卖了。房子坐落的地方是我太祖父手里用七百吊钱买下的，原来的老宅子在八十年代初拆掉，现在的房子是父母亲预备我娶媳妇后一家三代人同住盖下的。

一

我们老于家其实之前迁自于桓台县田庄镇的高楼村。太祖父那辈上兄弟五个，因性格耿直、刚正不阿得罪地主老财被视为眼中钉、肉中刺，最终被逼得举家分离分别搬到外地，我所知道的就是太祖父与一个兄弟搬到新城西贾村，一个兄弟搬到唐山姜庙村。前些年家族续谱时姜庙的那支还有人到村里找过我祖父的。搬到西贾后，全家人先是在一郝姓人家寄居了五六年之久。

后来太祖父到张店一带经商，说是经商，其实是贩卖杂货，多少有了些积蓄，便买下了我老家的房子坐落的这块地。曾祖母活着的时候对我说：当初买的地比现在大得多，你太祖父为人宽厚，周围又让出了许多。清末民初，太祖父主持建造了我们眼中的老宅子，其中北屋五间，西屋三间，还有两间豢养牲畜的房子，总共十间房子。一大家人便在这老宅子里安顿下来，开始了一个世纪的繁衍生息。

1937年，日寇的铁蹄踏上了我们的疆土，继太祖父后经商的曾祖父愤然弃商从戎,秘密参加了共产党八路军领导的武工队。抗战胜利后,又投入到打倒蒋家王朝的战斗中。1947年农历八月十八日,田庄区武工队一行十四人在韩队长的带领下,到宗崔庄召开群众大会,被敌人眼线发现到新城国民党军一零一团驻地告密, 国民党军和还乡团五百余人出动,在现陈庄宗崔、姚郭一带将他们分四路包围在长满芦苇的大水湾里。在这次遭遇战中,西贾村的八位战士只有两位同志突围成功,一人是朱洪昌,新中国成立后在周家乡供销社工作,一人叫卢善祥,后来在德州开车,两人躺在水里口含芦苇秆呼吸侥幸逃脱。韩队长把最后一颗子弹留给了自己。这是一次没有历史记载的战斗。敌人用机枪突突,放火烧,十四人中有的被大火烧死,有的被子弹打成重伤,有的被俘虏。我们村六人弹尽无援被俘,1908年出生时年三十九岁的曾祖父就在被俘之列。曾祖母后来满眼泪水对我说:你曾祖父被抓住后不知经历了多少严刑拷打,后来被她们眼中的"国军"用四根粗长的铁丝穿过两个肩胛骨和两个膝盖,一并拢住拴在战马的尾巴上拖着游街。不久,曾祖父被敌人挖心、掏肝、枪杀,其状惨不忍睹。七十年以后,桓台县政协编辑出版的《桓台记忆·新城篇》在描述"六壮士英勇就义"时写道:"临刑前,他们高呼'打倒国民党反动派,解放全中国',表现出英勇不屈的革命气概。"曾祖母口中所谓的"国军"在通知家属领取尸体时,提出的条件竟是用五十块钱(银圆)和五十斗粮食交换。自此,曾祖母带着三个儿女凄惨艰难地开始了半个世纪的寡居生活,直至1991年去世。新中国成立后,1982年国家民政部颁发了一张革命烈士证明书,至今悬挂在祖父居住过的房子里。

二

祖父跟随曾祖父参加革命时尚处于抗日战争的战略相持阶段,那时他年仅十三岁。因为一家出现了两个共产党,此后,老宅子便永无宁日。起先是日寇、伪军,后来是国民党军队、还乡团、土匪相继日夜进行搜查,顺便把家里的粮食、鸡鸭鹅猪等家禽牲畜和值钱的东西一扫而光。

1946年,也就是解放战争开始的那一年,我大姑出生了。由于国共矛盾加剧,国民党军队对革命家属的残杀和迫害愈演愈烈。祖母被迫抱着大姑东躲西藏。一次,母女俩在逃亡途中远远看到一队戴着钢盔的"国军",啼哭的婴儿吸引了敌人的视线,祖母慌不择路地跑到一户人家,看到地上躺着几具尸体,血迹都已经干了。又饿又怕的祖母抱着婴儿熟练地在这户人家的柴火堆里扒了个洞藏了进去,还紧紧地捂住了我大姑的嘴。敌人用刺刀向柴火堆上捅了几下,没有听到什么动静就匆忙走了。其中一次,刺刀所到的地方离祖母只有一寸光景。真是太险了!祖母现在说起来都心有余悸。

解放军和武工队桓台县大队两次解放桓台城(今新城,1950年以前为桓台县城),每次都打得尸横遍野、血流成河,这里才彻底得以解放。祖父是幸存者之一。此后,老宅子里逐渐平静下来。1949年我的父亲出生,再以后叔叔和姑姑们都陆续出生了,这个院子里渐渐地有了欢声笑语。二十几年过去,也就是1974年,我在一大家人的期盼中来到了人间。与父辈祖辈们相比,我自然是最幸福的一辈。

三

母亲忙着在本村小学教书,父亲在水泥厂上班,祖父作为村支书要负责村里的"政务",祖母和姑姑们在地里劳作,白天看护我和妹妹的任务自然落到了拄着双拐的小脚的曾祖母的身上。祖父用锤子在曾祖母房间的东面山墙上楔进一个木橛子,拴上一根绳子。斯时,曾祖母怀里抱着年幼的曾孙,把绳子的另一端拴在我妹妹的腰上,还要再三考虑绳子的长度,让她怎么也爬不到炕下去。

再大一点,老宅子便是我幼时的乐园。当年,老宅子里有二十一棵枣树,北屋前面还有祖父早年栽下的一棵枝繁叶茂的葡萄树。偷吃葡萄和枣子是我的家常便饭。只是那时的生活仍然非常艰苦和拮据,生产队里一年到头给我们家分不得坟头似的两堆粮食。不但馒头没有多少可吃,青黄不接之时就是玉米饼和窝窝头也还是大人省出来给曾祖母以及年幼的我和妹妹吃的。大家常常煮上一大锅胡萝卜充饥。大概是重男轻女

老房子

思想在作怪吧,祖父和祖母常常把他们分得的一个窝头掰下半块偷偷留出来趁别人不注意时再偷偷塞到我手里,妹妹是轻易得不到的。

后来老宅子"尘泥渗漉,雨泽下注",实在是不好居住了,祖父才在老宅了南面的空地里又盖了六间北屋、两间西屋和 间准备豢养牲畜的房子。一家人便搬了过去。老宅子自此铁将军把门。因为没人住,祖母便在里面养了几只母鸡。往常,一听见母鸡的叫声祖母便去取鸡蛋。后来虽也是听见鸡叫声才去的,鸡蛋却再没有找到一个,一家人就疑心被蛇吞吃了,全然没有料想到是我作的"怪"。那时见人家吃鸡蛋时那个馋啊!涎水是从嘴里一直流到地上的。祖母的脚自然没有我跑得快。我从门缝里钻进去,取了鸡蛋赶忙藏到老宅子前面新宅子后面的柴火垛后,熟练地在鸡蛋上磕开一个小口,一仰脖儿,营养便完全流了进去。叔叔用生石灰制作了一个假"鸡蛋",想把贪吃蛇烫死。他们商量这个主意的时候我正好在场,但没有作声。以后鸡下了蛋,我自然是取真鸡蛋,假的那个我只是偷笑着拿出来玩了一会儿就又撂进鸡窝。全家人吃晚饭时都感叹现在的蛇怎么这么聪明,连真假鸡蛋都能分得出来,唯独我继续保持了沉默。不知什么时候,我小姑到柴火垛后面找东西,发现了满地的鸡蛋壳,这个秘密才开始传为笑谈。不光是鸡蛋,那时就是没煮熟的猪肉也偷吃了许多,所以便吃伤了,直到现在我仍然不吃肥肉。

八十年代初,祖父给我父亲和叔叔分家,父亲分得了老宅子。后来我逐渐长大,父母亲便筹划着将老宅子拆掉,新盖了七间砖瓦房,那时在村里也算是比较好的房子了。再后来我参加工作,与爱人先后买了两套房子,便商量着将父母亲从农村接到了城里,祖父母却说什么也不肯出来,说在老家待惯了,换个环境不习惯,我便由了他们,好在有叔叔和姑姑们照顾着。由于工作忙,我只是在节假日才得空回老家看望他们,祖父母身体倒也比较康健,心情也舒畅,这就是儿孙们的福气了。

明代震川先生归有光在《项脊轩志》中写到:瞻顾遗迹,如在昨日,令人长号不自禁。尔今,母亲突然提出把新城老家的房子卖了,我首先转不过弯来:那可是太祖父手里留下来的基业啊。

爷爷的传奇

　　新城,一个古老的县城,带给我的是久远的记忆。

　　爷爷,一位传奇的老人,留给我的是绵长的思念。

　　在岁月峥嵘铭心刻骨的烙印里,爷爷带有传奇色彩的经历印证了历史的痕迹。爷爷的履历看起来其实很简单:40年代初期参加武工队,1947年光荣入党,翌年随县大队配合华东野战军解放桓台城(简称桓城,即今新城);嗣后响应党中央的指示精神参加了镇压反革命、土地改革、"三反五反""四清""破四旧立四新"等运动;同年起任西贾庄高级农业合作社社长,1949年任村党支部书记直至1982年。期间的"文革"岁月,爷爷曾经被迫很长一段时间躲藏到我奶奶的娘家堂弟家里。十一届三中全会以后,爷爷复出领导全村开展生产,创办副业,投资基础设施,兴修学校水利,村里的经济一度发展很快,爷爷自此功高威重、声望素著。在党提出干部队伍建设的"四化方针"总标准的背景下,1982年,爷爷自知文化水平不高,恐怕耽误了村里的发展,给年轻人腾出了位置,毅然决绝地急流勇退。爷爷去世后,村党支部在悼词中这样描述,我的爷爷"为西贾村的革命、稳定、改革和发展做出了贡献"。我觉得这个评价还算是比较中肯的。

　　在父辈平实无华的话语中,爷爷那让现代人不解的做法镌刻着时代的印记。50年代至70年代,村里几乎每年都有推荐上大学或者就业当工人的名额,这自然是年轻一代人人企盼的事情。因为那意味着将永久地走出狭长的一亩三分地,从"广阔天地大有作为"的农村走向令人羡慕的

朝露待日晞

城市,到机关或者工厂上班,彻底改变祖祖辈辈脸朝黄土背朝天的命运。爷爷就是当年"手握大权"的村支书。但我父辈兄弟姊妹六个,始终没有一个被推荐上大学或者就业,无一例外地全部务农。我父亲退伍后还是自己托战友找到了一份临时工的工作。我大姑说:"你爷爷人啊就那样。"公社里来的干部都看不下去了,对我爷爷说:"你家老三高中毕业了,这次我做主就让他去吧!"爷爷仍旧是那句老话:"家里还过得去,我的孩子等下次再说吧。"然而,这个"下次"却永远地成为过去式。对待村里每一户家庭,爷爷总是一副古道热肠。兄弟几个因为分家吵吵、父子由于赡养问题有分歧、夫妻闹离婚、婆媳有矛盾、地邻打起架来,只要爷爷听说立即板着脸到场,一家人吓得心里直发毛,挺有意思的是,有理的一方反倒替没理的一方说好话,没理的那方顷刻就如霜打的茄子一般蔫了下去,随便给个台阶便下,最后还得唯唯诺诺地狠挨一顿剋。他们都知道我爷爷的脾气。那时,不管谁家出现问题,都去找我爷爷,在他们的心目中,我爷爷就是正义的象征和化身。记得很多时候,爷爷就是吃着饭,也总是立马放下碗筷风风火火地出门,一边走一边发着火:"小兔崽子想翻天啊,忘了你娘是怎么把你拉扯起来的!"

在村民深刻清晰的记忆里,爷爷守正笃实、久久为功的信念铸就了西贾村的发展。爷爷在任时,在村北建起了一个很大的粮库,村里人自此不用深一脚浅一脚地从泥土路上拉车到几公里外的新城交公粮。几岁的时候,我经常趴在地排车高高的粮食堆上,跟着父亲、叔叔去交公粮。那时的我经常问:咱家的粮食都不够吃,干啥要交出去啊?旁边一位老人听到说:"皇粮国税,自古有之,几千年喽!"如今,地排车似乎已经绝迹,"公粮"也成了一个历史的词汇。当年,"剃头刀"是我们村的特产,几乎家家户户都生产,据说还远销到了北京、上海等地。至今,我仍记得桓城大集上老剃头匠在牛皮带上来回打磨剃头刀和娴熟地给客人理发的情景。"开暖房"当时也是我们村的一大产业。村民们到十里八乡的村里收购新鲜的鸡蛋,收购前要问问人家有没有公鸡,若没有,这样的鸡蛋孵不出小鸡来,当然是不能收的。回来后放在暖房里,盖上厚厚的棉被,每天都要盯着温湿度计。经过二十一天左右,小鸡啄破蛋壳,惊奇地探出脑袋,环视着陌生的世界。人们一拨拨地骑自行车载着椭圆形的长篓子到张店、周村、高青等地赊小鸡,秋后成活了才能收钱,想来真是"秋后算账"了。起先,我们村是没有学校的,"破四旧"时,村里的庙宇被拆除,爷爷主持在原址兴建了西贾小学、西贾联中。我想,这或许是爷爷对父老乡亲最大的贡献了。可惜当年我在村里的小学读到四年级时就转学走了。如今,粮库、剃头刀、暖房、学校,一样一样地都找不到了,寻寻觅觅中已经没有了往日的踪迹。

在邻居羡慕嫉妒的目光里,爷爷和奶奶携手走过了六十四个春秋冬夏。爷爷娶奶奶那年,爷爷十三岁,奶奶十七岁。虽说是"父母之命、媒妁之言",但在我妻子的记忆中,爷爷奶奶的爱情堪称经典。那年春天我们回新城老家,路上恰巧碰上爷爷和奶奶。一次已逾八旬的奶奶吃力地骑着倒三轮车去聚会。爷爷在前面骑着自行车,车后拴了一根绳子,绳子的另一端绑在三轮车的车把中间。于是,两位垂垂暮年的老人一前一后,配合默契地努力向前行驶着。他们与路边的溪流、花草、树木、庄稼以及远处的小村融为一体,简直就是一幅绝美的油画。妻子的双眸中流露出无限的惊叹。在奶奶常年的抱怨和唠叨声中,爷爷嗜好烟酒已定格为一道风景。每天下午放学,我总能看到爷爷在夕阳里安详地坐着板凳,眼前的一碟腌花生、咸萝卜、炸豆虫或者香菜拌青椒,都是极好的下酒菜。有时一杯喝完,爷爷觉得还不过瘾,就趁奶奶不注意,小心翼翼地摸出奶奶刚刚藏好的酒瓶疾速倒上半杯。奶奶一转身满脸疑惑:喝了半天怎么不见少?爷爷则一脸的兴奋:"快喝完了,快喝完了!"我对爷爷抽烟的记忆同样深刻。爷爷抽的烟都是最便宜的,早些时候抽旱烟袋,条件好了换成九分钱一包的"勤俭",再后来是壹角五分的"小金鱼""珍珠鱼"。90 年代我到烟草公司上班,有条件买几条好烟孝敬孝敬爷爷了,爷爷却拿去与村里的商店按价值兑换成数量更多的便宜烟,并再三叮嘱我今后不要买那么贵的烟,十块钱一条的就行。可是,2001 年的夏天,因为一场病,爷爷对烟已经完全没有兴趣了。

爷爷对我过多的疼爱似乎是在弥补过去。或许是爷爷觉得对我父辈心存歉疚,或许因为我是爷爷长孙的缘故吧,爷爷对我格外疼爱。窝窝头填不饱肚子的年月,爷爷把他的那份掰下一大块悄悄塞到我手里;羡慕"三好学生"能够得到学校奖励到新城看电影的时候,爷爷带着我去影院过瘾;高考失利,爷爷再三劝导我"邓小平那么大的官还三起三落呢";工作后走上管理岗位,爷爷更是语重心长:凡事要三思而后行,不要轻易作结论啊……就连《于氏族谱》,爷爷也嘱咐父亲传给了我。常常记得早些年我和妻子周末抱着一岁多的孩子坐公交车回老家的时候,下了车却惊奇地发现爷爷骑着三轮车翘首而盼地等在公交站边。我们没有打电话说要回家啊,我于是傻傻地问道:"爷爷,有客人要来吗?"爷爷就笑笑:"哪有客人,我来接你们啊。"我大感不解:"爷爷您会算卦啊?"爷爷笑而不语。回到家,母亲怨道,你们平时不说周末是否回来,你爷爷每周三就开始问,每周六和周日都执意骑三轮车去路口等着接你们。你爷爷常常念叨,这里才是家啊!我的眼泪瞬间哗地流下来了,从此我们一家三口每周六都要回家。岁月匆匆,回首往事,这些年来很多的记忆缘于时间的消磨和沉淀大都随风而逝,对爷爷的怀念却一直铭刻在我心灵深处,让我牵肠挂肚,永远不能忘怀。这篇短文写到这里,我脑海中突然迸出了李商隐《锦瑟》中的诗句:"锦瑟无端五十弦,一弦一柱思华年。庄生晓梦迷蝴蝶,望帝春心托杜鹃。沧海月明珠有泪,蓝田日暖玉生烟。此情可待成追忆,只是当时已惘然。"

……

我其实很早就想写一篇关于爷爷的文章,可是因为懒惰的缘故迟迟没有动笔。爷爷走后,我们把爷爷深深地埋葬在他为之战斗和奋斗过的古城新城,位于西贾村西的于氏祖茔。尔今,爷爷已经作古,我凌乱地记下简短的文字,算作是对爷爷的回忆,也算是长孙对爷爷盖棺定论吧。

愿九泉之下的爷爷感到欣慰。

穿越旧时光

孩提时代,对"新城"朦朦胧胧的印象,是"桓城"的叫法。当然,这个名字源于民国的桓台县,"桓城"即桓台县城的简称。如果走出桓台,到淄川,到博山,到临淄,到周村等地,六七十岁以上的老人,对"新城"大多茫然无知,但提到"桓城",很多人即刻恍然大悟的样子,如数家珍般屈指道来:"桓城啊,我熟得很,五十年前常去!'四世宫保'牌坊、王家祠堂、耿家大院、桓城大集都在那嘛。"鲁中地区最大的集市,桓台的新城大集、淄川的西关大集都是榜上有名的。即使现在,新城周围的村庄,上点岁数的人去新城办事,当别人问起:"老哥,到哪去呀?""进城啊!""狗蛋,干啥去啊?""没事儿,闲着呢,到城里转转。"这里的"城"都非城市的概念,指的都是新城。新城又分四个村,谓之城南、城北、城东和城西,当地称为"四城"。《新城县志》记载,明成化年间,新城知县白瑛修筑城墙时建了四个城门。我想,四城划分时,大概是受了些启发吧。20 世纪 80 年代,我在新城读了六年书,在那里生活了难以忘怀的六年。

两次在政府大院的时光

对新城镇政府的最初印象,大概是我十一岁的时候。当年的政府大院在"四世宫保"牌坊以北不远的地方,南北大街的中段,南临新城电影院,斜对面是派出所。政府大院前后两个院子,隐约记得前院西南角还有一个小院,那时都是平房。再向北路西是五金门市部,即后来的渔洋商场

【朝露待日晞】

所在地。走进政府大院门口，右边第一间是传达室，我跟爷爷就住在传达室的里屋。爷爷兼着分发报纸刊物的工作。而对于我，最大的收获是第一时间就能够看到刚送来的报刊。当时《淄博日报》是只有四个版面的对开小报。《人民日报》《红旗》《半月谈》《光明日报》《大众日报》《农村大众》等也是经常看的，只不过最感兴趣的是副刊上的文学作品。因为常看报，忽然间就有了突发奇想：我的文章能否变成铅字？所以自那时起萌生了向报社投稿的蠢蠢欲动之举。新城邮电所的职员都熟悉我，因为我买邮票都是整版整版地买，八分钱的"北京民居"，一买就是八十个，这让他们觉得很不可思议。电影院南临小卖部的一家人也熟悉我，因为我买方格稿纸总是一摞一摞地买，二分钱的信封，一买就是五十个。这些钱都是我从父母给的生活费里节省出来的。很多稿子是写了又撕，撕掉又写，自认为很满意了才开始誊抄，抄一遍又一遍，每个字每个标点都写得一板一眼，一篇稿子整理出来大概不会下于十几遍吧！直至小心翼翼地用胶水粘住信封，规规矩矩地贴好邮票，满怀希望地跑到邮电所投到信箱里寄出。让我屡屡失望的是我的屡战屡败，那些幼稚之极的文字理所当然的是要么杳无音信，要么是寥若晨星般换来了一封又一封的退稿信。曾记得《淄博日报》的副刊编辑在信中这样写：诗，并非散文的分行排列，它在简短的文字里，浓缩了作者思想的精华……当年，即使是这样一封退稿信，也让我欣喜若狂。压抑不住内心的激动和狂跳，于是把这封信仔仔细细地压在枕头底下，有事没事就拿出来一遍一遍地揣摩，翻来覆去地回味。因为热爱，我屡败又屡战。

1996 年，淄博师专对学生会干部开展社会实践锻炼，我这个"宣传部部长"拿着团市委的介绍信到了桓台团县委，团县委的领导问："老家哪儿的？"我说是新城的。然后又拿着团县委的介绍信挂职新城镇团委副书记。其实我去以前，镇上的团委只有王来友书记一个人。当时镇政府已经搬迁到现在的办公楼。只记得王书记曾带我去宫家村发展食用菌协会，去我们村订阅过刊物，其他的大都已经忘却。挂职期间，我发挥了专业特长，在桓台县委机关报——《桓台报》上发了几篇团委的消息，来友书记说你小子行，一个月比我一年发表的都多。也就是那个时候，我认识了镇党委宣传口的耿佩成。那时他刚二十六七岁,正处于风华正茂的年龄,交谈中得知他是从革命老区沂源辗转到新城工作的。当时我也刚刚二十岁出头。可能其中也是因了同龄人的缘故吧,没想到我们二十多年来竟然一直都保持了密切的联系。当年,我俩配合着写了一些消息和通讯之类的稿子。这些报纸我至今都仔细地留存着,算作是我们之间彼此交往和最初友情的见证,也算是我们成长中的一段美好的记忆。在我的印象中,佩成工作很扎实、很稳健,为人也很低调、很谦虚。我们经常坐在一起探讨写作的思路和方法,研究向哪家报纸投稿比较对路。挂职结束,我继续回校读书。又好像因为我是新城人,他对我比较关注,我也一直注目着他的发展:几年后他当了党委秘书,而后是副镇长、副书记、镇长、交通局局长,前些年又升了财政局局长。

新城中学的读书岁月

新城镇中学,那时位于桓台二中的对过,桓台二中是耿家大院的北部院落,新城镇中学坐落的地方则是耿家大院的南部,是明清时期的马厩、菜园、场院、仓库和两处四合院的旧址。清楚记得 80 年代末在这里读书时,尚有一处高大雄伟、斑驳陆离的四合院的,黑砖黑瓦,被作为教师宿舍之类,屋脊之上生长着一簇簇的被称作"瓦球"的植物,给人以沧桑厚重的感觉,西面的山墙上镶嵌了黑板,我当年经常在这里出黑板报的。东面的高墙则常常是书画展览之处。不久前故地重游时,痛心地发现四合院已经无影无踪,这里已经历了新城镇中学到镇中心小学,再到镇中心幼儿园的演变。经考证,幼儿园的南门外,就是新城城墙东南角的遗址,镇政府在这里建立了一个"永宁园",绘制了新城县的城池图,将新城《建置纪略》刻于石上,供游人了解新城悠久的历史。

记得 1987 年从城南小学毕业,考入了一墙之隔的新城镇中学。学校离家大约五华里,每天早晨骑着父亲淘汰的一辆又旧又破的"大金鹿",睡眼惺忪地在辰星寥落中忙着赶路。同学开玩笑道:"你的座驾除了铃铛不响之外到处都响啊!"自行车吱吱呀呀地行驶在田野乡间的土路上,倒是不怕睡着了。昨天螺丝松了，今天弹簧断了，明天缺黄油了，都是再正常不过的一些情况。断链条也是常有的事情，开始是用手推，有时链条挤在里边，后面的轮子转不动了，便用手提起后座继续向前赶，几里路下来，浑身累得散了架。父亲修过，路边修自行车的师傅摆弄过，时间长了就自己动手修，经常满手都是黑乎乎、油腻腻的。冬天下雪时好一些，虽然骑得慢点，但终究不用费很大的力气，夏天是最难过的，因为下雨，自行车前后的挡泥瓦圈中很快塞满了泥、草、垃圾之类的东西，顺手折断路边的树枝疏通，也会用手抠，弄得满身是泥和水。有时连抠都不管用，只得用肩扛起来继续走。豆蔻年华的我也算是"饱经磨难"了。有时遇到大雨，便索性比平时提前大约一小时步行去上学。临出门前习惯地挽起裤腿，脱下鞋子提在手里，深一脚浅一脚地跋涉在泥泞不堪的路上。晚上九点左右下了晚自习，通常一个人骑车回家，路边茂密的玉米叶沙沙的响声，地里新坟上的花幡来回摇曳的形状，以及远处愈来愈近的黑影，都让我的心提到了嗓子眼，腿也直哆嗦。倘若晚上下雨就只好住在同学的家里。大约初二开始，晚上我大都住同学家，城南的孙涛、宁乃举，城北的孙德胜、城西的姜涛、新立的李迅、城东的耿斌家我都住过，我至今很是感激他们和他们的父母当年对我的关心与照顾。

中午在食堂吃饭，除了缺盐少油以外，饭菜还是不错的，起码比回家吃得好些。饭票是父母载着小麦交到食堂师傅手里，按照一斤三两麦子一斤饭票兑换的，菜金是家里省吃俭用节约出来的。最爱吃的菜是白菜炖粉条，有时还会有一点肥肉片子。排队打菜的时候，同学们的眼睛都紧紧盯着那可怜的几片肥肉，我自然更不例外。当时，学校的饭票不知为什么在新城大街上可以流通，能买文具，能买零食，甚至能买熟牛肉，就是价格贵了不少。我是从来不舍得的。不光在"吃"上俭朴，即使学习的时间也难以得到很好的保障，与今天相比是不能相提并论同日而语的。现在的孩子周末节假基本上是想着如何吃得好、如何玩得好，甚至如何穿得好，最后是做作业，我们那个时候大部分时间是到田里干农活、在家干家务，做作业算是变相休息了。于是身体长期疲乏，老师讲课时就免不了瞌睡。每位老师教育学生都有自己独特的风格。初三语文老师王老师，对我听讲时老打盹不好好学习很是不满，经常在课堂上用"哀其不幸，怒其不争""弃之可惜，食之无味""少壮不努力，老大徒伤悲"等之乎者也式的成语典故、文言诗词教育我警醒我，想来真是苦心可鉴了。数学老师张老师，很多次讲完了课，在黑板上出两个题目故意让我和另一个"瞌睡虫"去做，其结果可想而知，两个倒霉鬼便家常便饭般地被罚站。当时的确很难堪，但静下心来想想便明白了道理，于是对张老师非常感激。化学老师王老师，经常绘声绘色地教育其他班级的学生说某班有一个同学，考试时别人把答案直接放到他的课桌上让他抄，他不但不抄还把答案原样送回去，我很欣赏这个学生，知之为知之，不知为不知，知耻而后勇，这个同学很诚实有骨气。其实就是说我。地理老师刘老师，课余经常与我谈心，印象最深的是他说"将来你要靠笔杆子吃饭"。当年还有许多恩师，在我生命中都留下了深刻的记忆。

……

漫步在新城的街道上，寻寻觅觅，已经找不到旧时的感觉。唯独一双眼睛触摸到当年的"遗迹"时，恍恍惚惚中，又像是穿越到了二三十年以前似的，却又一闪而过。镇政府和学校早已搬离了原来的地方，我的恩师大多已经退休，同学们如今也早已天各一方，唯有那些熟悉的、破旧的、恍如隔世般的老房子，好像仍在幽幽地散发着当年的味道，似乎让我找到了自己青少年时代的影子。是啊，怎能忘记在新城求学和生活的六年时光，怎能忘记那些在我生命中出现过的熟悉的面容！"桓城"与"新城"，不管哪种称谓，将来如何变迁，都是让我终生魂牵梦绕的故乡。

清晨的阳光中，白鸽扑棱棱地飞起，晨练的人们畅快地呼吸着新鲜的空气，学生们围着操场在号子声中齐刷刷地跑步，新城大集正在陆陆续续地增加着人气，"尚书北斗"四个鎏金大字熠熠地闪烁着光辉，"四世宫保"四角的铃铛在熏风的抚摸中发出清脆的声响，耿家大院古色古香的老屋则愈加显得深沉和静谧。静静的路边，有一位已过不惑之年的中年男人，正在默默地凝视着这里的一切。泪水不知何时流了出来，沿着他的双颊一点一点地滴在了脚下的黑土地上。

烟草之缘

　　世间的人与人、人与事、人与物,冥冥之中仿佛真的都有一种很深的渊源或者曲折的缘分在其间。

　　今年春节回新城老家,偶遇几位昔日的同窗,闲谈之间纷纷说道同学之中只有你一个人在烟草系统工作,当年……他们的话勾起了我的回忆,想起了我的过去,想起了我与烟草的渊源,想起了我与烟草的故事。

　　就从高考报志愿时说起吧! 现在的政策是高考出了成绩再报志愿,我们是先报志愿后高考。想想就笑了,填报志愿时我本科第一志愿报的是山东师范大学,二三志愿空白,大专第一志愿报的是淄博师范专科学校,二三志愿空白,普通专科志愿则是一片空白,因为师范专业是提前批录取,再选择太费脑细胞,索性不选不填。由于学习成绩一般,于是考虑中专志愿也比较慎重,提前批志愿填的是淄博人民警察学校,普通中专第一志愿报的是湖南湘潭烟草中专学校,二三志愿依然干脆空白。"是否服从调剂"一栏,年轻气盛的我当时毫不犹豫填上了"否"。结果那年文科本科线降低了录取分数,与我成绩相同的同学有的读了本科,因为不服从调剂,我被录取到了淄博师专。我至今都没有后悔过,甚至有些庆幸我的选择,我其实就想读汉语言文学专业。对于当时因何填报烟草学校,实在想不起缘由了,或许是有天意的成分?

　　师专两年,我不断地读书,勤奋地写作,班主任蔡老师对我写小说、写散文、写新闻稿都给予了一些指导。半年后加入《淄博师专报》学生记者队伍,校党委宣传部副部长兼编辑部主任正是后来推荐我到烟草系统工作的宫老师。后来又得到校团委副书记学生处副处长苏老师的厚爱，当了校学生会的宣传部部长。又过半年，学校策划创立"春蕾文学社"，当时的校党委宣传部部长、作家诗人吕老师提议我担任第一任社长，以后不知何故文学社的成立搁浅了。其时毕业考试已在眼前，即将面临完成学业，又要考虑就业等问题，也就无暇顾及这些事情了。

离毕业两三个月，中文系党支部副书记荣老师找到我，说桓台马桥的一个老乡把电话打到系里，要找一个写字、写作好一些的中文系学生当他儿子的家教，他家是在柳泉路南头的一个小区，我推荐了你，没什么问题的话就过去吧！到了一看，九岁的男孩，眉清目秀的，语文成绩也不错，当爸妈的是望子成龙心急了一些。我坦白地告诉他的父母我没有做家教的经验，试试吧。且诚恳地说语文学习是长期不断积累的过程，哪能短期见效呢。又因为是老乡，我明确提出不要任何报酬。教学都在周末进行，我按质按量，尽心竭力。受人之托自当忠人之事，权当是一次锻炼的机会吧。孩子的父母点点滴滴地看在眼里，非常感动，心里很是过意不去，好几次执意要付给我报酬，我都毅然决然地谢绝了，把他们硬塞给我的钱又以同样的方式硬塞了回去。

与此同时，同学们大都在等待分配，我则想到报社工作，却没有任何希望。一天晚上散步回到宿舍，舍友们说编辑部的宫老师打电话到系里找过你，让我抓紧去找他谈个事情。宫老师与市里的新闻媒体都很熟，我下意识地猜想是不是有到报社工作的机会了？一溜烟跑到他家，师母说他去餐厅陪淄博日报社的客人了。我愈加觉得判断正确，于是心潮澎湃又呼哧呼哧跑到食堂，迫不及待地让服务员喊出宫老师。老师说他的同学市烟草公司负责人事工作的马科长找过他，让他推荐一个文笔好一些的学生去高青县烟草公司做文字秘书，你考虑考虑答复我吧。我对烟草行业一片空白，只觉得老师推荐的单位肯定没错，又一片空白地干脆直接应承下来。想想在此以前，我也就是童年的时候在我们西贾村第一生产队的烟田里玩过捉迷藏的游戏，在烤烟房里冒着浓烈呛人的烟草味道偷偷烤过地瓜。除此之外，就是高考前中专志愿填了个湘潭烟草学校。

因为一直奢望去报社，我很早就将几年来在报刊上发表的文章裁剪下来，自己动手结了个集子，有目录、有序言、有作者简介、有获奖证书，煞有介事的样子，且美其名曰《碎石集》，还请美术系的同学设计了个封面，画面正中是碎石垒成的"石景山"，周围是枯藤老树和茂密丛生的芊芊细竹，上方自左而右是三个美术字：碎石集。第二天带着这个集子去市烟草公司交给马科长，他让当时的办公室副主任把把关，于主任饶有兴致地从头到尾看了一遍，说这个学生文章写得

自制《碎石集》

不错，又是校学生会的宣传部部长，培养培养写材料肯定没问题，并把意见反馈给了高青县烟草专卖局(公司)的支部书记、局长、经理。其间有两个插曲。一个是我的事情在中文系引发了关注，有人说烟草的这个名额，按照分配原则是依据排名自上而下选择，你在系里的综合排序是第七名，如果排名靠前的同学选了，你就只能再选其他单位。有人则说谁争取来的名额就归谁，不服气的话你也去要一个来。内心惴惴不安地请马科长帮忙出个主意，他说我们看中的是你的文笔，不是淄博师专中文系的排名。你回去传个话，如果你们系里另有安排，我们就只能收回这个名额了。第二个插曲是去济南办理接收函的时候，有位领导对我的形象实在是看不下去了竟然当着我的面就给陈局长打了电话，意思是这个学生长得黑个子矮，学历不高，说话口吃，要不下次有机会有合适的再说吧。我的老领导爽朗地大笑道，同志啊我才不在乎什么高矮黑白丑俊，我是选人又不是选美，只要提起笔来能写得出像模像样的材料，我管他是美啊

丑啊的。

正当我以为一切基本顺利的时候，更麻烦的事儿来了，需要协调市教委出具同意我调出教育系统的信函，学校才能将档案转出去，否则档案转移不了，接收单位根本没法录取。这可不是个简单的事儿，国家培养一个师范生不容易啊。我的父亲母亲上上下下五服八代的直系血亲旁系亲属都务农，没人认识市里的人。我非常茫然，喟然长叹，听天由命的想法油然而生。非常巧合的是，周末做家教前与孩子的父母聊天时，夫妇俩见我一筹莫展唉声叹气的模样，追问原委。我如实告知。孩子的母亲说前几天来我家串门的我的那位老师曾在市教委做过组织人事科长，现在市委宣传部企业科，我们问问他有没有办法。俩人就出门了，回来时满脸的灿烂，说她老师问了市教委的组织人事科，估计没问题，但需要缴纳培养费。为了交上这三千元的费用，父亲取出了积攒了十几年的几百元钱，不得不骑着自行车到很多亲戚家借钱，结果都怕我们还不上，好听的话都说了一大箩筐，却只是象征性地拿出一点钱。父亲自然一分没接，回到家气得几乎卖光了家里的粮食，又向同事借了一些。凑好钱后去市教委，没想到组织人事科长是师专中文系比我高很多届的一位学兄，于是喜出望外心无旁骛没心没肺地跟人家聊了好大一会儿。

其余皆顺理成章。我到烟草系统以前这两三个月的经历蜿蜒曲折、起伏跌宕，现在想来像极了电影里弯弯绕绕的情节。

新城的拜年

新城拜年的风俗,往往是令亲身经历过或者听说过的人惊讶不已的。

大年初一,三四时开始,各家各户的女人们便早起和面包饺子。饺子馅往往是大年三十准备好的。男人起床照例比较晚。第一锅下好的饺子依旧主要用于祭拜上苍、各路神仙抑或先祖。祭拜者是一般是家里辈分最高的男主人,祈祷、焚香、烧纸、叩拜之后,家里的男孩子便欢天喜地地点响了鞭炮,一家人捂着耳朵躲在一旁观看。噼里啪啦的声响过后,饺子还是不能吃的,传统的拜年习俗由此开始了。新城的拜年是比较隆重的,家里辈分最高的老人在北屋客厅八仙桌两边的椅子上正襟危坐,次一辈里最年长的男子领头,虔诚地高呼一声“大家给某某(对老人的称呼)拜年了”,家里的男男女女立即跪伏在地上磕头,从前至后约定俗成按照辈分排列。老人说一句“起来吧”,再次一辈的孩子一起给父母辈磕头,因为有更长一辈的老人在场,父母却是不能坐下的,只是站着接受晚辈的叩拜。同辈的人一般是不给同辈的人磕头的,但是如果家里有刚过门不久的新媳妇,新媳妇却是要给哥嫂磕头的,意思大概是我加入你们的家庭了,今年春节是我过门后的第一个春节,磕个头算是拜了“码头”了。无论给谁磕头都是要正对着八仙桌的,决不能冲着人磕。这一点与临县高青的习惯完全不一样。新城有一个说法是,只有家里老人过世时,晚辈给吊唁的客人磕头才能冲人磕。高青的说法是,拜年时对着老人磕头,是充分显示对老人家的尊重。两种说辞都颇有道理,这就是风俗习惯的问题了。祖辈、父辈按例要给晚辈压岁,哥嫂也要给新媳妇压岁的。这些繁缛的礼节过后,一家人才围坐在一起,开始吃水饺。鞭炮的碎屑初一是不让打扫的,吃完水饺没事了,倘若天还黑着可以睡个回笼觉。

天刚蒙蒙亮的时分,大人小孩的全都换上了春节前买好的新衣服、新鞋子,脏衣服则藏进衣橱里,初一这天照例也是不能洗的。同族同宗的男人们按照年前的约定挨家挨户一起给村里的老人们拜年,大街上小巷里走马灯似的,南来北往,熙熙攘攘。家族大一些的有的二三十人,小一些的十二三人,单门独姓的五六个人不等,拖起了长长的队伍。每到一家,都是由辈分高的年长者领头招呼一声"给某某拜年了",大家便一起跪下磕头,颇有些像宫廷戏里的镜头。有的人家房子很小,几拨队伍过来就人满为患了,有的就在院子里等着,头拨人出来他们再进去。一则嫌太拥挤,一则觉得过去一年结束新的一年开始了要与这家人交流些什么。女人们是没有资格跟着这支队伍拜年的。妯娌多辈分低的家庭,也有的由大嫂领着,但一般是在男人们拜完年后,嘻嘻哈哈地簇拥着、说笑着、打闹着去给同宗同族和前邻后舍的老人拜年。接受拜年的人家都是提前将屋子里打扫干净,地上不能潮湿或者有积水,比较讲究的还铺上垫子,防止把拜年的晚辈的衣服弄脏。磕头之后,便爽朗地大笑着谈论老人的健康、孩子的婚恋、生意的好坏等诸如此类的话题,互祝新的一年里发财、晋升、顺利之类。原先有点小矛盾的人家大多也借此机会,互道祝福,一些鸡毛蒜皮的东西便随之烟消云散了。

村里在外工作的游子们大年初一也是要回来参加拜年的,如果小夫妻春节前有意出去旅游,父母一般要告诫一番,大意无非是最好不要出去云云,否则村里的老人聚在一起的时候常常会议论谁家的孩子出去工作了,发财了,当官了,翅膀硬了,架子大了,忘了本了,不知道天有多高、地有多厚了,过年都不回来磕个头,肯定是不记得我们这些看着他们长大的老人喽。听到这些,年轻人往往心有余悸,赶紧做做媳妇的工作,出去旅游的计划便随之搁浅了。我就有类似的经历。

如果邻近村镇有素有交往的朋友、同学、战友、同事,等等,或者是早年教过自己的老师,往往在本村拜年之后,便依惯例去给同学、朋友、战友、同事家的老人们拜年,给自己的老师拜年,借此表达对老人家和老师们的尊重和看望,叙叙过去,谈谈未来,交流见闻,切磋收获,讨论事业,加深相互之间的感情。有时朋友、同学、战友、同事甚至老师的感情上来了,便招呼几个要好的,摆上一桌菜,顿时觥筹交错,往往要喝个面红耳赤,不亦乐乎。

大年初二,从新城嫁出去的闺女带着女婿回娘家,首先要给爷爷奶奶磕头,再给父母辈的人磕头,新女婿也要给同辈的哥嫂磕头。家族大的更是烦琐,要挨家挨户给祖父辈的老人磕头,大爷爷大奶奶、二爷爷二奶奶、三爷爷三奶奶等,再给大伯父大伯母、二伯父二伯母,三叔叔三婶子、四叔叔四婶子等磕头。直至全部走完一圈,当女婿的往往会磕得头昏眼花、膝盖打软、"服"声连绵。这些家的女人们要提前准备好酒菜,哪管人家来拜年的时候是几时几刻,再三挽留女婿吃饭,如果不留下吃饭,便感觉女婿对这家极不重视,就要有"瞧不起人""我们家穷""你女婿眼眶子高"等的说辞了,有的甚至满肚子意见,酒后想起来便骂骂咧咧,久了就有了成见。当女婿的往往碍于岳父岳母的面子,怕得罪亲戚,只得一家吃几口菜,一家喝几口酒想敷衍了事,无奈于主人家一拨拨地、一个劲地劝酒劝菜。即使一家家地疲于应付,也常常是吃得肚滚溜圆,喝得简直是站都站不住、站不稳了,酒量小的要么胃里翻江倒海哇哇大吐,要么一不注意溜到了桌子底下,要么被人搀扶着躺在人家的炕上呼呼大睡。只有这样,请客的人家才觉得倍有面子,才有了可以炫耀的资本。酒气熏天、头昏脑涨、身心俱疲地回到家里,却还免不了媳妇一顿唠叨,耳朵里迷迷糊糊地只灌进去一些"不长出息""八辈子没喝过酒""你看你喝得个熊样"等等诸如此类的言辞。

初三、初四、初五及至十五之前,按新城的惯例要走姥姥家、舅舅家、大伯家、叔叔家、姑家、姨家、表姑家、表舅家、表姨家等等,拜年仍是要磕头的,吃饭喝酒亦避免不了。新女婿去了,程序也是比较让人头疼的。

我的吐沫星子乱飞的描述,让听者在唏嘘不已之余,大抵会大摇其头,加带连连摆手:太落后了,太封建了,太陈旧了,太遥远了,你说的是民国以前吧?

我往往不以为然:我的新城老家难道真是落后了吗?

新城的书店

　　深夜读书，书架上的《短文精华》，让我又一次想起了故乡新城的书店。

　　虽然不是出于书香门第，但我读书的习惯好像是与生俱来的。世人戏谑"百无一用是书生"，但每每有人亲切地称我为"读书人"时，除了自觉汗颜之外，我却还是十分乐于接受的。既为一介书生，买书与读书自然是理所当然的事情。求学之时，买书几乎是我所不敢奢求的。一本二十几万字的小说，如果不是盗版，售价总也不下于十八九元。每当看到一本好书，首先要做的事情，便是翻到封底，瞧瞧书的定价是多少。倘若价格不菲，那就只有望"书"兴叹的份儿，但如果觉得合适，便还是从仅有的几十元的生活费里努力挤出一些，满心欢喜地捧了回教室去读。记得读小学时与我关系非常要好的同学沈宁，他自费订阅了《少年文艺》，母亲又在桓台二中图书馆工作，借书比较方便，他便经常与我分享。当时，我经常愉悦地徜徉在《少年文艺》的世界里。

　　就业后有了条件，买书与读书便逐渐成了我最大的嗜好。因为每月能按时领到工资，再加上不时会收到三五十的稿费，所以买书便不再是多么困难的事情。于是，不但《安娜·卡列尼娜》《悲惨世界》《红与黑》以及四大名著等被我如愿以偿地买到了手，而且连《鲁迅全集》《家·春·秋》《白鹿原》《废都》《车间主任》等现当代作家的作品也摆上了我的案头。买书与读书从此就成为有计划的事情了。每月发了工资，第一件事情便是到书店转转。每当读书读得渐入佳境时，做起工作来便觉得十分顺手、十分轻松，浑身似乎有用不完的力气，偶尔还会迸发出一点儿创作灵感，于是，天空每天都是蓝蓝的，太阳每天都是新新的，生活便愈加绚烂多彩和充满活力。有时一旦因为意外原因"断了炊"，我的工作、生活和学习就会突然变得毫无规律，觉得异常浮躁和百无聊赖。

对新城书店的最早记忆，是我七八岁的时候。当年跟随父亲赶新城大集，我鬼使神差地走进了新华书店。记得当时书店中店员两人，其中一位是个头高、国字脸、秃头顶的长者，一位是年轻漂亮的阿姨，望之都有读书人的气质。书店东西跨度很大，常常记得里面人来人往、熙熙攘攘，现在觉得那时或许与桓台二中驻在新城也有些关系吧。书店里的图书、地图、字画等堆得满满的，种类之多令人目不暇接，即使书籍也分门别类，隐约中忆起有"文学""法律""农业""工具书"等类别。父亲见我在"小画书"(连环画)的柜台前挪不动步，笑笑说："长这么大我还没给你买过小画书呢，选一本吧。"我毫不犹豫地伸手指了一本，父亲便给我买下来了。

以后再到新城书店，是80年代我在新城城南小学读书的时候。城南小学在"四世宫保"牌坊附近，以北不远处就是新华书店。当时经常在中午、晚上去转转。转转而已，囿于囊中羞涩，买却还是不能买的，特别是价格高一点儿的书，而挑书买书的经验却是慢慢地增长了不少。走进书店时，我总是努力瞪大了眼睛去搜寻那些六七十年代出版的老书。老是老了点儿，内容还是丝毫不少的。有次看到一本《短文精华》，厚度大约两公分半的样子，四十余万字，辑录了我国古代名家的几百篇优秀文章，可读性极强，书中的内容很是吸引我，定价却只有两元五角，充其量也就是少吃点冰棍而已，用现在的话说是性价比很高了。当时，"书非借不能读也"在我的印象中倒是非常深刻的。阿姨屡屡见我爱不释手，便问道："要买吗？"我慌慌地说："先看看。"回去找出家人给的零用钱，远远不够。便节省出买笔、买本子、买牙膏的钱悄悄攒着。有空的时候免不了去书店瞅瞅，生怕人家给卖了。大约月余攒够了钱，立即风一般地刮进去，《短文精华》就成为我的了。

母亲自1963年开始教书，见我如此爱好读书，她告诉我说，你从小就喜欢书啊。1994年,我把母亲讲给我的内容写成散文《我与书》,发表在《桓台报》上,这是我散文的处女作。大意是一周岁生日时,亲戚们在我身旁放上了钢笔、算盘、旧书,还别出心裁地放上了一张"大团结"和一枚公章,看我将来能当官还是能发财。众目睽睽下的我,一把抓起了那张"大团结"。正当众人欢呼雀跃的时候,"大团结"一分为二,我的小手越过公章伸向了那本旧得发黄的书。从此,书与我,我与书,都有了不解之缘。初中以后,"下海潮"对学生们的思想冲击很大,诸如"百无一用是书生""万般皆上品,唯有读书低"之类的东西曾一度占据了大脑,有时去书店买书倒像是偷偷摸摸的事情。只是很少再去新城的书店买书了。读高中时,桓台二中已经迁到了田庄镇,我成了这个学校的文科学生。不曾记得田庄镇有无书店,因为我仍是习惯性地到新城的书店买书。也是1994年,我的一篇新闻稿在《淄博日报》刊登,更加激发了我读书与写作的热情。翌年考上了淄博师专中文系,成了汉语言文学专业的学生后,买书与读书便更是我生活中不可或缺的事情了,因此去学校图书馆读书就成了我每晚的必修课。记得那时,我的一个短篇小说就是在图书馆里读了校友张宏森的《狂鸟》后灵感突至而一气呵成的。1997年发表到淄博市作家协会主办的《新大陆文学》。此期间,我有幸结识了当时的作协主席张雪先生。当时张老先生对我有志于写作给予了很大的鼓励,非常热情地对我讲了一些创作经验。发表过我的小说的两期《新大陆文学》我至今珍藏着,但是对于写作,却时断时续,没能很好地坚持,想来真是愧对他的教诲了。睹物思人,惜先生已经作古。

1995年开始,因为喜欢《淄博晚报》的副刊,偶尔写点儿散文之类的东西。偶然的机会,又有幸与晚报的郝永勃先生相识,对于读书与写作,他亦经常给我以鼓励。在我的印象中,永勃先生是一个地地道道的纯粹的读书人、纯粹的作家和纯粹的诗人,从他身上找不到一点儿世俗的影子,为人很是低调谦和,一见面一说话满脸的笑容,从没有什么架子,即使是当了市文联副主席后,也经常打电话询问我最近写文章了没有,读书了没有。前些天刚刚联系我说计划组织几位作家出一套笔记体的散文集,让我准备准备。也就是那个时候,我常常想象将来的家里有一个书房，在我的理想中，书房的设计其实很简单：有一张别致的写字桌，一把结实的藤椅，一个台灯，还有三四个小型的书橱，橱中再有一些为自己所喜欢的书籍而已。经常梦想在夜深人静的时刻，自己在灯光下仔细地品读名家名作，或者写一点自己想写的文字，那该是多么令我惬意的事情啊！也是读中文系时，淄博师专一位年轻有为的副教授对我说，我教你一个读书的方法：作为中文系学生，第一阶段你要博览群书，语言、文学、历史、哲学、政治甚至天文，诸如此类的书籍是韩信将兵多多益善，知识面越宽越好。第二阶段，你要猛攻一点，不及其余。要选准一个点，一个突破口，譬如专搞红学、莎士比亚、鲁迅研究或者小说、散文、诗歌等文学创作等等，水平当然越高越好。这样，日后才会有所建树。他还打了一个十分形象和生动的比喻，说如果社会科学是一座座连绵不绝的山脉，那么你所选的这个专题就是组成山脉的一座山峰，倘若你能攻下这个山峰，这样你在这个领域就占领了制高点，即使别人的山峰高一点，你的山峰低一点，反正都是站在山顶，你就可以"临危而不惧"了，山高人为峰嘛。1996年的暑假，遵照师专退休老校长孙树木的安排，我代他誊抄了十八万字的《聊斋志异赏析》书稿，颇感受益，启发良多。交稿时，德高望重、学识渊博的老先生亲切地与我聊了聊其中的一些内容，很是惊讶于我对《聊斋志异》的理解程度，他说我有研究学问的天赋，建议我回桓台工作后从事王渔洋研究。对于两位恩师的面授机宜，我至今都感激不尽。但是，当时已经临近毕业，我正忙着考试和分配的事情，根本无暇顾及他们教的方法，就业后也没有再认真地思考或者实践他们的理论，想来顿觉惭愧，在我内心深处其实非常后悔没有听从两位良师的教诲。毕业之后长期从事文字工作，我倒常去城市里的旧书摊、去农村的大集上淘点旧书，有时也回新城的书店转一转。前些年再去时，当年的阿姨仍在，与老者却未能谋面。阿姨说她的父亲早已退休。是啊，转瞬三十年了。她竟能记得我从小学开始经常到书店买书，于是我心里感到莫大的满足。其实，我也为他们父女两代人几十年来一直坚守在书店而感动着。

前些天读书时，方知新华书店、老供销社乃新城"世德堂"的旧址。世德堂始建于明初，康熙年间赐予王渔洋，王家接手后易名"世德堂"，其北面即齐桓公戏马台。到清末建筑规模达十几个院落,惜今仅存"望穷楼"的传说(王家在高楼上望见不冒炊烟之户赈济穷人)以及清末民初改建的五间平房和主厅的厅基平台。

忙碌之余,还是经常信马由缰地写点儿自己喜欢的东西,或许是少年求学时对老家的书店有着莫可名状的感情,也或许是深受前面几位先生的熏陶吧,周末回家时也会习惯性地领着孩子到寄托着我特殊感情的新城书店买点儿书。

忆　娘

　　新城,这片沧桑厚重的土地留给我的,不仅是对历史、文化、民俗的探索和思考,还有我对娘深深的眷恋和亘远的记忆。

　　时光回溯到 2009 年农历十月二十四日……

　　娘走了,家没了。

　　时间永远地凝固在了这一天,那是让儿子有生以来感到天塌地陷的一天。娘平静地躺在床上,儿子目光呆滞,亲人们的失声痛哭,已经触动不了我麻木的神经。娘啊,难道您与儿真的自此阴阳相隔?娘啊,您是否真的去了充满理想的天国?

　　娘走了,家没了。

　　树欲静而风不止,子欲养而亲不待。娘啊,儿子永远地失去了孝敬娘亲的机会。寂静的周末,儿的眼睛在庭院的一花一草、在院中简陋的石桌、在那棵高大的梧桐、在娘亲自栽下的石榴树、在那片您精心耕耘过的菜地、在娘常常出入的饭棚、在您谈笑风生的堂屋前、在家门口那片荫凉地……在曾有您身影的一切的一切里模糊。当石板盖住墓穴的那一刻,儿便成了风雨飘摇的船只。娘啊,您是否真的去了人人向往的天国?

　　娘走了,家没了。

　　娘啊,您其实就是一个平凡得不能再平凡,普通得不能再普通的农家妇女。您虽然平淡,但却勤劳要强,对生活充满希望。您当着民办教师,还要和父亲操持着十二亩地。每天做饭、洗衣、打扫卫生,深夜在油灯旁缝补旧衣服,纳着全家人大大小小的鞋底。在那艰难的岁月里,娘忍受了很多的苦难、咽下了很多的泪水、包容了很多的无奈。就像是一支蜡烛，照亮了别人，耗尽了自己。娘啊，您是否真的去了明心见性的天国？

娘走了，家没了。

我刚记事时，尚处于"人民公社"时期，吃窝头就咸菜，蒸地瓜煮萝卜就是主食。当时父亲务农，您在学校挣着工分，日子过得拮据。您给我五分钱打酱油，有时贪玩丢了，往往心惊肉跳，因为您肯定声色俱厉。还不懂事的我总感到委屈：当年我哪里知道您的苦楚！两个孩子到了上学的年纪，家里更是捉襟见肘。您和父亲期望我俩考上学，跳出农门当工人，您的确是穷怕了的啊。娘啊，您是否真的去了没有贫穷的天国？

娘走了，家没了。

娘啊，在我的心底，您是慈母，更是严母。每天凌晨催促早上学，中午盯着吃午饭，晚上监督做作业。中学时，周末给我炒肉末咸菜，再三叮咛我要努力学习。塞给我五块钱时，常常眼里闪着泪光，表情带着丝丝歉意。成绩落后了，您却每次都很严厉。啊，这个人就是娘，这个人就是妈。如今，我最爱听的歌是《母亲》和《儿行千里》，每次都听得泪流满面。娘啊，您是否真的去了毋庸熬心费力的天国？

娘走了，家没了。

您的孙女虽少不更事，但仍一脸的肃穆，毕竟您一手带了她三年啊！从襁褓之中到咿呀学语，到蹒跚地起步，再到回老家在秋千上荡漾的日子。娘啊，您让您的孙女有了一个幸福美好的童年。每到天冷，电话铃就会响起："记得给孩子加衣服啊"，此情此景一直在儿的眼前闪动。您常常对她唠叨：长大了可一定要疼爸爸啊。年幼的她哪里懂得您的话语！这是娘对儿子无尽的情谊。娘啊，您是否真的去了心空飞旋的天国？

娘走了，家没了。

院子里红红绿绿的，是亲友们给您送行的礼物。儿双泪长流，淹没了无数的花圈。娘啊，奶奶、爸爸、洋洋、煜煜……您的牵挂我都记着，我们都深深地想念着你。您走后的几年里，每逢回家，每当左邻右舍的老人在念叨您时，儿的心里总是空落落的。桨儿不知何处去，留下小船苦飘荡。娘啊，没有你，家怎么还会是一个完整的家啊！梦里依稀慈母泪，几番番见娘依然是慈祥的模样。娘啊,您是否真的去了繁花锦簇的天国?

娘走了,家没了。

有人说,人死如灯灭。娘啊,您这盏指路明灯,不!是引航的灯塔,永远在儿女们心中亮着,我和妹妹永远记得您的嘱托,您的遗言将永久地留在两兄妹心里:自强自立,相互扶持,为人厚道,处世要实。娘啊,您在遥远的天国,可否一直注视着我们的脚步?清明淅沥的春雨,可否是您嘱咐我们的话语?生活越过越好,岁月越走越实。如今的日子,却是风景旧曾谙,娘亲已逝去。娘啊,您是否真的去了美满幸福的天国?

娘走了,家没了。

相见难,别亦难,怎诉这胸中语万千,道不尽声声珍重,默默地祝福平安。人间事常难遂人愿,且看明月又有几回圆。远去矣,远去矣,从今后梦萦魂牵……愿娘在天国的一切,都美好如愿。

假如人生真的有轮回,来世我还要做娘的儿子!

倒在地上的雕像

写下这个题目,那曾经的一幕又活生生地出现在我的眼前。我被深深地震撼了。

寒冷的冬天。初霁的大雪。凛冽的北风。

孤寂的坟头。黑色的毛衣。绝望的女人。

在我们村子南面被皑皑的白雪覆盖的旷野里,埋了一座新坟,一个低低的茕茕孑立的凄冷的坟头。没有鲜花,没有墓碑,只是一抔土。由于天冷的缘故,坟头的土不是细腻的粉末状的那种黄土,而是一堆被冰冻的土块,一块块被挖坟的人用镐头和铁锹硬挖出的坚硬的土地。

坟头的一侧,铺盖着两个崭新的棉衣。一个上身只穿着一件黑色的旧毛衣的女人伏在坟头。她身体瘦削、脸色惨白、粗手大脚、头发凌乱、双眼肿胀——她的眼睛里早已哭不出泪水,她的眼睛都快哭瞎了,哪里还有泪水啊!她一个人伏在坟头,无助地啜泣着,表情如死灰一般。

一天过去了,几天过去了,十几天过去了。

那可怜的女人一直在那坟头伏着,似乎一动也不动,就像一尊倒在地上的雕像。

"囡囡啊,你冷吗?囡囡啊,你冷吗?囡囡啊,你冷吗?你说话呀,囡囡啊,说话呀!"

女人用北方女人特有的哭腔呼唤着坟里的孩子的乳名,那声音凄婉、悲凉、嘶哑、绝望——我的心猛地激灵了一下,我的灵魂被深深地震撼了!

　　坟里埋的是她二十一岁因遭遇车祸而去世的儿子。我的母亲眼里噙满了泪水，喃喃道："太惨了，太惨了……。"于是，从第二天，从母亲开始，村里的人便轮流到坟头为那女人送饭，苦口婆心地轮流劝她回家，有人还送去了棉衣。然而，她却将棉衣盖在了坟头的另一侧。

　　"囡囡啊，你冷吗？囡囡啊，你冷吗？囡囡啊，你冷吗？你说话呀，我的儿子啊，囡囡啊，你说话呀！"

　　母子情深，如今却隔着一方矮矮的坟墓，儿子在里头，妈妈在外头。白发人送黑发人。我不禁喟然长叹。一个女人，从结婚、怀孕、分娩、哺乳到把孩子教育成人，付出的心血实在太多太多了。然而就在不经意的一瞬，儿子鲜活的生命便被剥夺了！女人抚摸着坟头的每一块坚硬的冰冷的土块，用冰冷的手艰难地把它们一块又一块地磕碎——这么冷的天，儿子的房里透风怎么行啊。指甲磕断了，指头磕破了，鲜红的血一滴滴地落在坟前的雪上，女人似乎毫无察觉。她的儿子长眠在这里。但他再也不是那个曾挽着她的手蹒跚学步，曾扬起天真的小脸甜甜地喊她"妈妈"，曾领回一张"拾金不昧的好少年"的奖状，曾从麦田里拽着她去中学开家长会，曾用第一个月的全部工资给她买了一件羽绒服，曾欢天喜地地领回漂亮的女朋友给她看的儿子了。

　　她的心被彻底地撕碎了。

　　寒冷的冬天。初霁的大雪。凛冽的北风。

　　孤寂的坟头。黑色的毛衣。绝望的女人。

　　如同一尊倒在地上的雕像。

疯 女 人

当斜马路上窜出的一辆小汽车撞过来的时候,凯下意识地猛然用双手死死地抓住后车座,撅起屁股使劲顶住第一排车座的后部,瞬间便闪电般在雯的大肚子和头部围成了一个结实的栅栏。

还没等雯反应过来,他们乘坐的出租车就出事了。

雯只是腿部受了点外伤,凯被送到医院一会就去世了。临死前,他突然睁开了眼睛,微笑着看了一眼哭成泪人的雯,闭上了眼睛。

雯哭得昏天黑地。

雯的父母轻轻地劝道:他走了,这是没办法的事,可咱还年轻,日子长着呐。明天我们陪你去医院把孩子打了,好再嫁个人。

雯的眼珠瞪得圆圆的, 先是惊愕,继而声嘶力竭地吼道:“不!不!不! ”

雯的亲友、同学、朋友轮番来劝,她的父母甚至下了最后通牒:如果不打掉孩子,就断绝关系!

想不到的是,她的公婆竟然也来了。他们含着泪说:小雯啊,孩子都七个多月了,再不打可就来不及了。咱还得向前奔啊,听你妈妈的话,还是打了吧……

雯一头扑进婆婆的怀里,无助地、绝望地啜泣着。

当说客们又一轮苦口婆心的劝说开始的时候,雯紧攥着剪刀对准了自己的脖子说:“出去,出去!否则,我死给你们看! ”

茫茫黑夜中,凯临终前微笑的面容,公园里凯和她花前月下的呢喃,他们相约牵手走上红地毯时满脸洋溢的幸福,平日里小两口和和美美的生活,以及凯在事故突发时应变的整个过程,一直在她眼前闪回。凯,你在哪里啊,你为什么不出来见我,为什么不帮帮我啊?

父母和亲友们关起门来,商量了一个计划。

是夜,雯感到腹部剧痛,被 120 救护车拉走。

当雯苏醒过来的时候,她猛然发现她的腹部瘪了下去! 我的孩子,我的孩子,我的孩子呢? 医生很平静地告诉她:"你流产了。"

雯感到嗡的一声,眼前一片空白。

这一夜,乌云遮月,大雨滂沱。

从第二天开始,人们发现街上多了一个女疯子。她怀里总是抱着一截木头或者是一块砖头、一块石头、一个鞋盒,一边轻拍着,一边比画着对人家说:"嘘,别出声,我的宝宝在睡觉觉呢。嘻嘻。嘻嘻。"

宋　莲

　　宋莲,非为某朝某代某位大家闺秀或者小家碧玉,亦非蒲翁笔下的聂小倩、婴宁、连锁等妩媚狐女,而是宋代的莲子。

　　端午节期间,与几位久违的老友小酌,酒酣之时,一位在济宁市梁山县工作的李姓兄弟从口袋里掏出了三只小巧精致的手串,送了每个家庭一串。"礼物送给你们了,谁能猜猜是什么材质的?"他微微笑着,看着每一个人,并提示到,这是梁山县的特色纪念品。什么材质?醉眼蒙眬之间,观其状,呈椭圆形,大小如花生米一般,通体黑色,表面又微微泛红,捏其外壳光滑而坚硬,闻之仿佛有淡淡的药香。一位来自沂蒙山的"叔伯同学"打趣道:"黑檀?黑酸枝?乌木?"李姓兄弟笑笑:"猜得离谱了。送那些玩意儿不就俗了吗?"在青岛工作的干兄弟当年和我一起就读于淄博师专时学的是生物教育专业,醉眼惺忪恍然若梦的我在无意中扫了他一眼, 正巧看到他的眼里露出了让人不易察觉又转瞬即逝的狡黠的一亮,席间众人只闻得他气定神闲、一本正经、字正腔圆、抑扬顿挫地缓缓说道:"这个东西啊,从生物学的角度,如果单瞧外表极像某种中药材的种子,但是我结合其形、其状、其色、其味、其大小、其产地、其价值、其包浆等因素综合判断,这应该是宋代的莲子。"李姓兄弟颔首顿笑:高手就是高手,见多识广,我们兄弟之间理论与实践结合的典范啊!

　　李姓兄弟每到一处工作,对当地历史文化、民风民俗、风土人情的研究都兴致勃勃,造诣颇深。文化人呐。他娓娓道来:几年前,在水泊梁山风景区梁山虎头峰附近的梁山泊平原水库施工场地, 地下约六点五米处,发现了一层黑色的腐殖土,当地百姓谓之曰"宋江土",其土质比较干燥,一层一层地挖掘下去,竟能清晰地看到水草根茎的痕迹,细心的人们发现了在这些土层里面,大面积地藏有一些深褐色的植物种子。经相关部门考证,这些是距今约一千年的莲子,恰巧处于当年八百里梁山泊的湖底或者岸边的位置。朋友呷了一口酒,继续讲道,梁山历史悠久,早在夏商时期就有人类在此稼穑渔猎,繁衍生息。西汉时为皇家猎场,其时名曰"良山",相传为汉文帝之子梁孝王的封地,孝王田猎终于此,病故葬于良山山麓之阳,遂易名"梁山",旧曾有"帝子遗碑"。五代至北宋,黄河屡屡溃决,大水汇于梁山脚下,形成了八百里水泊。北宋末年,宋江等一百单八将陆续结义于梁山,凭借水泊天险替天行道,演绎了"路见不平一声吼,该出手时就出手"的轰轰烈烈的英雄壮举。嗣后的元末明初,在著名作家施耐庵(或包括罗贯中)的妙笔生花之下,具有史诗特征的中国四大名著之一《水浒传》磅礴而出。其后黄河改道,泥沙淤积,昔日的梁山水泊饱经沧海桑田的沿革和凤凰涅槃的嬗变,变成了现在的千里沃野。这一发现,进一步证明了当年宋江等好汉聚义梁山,对今后水浒的研究具有极其重要的历史意义。目前,古莲子已经被中外研究机构认定为世界上寿命最长的种子,不但作为活化石标本,而且具有一定的收藏价值。难怪说李白斗酒诗百篇,李姓老弟妙语连珠,学养丰厚,不只是只让我们仅仅惊异于他的博闻强识了。

他又掏出三包尚未打孔的莲子赠予我们,说虽时隔千年,如果用心种植,它们仍然可以发芽呢,并翔实地讲述了种植的方法:剥开莲心端水中浸泡两三天即可发芽,一到两天换一次水,一周左右即可移植到土中或者水中栽培。我似信非信地从网上查了一下,果真如他所言,古莲子的用途颇多,诸如用于佛教、医药、装饰,等等,更令人称奇的是,这些古代的莲子虽在地下埋藏千年之久,重见天日后却仍然能够生根发芽,开花结果。它引起了考古学家和生物学家的浓厚兴趣。聆听至此,大家便有了一个疑问:怎么区分古今之莲子呢?他见到我们的兴致都上来了,遂讲了三种简单的鉴别方法:古代莲子外表光滑发亮,现代莲子手感发涩,颜色发乌;置之硬地踩踏,不裂者为古代莲子,否则为现代莲子;置之于水中,漂浮于水面者为现代莲子，速沉于水底者则为古代莲子。

昨天晚上因为寻找一本关于明清瓷器的书，打开橱窗时正好看见了这一串熟悉的莲子，于是睹物思人想起了李姓兄弟。

不由想起古代朝廷表彰或者鞭策廉官干吏，帝王往往赠之以绘有缠枝莲纹的瓷器，其寓意即"廉"，希望大臣们廉洁为官。是以莲者，廉也，宋莲者，送廉也。一串莲子，赠予之时，已经具有了深刻的内涵，远远超越了其作为礼物、古玩与收藏的肤浅意义。

挚友之间的淳情厚谊，一切尽在不言之中了。

母亲的叹息

　　年年春草绿，岁岁雁南飞。不觉之间又到了收获的季节。此刻，恰是象牙塔中莘莘学子紧张地复习，准备迎接又一次"洗礼"的日子。而我，已是多年的媳妇熬成了婆，大可不必再捧着一本本厚厚的复习资料一遍遍地咀来嚼去。然而，几次梦中却亦因考试不及而"梦断楼兰"，有时竟然离奇地梦到距离高考只有两三个月了，但是我的历史、政治、地理、英语却一点儿也没有复习，脑海中顿时呈现大片大片的空白，尤其是数理化，拿起书来看看几乎所有的知识点都弄不明白，所有的题目都不会求解。登时瞬间一个激灵，一个寒战，一身冷汗，顷刻之间觉得今年的高考彻底完了，我的前程命运彻底完了，美好的愿望奢华的理想犹如大江倾泻去滚滚东逝水。失魂落魄茫然无助地站在岁月的岸边儿，江面之上迎风绽放的千丛万朵雪白晶莹的浪花儿在阳光的照射下，金光闪闪璀璨夺目，而我如同一个久居深闺的怨妇一般，只有满眼的泪水满腹的愁肠满心的悲凉。惊悸之余再难成眠，母亲的那一声叹息又回荡在耳边。

　　当年的点点滴滴清晰地出现在了眼前。那年我十三岁，读初二。那是一个丹桂飘香、芙蓉弄色、秋意浓浓、硕果累累的季节。耐不了寒窗苦读的我，数响贪欢，一股脑儿撇下 ABC，游弋在《安娜·卡列尼娜》《巴黎圣母院》和《红楼梦》里。考试了，脑袋瓜极不开窍而且胆小如鼠的我又没有"火烧少林寺"（同学对撕书做小抄的调侃性称呼）的本领，一筹莫展之下，我只有羡慕人家艺高人胆大的份儿了，望卷兴叹吧！等到家长通知书发到手上，我看到除语文成绩尚一如既往地得了预料之中的高分外，其他课程的成绩都在 Pass 附近打转转,实在也没有一门课程理解语文科那茕茕孑立的孤独和形影相吊的痛楚。许多难兄难弟难姐难妹们都在绞尽脑汁地思忖:今年春节怎么过?我也是苦苦地皱眉,一想起上次挨训后的"三包承诺",我更是心惊胆战,不寒而栗。如果就这样堂而皇之地回家,今夜肯定有"暴风雪",不好不好,今天这个关还真难过,得想个万全之策,既能过好春节,又不能让老师和父母知道内情。在盯了家长通知书足足有六十分钟以后,我忽然茅塞顿开,发现新大陆的喜悦跳上了眉梢。于是,一个"最佳方案"脱颖而出。嗯……?六十八分。像天才的魔术师一样,我只轻轻一勾,数学分数便成了八十八分!如法炮制,英语成绩从六十二分到了八十二分,物理由六十一分猛增到八十一分……我的名次也由三十七名上升到了第七名。满心欢喜却又满心忐忑心怀鬼胎的我"谦虚有加"地将家长通知书递给母亲时,在苑城积格和新城西贾两个小学做过二十多年教师的母亲却只一眼便识破了我可笑的拙劣的骗局——那个"37"的"3"经刀片刮后的地方明显变得浅薄透明。深夜,我一想起来禁不住哑然失笑,妻子睡眼惺忪、茫然无知地嘟哝:做美梦了?吃错药了?快睡觉吧,笑得瘆人!现在回想起来我那时是多么的幼稚,母亲毕竟是有过二十几年人梯生涯的呀!

　　"西洋镜"被戳穿,接下来便应该是可想而知的事情了。法网恢恢,疏而不漏,在劫难逃啊。我老老实实地将对学习"八窍只通了七窍"的脑袋深深低于胸前。奇怪的是,这次没有以往动之以情、晓之以理的苦口婆心的言辞,也没有正襟危坐、怒不可遏的声色俱厉的训斥,更没有雷奔云谲、电闪雷鸣的暴风骤雨,低着头一直大气也不敢喘一口的我"嘭嘭嘭嘭"心跳加速,半天过后,却只听到一声长长的叹息!那是一声凄婉的、悲凉的、痛苦的、忧愁的、极度失望的、无可奈何的叹息。我偷偷地窥视了母亲一眼,只看到一张变得惨白、惨白、惨白的脸……顿时,如遭雷击一般,我的灵魂被深深地震撼了!母亲的心彻底地凉了,彻底地被撕碎了,彻底地觉得我到底是无可救药了。在面壁思过、自我救赎之后,大概也就是从那时起,我很少再贪睡贪玩,很少再去河里捉鱼,很少再孟浪不羁,不久我便惊喜地体会到读书的日子竟原来也这般妙趣横生和使人充实。取得理想的成绩自当要付出艰辛的努力,忆往昔峥嵘岁月稠。高考时考入了当地的一所师范院校,接到通知书,母亲终于露出了久违的欣慰的放松的笑容。当年的我也曾满怀理想、踌躇满志、意气风发、挥斥方遒。求学的日子,有过选择专业主攻方向切入点时的彷徨,有过埋头读书写作的欢乐时光,也有过对人生的凝心思考与无限向往。每每踏入泥泞掉进泥淖遭遇歧路,或者想偷懒怠惰、想躲避困难、想贪图安逸之时,耳边就响起了母亲那一声分明的叹息。在我的上空、我的头顶、我的梦中督促着我,破釜沉舟、敢为人先、一往无前!

回首如烟往事,母亲的话语历历在昨。这些年来,我有过成功的喜悦,有过失败的痛楚,有过彩虹绚烂,有过风雨交加。我感谢母亲的引导和教育,因为在我记忆的小河边,是母亲为我种下了人生的第一排树。如今的我业已工作了二十余年。对于一个人来说,我已经历了人生中最美好最灿烂的时光与岁月。二十年的历程,放飞着无数的憧憬和梦想,二十年的心路,承载着不尽的感恩和衷肠。倘若再自诩一些,对我的过往作一个简短的总结,是否可以这样描述:二十年悲欢,一部酸甜苦辣的奋斗史;二十载成长,一曲催己奋进的战歌。一个人站在空旷寂寥的原野中,我心情起伏,思绪万千,感悟良多。被时间无情地带走的是母亲的脆弱的生命,是我易逝的青春的年华,深深地烙印在我的心底的,是对母亲难忘的记忆,是对自己年轻的怀念。

如今,在紧张的工作之余,我仍习惯性地捧起一本书,或者写一点为自己所喜爱的文字,冥冥之中如有鞭策在身,催我自新、励我奋进,直教我奋勇向前,不敢懈怠。此生此世,我永远也忘不了母亲当年那声长长的、凄婉的和无奈的叹息,它将激励我踏踏实实地走在人生之路上,一直到我生命的尽头。

心中有暖风何必畏惧过寒冬

第一次听到这句歌词时,我不禁为之一动。

贫困山区的一名失学儿童,从爱心使者手中接过援助他读书的在普通人的眼睛里是那么微不足道的几百元钱时,他的心在颤抖,他感激涕零,他涕泗俱下,他的眼睛里发出热切的光,他年幼的心中热泪滚滚。我意识到这点钱在一般人手里根本算不得什么,就是城里孩子的压岁钱也比这些多得多。但在他的心里却远远不是这样。没有钱没法坚持读书。寒冷的冬日,北风怒号,大雪纷飞,用碎石垒成的简易教室八面来风,用石板搭成的课桌的冰冷深深地侵入他的肌骨。教室、课桌、黑板、粉笔,还有木质的圆规、三角板和直尺,甚至简易的厕所、篮球架,都是村里人从牙缝里抠出来的。别说是城里的老师,即使从这里考出去的年轻一代,也没有人愿意再走进大山,到这个穷困潦倒的地方教书。这些他都看在眼里,他也知道家里都愿意他读书,可条件实在不允许啊!小小年纪已承受了太多的无奈与痛苦。他都不怕。只要能够上学,再冷的天也是春天啊。

如果没有阳光,没有雨露,没有和煦的暖风柔情的抚摸,刚萌发的嫩芽儿怎么度过这个冬天呢?

记得刚就业的时候,父母常常叮嘱我一定要勤快,要早去打扫卫生,要团结好同事,要认真完成领导交办的工作……我确是完完全全地依照他们的话去做了。但是,我这样做究竟为了什么呢?我隐约明白长辈的用意,可我也是后来才知道他们那时并不知道我们生存的这个世界变化实在太快了。目睹世事沧桑的变化,我感到的是心头愈压愈痛的沉重。几年去看望一位忘年交,从他的口中陆陆续续得知了他儿子的遭遇。朋友的孩子大学毕业刚到单位时,曾抱有很高的工作热情和美好的生活幻想,但这一切却往往仅仅限于幻想而已。或许他是一个非常优秀的人,而他的主管抑或是他的主管的主管或许恰恰是一个层次不高的人,靠着不明不白的优势升到了现在的位置,却极妒贤嫉能;或者怕他发展太快取而代之;或者因为他逢年过节从没有给他的几个主管意思意思,他的主管或者主管的主管对他就没有意思了,便在岗位安排或者职务晋升时将他画出了圈外;或是评先树优的时候将他排斥了出去;或是事事处处、时时刻刻耻笑、诋毁、打击想要有所作为的年轻下属;或许年轻也是他的主管所羡慕的。于是,热烈的掌声是他的主管的,美丽的鲜花也是他的主管的,没有掌声没有鲜花,只有麻烦只有苦果的时候,他的上司却扬长而去了,甚至连一句最原始、最起码、最温暖的"对不起"都不屑说。朋友的孩子便困惑了:我心中有热情又有什么用呢? 烈火一般的热情便随之慢慢地偃旗息鼓了。

金色的日子即将远去,凛冽的北风已经吹来。假如心中那曾经的暖风在千百次的磨砺中消失殆尽无影无踪了,我的忘年交的儿子怎么度过这个冬天呢?

有些人对于爱情的理解是非常狭隘、非常片面、非常悲观的,以为只有年轻人才配拥有美好的、炽热的、令人回味的爱情,其他年龄段的夫妻恐怕只剩下亲情了。难道中年人、老年人就没有爱没有情吗? 答案肯定是否定的。我姥娘姥爷的爱情就堪称经典。记得耄耋之年的姥娘曾经对我的母亲以及母亲的两个妹妹说过:如果我走得早了,你们一定要好好地对待你们的父亲啊,他这一辈子实在是太不容易了。要是他走在了我的前面,只剩下我一个人的时候就什么都好说了。富有戏剧性的是,在另一个时间点,姥爷也语重心长地对他的几个孩子说:要是我走在你们母亲之前,你们可要照顾好她啊,她为我为你们这些儿女付出得真是太多太多了。如果她在我的前头,我就放心了,我是怎么着都行啊! 仔细品味品味姥姥姥爷的话,朴素的话语,朴实的感情,朴质的情怀,我想即使用"余音绕梁三日不绝"来形容也丝毫不为过吧? 姥娘姥爷那辈人的婚姻自是父母之命媒妁之言。相比而言,我们身边那些花前月下、海誓山盟、海枯石烂、死去活来的爱情,究竟有多少是从一而终白头偕老至死不渝恩爱百年的呢?又有多少对夫妻能达到我姥娘姥爷的灵魂高度、精神层次和思想境界呢?我想,很多人如果静下心来审视一下自认为是比较美满的婚姻与爱情,审视一下双方琴瑟和谐鸾凤和鸣的程度,审视一下自己对爱人的关心关怀体贴照顾,大概还是觉得非常汗颜的吧?姥娘姥爷的故事说明,对于两个一辈子相爱、一辈子相守、一辈子相濡以沫的人来说,岂不是一生一世都是另一方的春暖花开吗?

倘若早走的那位带着温暖带着美好、带着希冀满面春风地离开了,晚走的这位实现了自己心中梦寐以求的愿望,即使自己遇到了严寒,遇到了冰霜,他的内心深处又有什么可以畏惧的呢?它不就是自己一个人的冬天吗?

无冬不可逾,夜有破晓时。没有一个冬天不可逾越,没有一个春天不会来临。命运之神垂青的是有思想、有抱负、有准备登高望远的奋斗者,畏首畏尾、消极悲观、纸上谈兵只能是激情索然与无可奈何地黯然退场。但凡心中有梦想,纵使是野火焚烧,纵使是冰雪覆盖,纵使顽石长满了青苔,纵使蹉跎了岁月伤透了情怀,只要志向依然不改,只要信念依然不衰,只要依然义无反顾,只要叩问灵魂坦荡如砥扪心无愧内省不疚,是是非非、功功过过就任由他人去评说罢。我这样想到。

俯仰无愧天地,褒贬自有春秋。

文化的力量

富润屋,德润身,文化人。

前面两句六字是四书之一《大学》里的话,是儒家经典之言,最后一句三字是我四十几年来的感悟之语,是我擅自加上的。贻笑大方罢了。

说来也怪,桓台高楼于氏始祖明洪武初年自文登大水泊迁徙而来,到我父亲这一辈,恰巧祖宗十八代,基本上是世代农耕,即使偶尔有人做点小本买卖,也是贩卖点窑货杂货之类,跟真正意义上的经商根本扯不上边儿,父亲是半工半农,在工厂车间里工作了几十年,回家则要与母亲一起务农。直至到了我,直系亲属里才算开始有人真正喜欢读书,喜欢写作,喜欢舞文弄墨。

最早接触的读书形式是"说书"。70年代末,我四五岁,晚上跟母亲去村大队部的院子里听说书。忘记了说书人是男是女,只记得他不时舞动着一把鹅毛蒲扇,面前摆着一张三抽大桌,说的内容是《杨家将》,模糊之中对杨六郎、寇准、焦赞、潘仁美、王强谁忠谁奸、谁文谁武、谁谋谁战等略有印象。说起书来语调或抑或平或扬,语速或快或慢或缓,有时声若洪钟,有时细言细语,有时南腔北调,顿挫迟疾把握得恰到好处,故事性强,幽默风趣,引人入胜。战马嘶叫、马蹄声脆、马蹄声急声缓的声音,真是惟妙惟肖,足可以假乱真了。引得我们这些顽童径直跑上前去,在一片哄笑声中学他的腔调,模仿他的声音,比画他的动作。常想起说书人的几句经典的词句:酒是穿肠毒药,色是刮骨尖刀;青山不老,绿水长流;车到山前必有路,船到桥头自然直;官大生险,树大招风;夜长梦多,迟则生变;夜猫子进宅,无事不来;等等。清楚地记得说书人教我们学火车刚启动时鸣笛声音、喷气声音的变幻,车轮行进时始缓后急的动静。写到这里,如醍醐灌顶般猛然明白过来的是,我教我的一双儿女模仿马牛羊虎狗鸡等动物的声音、火车的声音,不就是来源于此吗?下面人正当听得"嘈嘈切切错杂弹、大珠小珠落玉盘"的紧急紧要紧张的关头,正当听得如痴如醉,深陷入其中不能自拔的时候,只听见"啪"!干脆刺耳震耳欲聋的一声重响,一声醒木万人惊("惊堂木"),说书戛然而止,在听众瞠目结舌中猛的来一句"欲知后事如何,且听下回分解",熙熙攘攘摩肩接踵的观众只得在一片"啧啧啧啧"声中意犹未尽地四散离去悻悻而归。说起报酬,当时村里好像也付不起钱,基本是最后一晚说书之前,乡亲们你家小半簸箕面粉,我家小半簸箕大米,他家小半簸箕豆子而已。即使是听过一次说书的,竟然没有一户人家逃避,只是多多少少的罢了,说书人千恩万谢。现在,除了电影电视剧里面模模糊糊的茶馆中说书的情节,有多少人还记得或者怀念过说书呢?

　　每次听说书只有三四个晚上的光景,社员们白天下地劳动,晚饭后听听说书,权作是一种休息、一种消遣了,因为需要每家每户的支付报酬,在那个吃不饱肚皮的年月,自然是不能够听得长久。这大概是我最早接触的文化形式。既然入迷了,没有办法了,只能是"霸占"了家里橘黄色的"喇叭匣子",也就是收音机。记得儿时,我们在老房子的西屋住,父亲那时在厂里上班。一家人期盼的,当然是父亲平平安安的同时,能给我们买回点好吃的东西。因为那时父亲单位福利还不错,每年冬天能分两筐"红富士"或者"小国光"苹果。每天晚上,我都是六点就上炕,躺在靠近窗户一侧的被窝里,嘴里啃着苹果,静静地期待着第一个节目"小喇叭"。第二个节目是六点半开始播出的评书,尤其是单田芳播讲的《西游记》,是我每晚理所当然的必修课程,让我听得着实是入迷了,成了生活中必不可少的事情,每每听起来那个兴奋劲儿简直没法形容,的确曾有过一日不听如隔三秋的感觉。"上回讲到孙悟空……"单田芳富有磁性的抑扬顿挫的男中音让我隔了四十年以后都觉得恍如昨日,记忆犹新。以后又陆陆续续地听单田芳播讲的《水浒传》、袁阔成播讲的《三国演义》、刘兰芳播讲的《红楼梦》等。这是我人生中第一次接触四大名著。几年之后又听了王刚绘声绘色播讲的长篇小说《夜幕下的哈尔滨》。热爱是最好的老师，热爱让我变得异常冲动，当时甚至觉得听评书将是我这一辈子没法停止的事情了，否则的话人活着还有何意义呢？于是评书和"小喇叭"两个节目成了我童年精神与文化生活永远的美好回忆，它伴随着我的童年，伴随着我的快乐，伴随着我的成长，滋养着我刚刚萌芽、刚刚分裂出来的文学细胞，成为绵延了几十年的童年记忆。

　　再长大一点，一个土豪邻居买了一台十二寸的黑白电视机，一部在我国武打电影史上具有划时代意义的作品《少林寺》让我"走火入魔"。紫气缭绕、深山幽谷中的千年古刹，出神入化、柔中带刚的少林功夫，令人神往、扣人心弦的隋唐故事，以及那首意境唯美歌声悠扬的"日出嵩山坳，晨钟惊飞鸟；林间小溪水潺潺，坡上青青草"的《牧羊曲》，都让我深陷其中，难以自拔。当年的大江南北，长城内外，万人空巷，举国轰动，《少林寺》成为功夫片难以逾越的经典。河南的旅游业瞬间破冰，以至出现超乎人们想象的火爆，甚至毕其功于一役地纵身一跃成为闻名世界的旅游胜地，而且是一劳永逸，即使今天少林寺的游客也是门庭若市人头攒动。因为该剧的播出使少林武术名扬四海、威震八方，还引发了举国上下近乎疯狂的武术热潮。记得叔叔问我，长大了干什么？我毫不犹豫地回答：到少林寺当和尚学武术。后来听说，当时全国各地很多十二三岁的懵懂少年，悄悄收拾行装，装上鞋袜衣裳，轻装背着包袱，刻意瞒着家人，写下一封封歪歪扭扭、错字连篇的信，在月黑风高之夜偷偷踏上了去往嵩山的行程。有的甚至不名一文，一路讨饭前往心中的神圣之地少林寺。心急如焚找不到孩子的父母，除了匆匆报警之外，大都等在当地到河南的必经之处，时间略久一些的就坐大客车直奔少林寺，保准能够找到孩子。《少林寺》成了一个时代的印记。那个年月播出的《射雕英雄传》《上海滩》《末代皇帝》《篱笆女人和狗》《霍元甲》《陈真》《便衣警察》等影视剧也深深吸引了我，成为我心中永恒的经典永远的回忆。

　　以后是在姥爷家、在爷爷的传达室读报读书的日子。姥爷因为地的问题成分不好，但姥爷有些文化，喜欢读书看报。我到他们家去的时候，周围没有几个玩伴，于是就和姥爷一起读书读报。有时也到小伙伴家里看人家的"小画书"，很是惊讶于人家拥有那么多让我羡慕奢望之极的连环画。在爷爷工作的传达室里读书看报的日子更加惬意，因为那里的书报是镇上的党委政府订阅的，品种数量非常丰富，常常让我埋在里面读个不亦乐乎。当年的我啥书都读，《故事会》《上海故事》《儿童文学》《少年文艺》等都是有过涉猎的。也是住在传达室的期间，我学过书法，学过画画，学过篆刻，自然都仅仅算是学了点皮毛而已。高中的时候与三十几个同学住大通铺，晚上曾躺在被窝里打着手电筒津津有味地偷偷阅读被很多人视为"黄色书籍"的《丰乳肥臀》，尝为莫言写作的风格与艺术所震惊。记得好像是 2003 或者 2004 年的时候，我曾在酒桌上一本正经地给哈尔滨商业大学的三位理工科副教授讲《丰乳肥臀》，直讲得他们瞠目结舌、云里雾里。其后又给山东财经大学的一位院长兼教授讲，无意之中惹得这位学者在理工大学术交流中心的一楼大堂里点上三根蜡烛当香火，非要与我杏园结义，结果当众每人磕了三个响头完事。读小说、读散文、读诗歌、读报告文学，我的老师们家长们认为是不务正业的，因为要中考要高考要不惜一切代价跳出农门要谋个美好的光明的前途，预习复习考试方为正业，因此当时读书都是偷偷的。再以后学了汉语言文学专业，中文系的老师鼓励同学们光明正大地到图书馆海量阅读中国的、外国的，明代的、清代的、近代的、现代的名著，读莎士比亚、读普希金、读狄更斯、读欧·亨利、读莫泊桑、读孔尚任、读曹雪芹、读蒲松龄、读"鲁郭茅巴老曹"，对"书中自有黄金屋、书中自有颜如玉"的说法遂有了比较深的体味。明目张胆如此，很是让其他系的同学艳羡不已。

今生今世能够培养起读书与写作的爱好，甚至是走上这样的道路，细究起来是从小受了这些文化载体长期的熏陶浸润，耳濡目染潜移默化的影响和润物细无声的作用吧。我离开了祖祖辈辈面朝黄土、背朝天的村庄，离开了故乡的黑土地，命运因为读书写作而改变，大概就是因了文化的力量吧！

倘若自明自知地讲，我的生命中或多或少地学了些农耕与读书，孩提时光在田野里撒欢，龆年之时开始跟随父母体验稼穑艰难，弱冠时代寒暑往来经常在地里劳作,直至二十余岁就业。说起来,我也勉强算作是从农耕之家向诗书之家的一个过渡了。就像住在城乡接合部的人家,说城非城,说农非农。

忠厚传家久,诗书继世长。

细细想来,说怪也怪,怪也不怪。

割舍不断的情感

　　我对于这个城市以及这个城市的晚报,是有很深的感情的。不仅仅因为我在这个城市已经生活了快三十个年头。

　　四十几年前的一个元宵节,父亲和母亲骑着自行车载着我和妹妹从新城到这个城市赏花灯。这是我记忆中第一次来到这个城市。灯会上人山人海,父亲和母亲便一人一个,让我和妹妹骑在他们的脖子上,观赏淄博特色的"芯子""花灯",模模糊糊记得《西游记》《红楼梦》《水浒传》中诸人物、神仙、鬼怪的形象惟妙惟肖,猪八戒、阎罗王和各种小丑的扮相常惹得我们哈哈大笑。这一驮就是一两个小时。童年的我和妹妹都少不更事,只是一个劲地在父亲母亲肩膀上欢呼雀跃,吵吵嚷嚷着要赶上"猪八戒"或者某个小丑再看一眼。父亲便牵着母亲的手,在拥挤不堪的人群中挤来挤去,尽力满足俩孩子随口提出的任何一个愿望。逛完灯会,父亲和母亲在星夜迎着凛冽的北风骑车穿梭在冰天雪地里载着我们回家,往返五十余公里。路上理所当然地摔了几个跟头,我们都穿着厚厚的棉袄、棉裤和棉靴,戴着棉帽,一路上便不时地荡漾着一家人开心爽朗的笑声。回到家就脱鞋上炕,钻进热乎乎的被窝,兴奋地谈论起灯会上感兴趣的场景。

　　因为自小生活在桓台农村,我到这个城市的机会很少。直到读小学四年级,学校组织三好学生到人民公园游玩,我才又一次来到这里,当时公园是有围墙的,门票学生半价一角。市民中对这个城市有这样的戏谑:一条马路一座楼,一个公园一只猴,一辆汽车来回走,一个警察看两头。

一条马路是张店中心路即现在的金晶大道,一座楼是张店六十年代的标志性建筑"圆楼"。漫步公园,未谙世事的同学们都惊诧于到处让人觉得妙不可言的美景,我也像刘姥姥进大观园,出去时竟然找不到进时的北门了。出口处,我平生第一次看见了传说中的冰激凌,仅仅是见到而已。1987年的那个埋藏于我记忆深处的寒冬,母亲患病到这个城市的医院做手术。临近春节的日子,我和叔叔骑着自行车载着妹妹到医院看望母亲,我于是第三次来到了这个城市。病床上的母亲面容苍白瘦削、宁静慈祥,眼睛中噙满了泪水。若干年以后我有了孩子才懂得,母亲心里难言的苦楚,是担心她和父亲都不在家,祖父祖母忙活着一大家子人,照料不过来我和妹妹啊!她是怕我们兄妹俩冷,怕我们饿,怕没人给我们换洗衣服,怕没人得空管着我们,怕我们哪怕是受到一丁点儿的委屈。那是母亲二十二年后永远地离开我们以前,一家四口人唯一一次没在一起过的春节。然而,我对这个城市依然是陌生的,我甚至不知道这个城市在我老家新城的哪个方位、距离几何,更不晓得多少年以后我将在这个城市里长久地生存与生活。

再一次到这个城市,是因为我考上了这个城市的师范专科学校,跳出了农门。那个时候,一个非农业户口对于农家孩子来说仍然是非常有诱惑力的。因为不知道路,父亲执意送我上学。于是,我们爷俩一人一辆自行车,父亲载着厚厚的被褥,我带着一些日常生活用品,自当年桓公戏马的古城到了这个熟悉而又陌生的城市,一待就是两年。学校的学习和生活使我充实了很多,收获了很多,成熟了很多,"学高为师、德高为范"的校训更是对我影响了很多。闲暇之余走出校园,我对这个城市的道路、高楼与人文逐渐有了些许的了解,慢慢地便熟悉了。就是那个时候,我与这个城市的晚报开始有了断断续续的联系。因为喜欢写作,又喜欢文章变成铅字的感觉,常常骑车去报社送稿子。当时的晚报编辑见到的是一个皮肤黝黑、身体单薄、穿着粗糙、满脸稚气的大男孩,他手里紧紧攥着一篇用方格稿纸认真誊写的只有四五百字的稿子在报社大楼的走廊里胆怯地逡巡着、犹豫着,不敢敲任何一扇门。有人满面狐疑而充满警惕地瞅着他,几乎把他当成梁上之人。

师专毕业那年,我极想留在这家晚报工作,却丝毫没有一点儿机会。于是,我带着遗憾与无奈离开了这个城市。直到一年以后,我在《淄博日报》惊喜地看到晚报招聘编辑记者的消息,便在征得单位领导的同意后报了名。记得笔试是在淄博会校进行的,做完了一份综合试卷,大家按照监考人员的要求自行到淄博商厦采访,返回后限时写作两篇新闻稿,一篇消息,一篇通讯。为占得先机,节约途中时间,当时有打车的,有朋友接送的,有坐公交的,我则骑着一辆破旧的"飞鸽"边问边走。有道是欲速则不达,突然"咔嚓"链条断了,我脑子里"嗡"一声几乎一片空白,用脸色苍白、心急火燎、心慌意乱、汗流浃背、一身冷汗等词语来形容当时的境遇恰如其分。幸亏恰巧路边就有一个修车摊,加之我在这方面的经验比较丰富,师傅也麻利,三下五除二就弄好了。匆匆赶到商厦,发现大伙早已下手了,采访家电、衣服、首饰、手表等卖场的比比皆是。当时我就想,决不能混同于一般,一进门东侧的投诉服务台正好无人关注,遂灵机一动从这里开始。其余细节不表。半个月后接到通知参加面试,不知从何处入手准备,遂硬着头皮走进面试大厅,偷偷地扫了一眼,见面试官坐了长长一排,心里愈加忐忑不安。结果只有一个问题,大意是对中央电视台的《焦点访谈》栏目如何评价。正是我这个自诩批判现实主义创作风格的"愤青"擅长的类型。顷刻之间侃侃而谈。谈的内容都已经忘却了。又过了一关。接下来是体检和政审。或许是上天眷顾我曾经的梦想,或许是阴差阳错机缘巧合,整个过程可谓顺风顺水。不久,接到通知去报社报到,当时的心情是无法用"高兴""喜悦""激动"等这些普通的词汇来形容的。深感遗憾的是,我因故最终没有选择到报社工作。为此,我辗转反侧,夜不能寐,考虑了再考虑,斟酌了再斟酌,最终违心地、痛苦地放弃了这次难得的机会。聊以自慰的是,几乎在被晚报录取之同时,我得以调到这个城市工作。从黄河岸边的县城到市里的中心城区,对我而言是一个很大的跨越,很重要的转折,很关键的一步,我的人生由此改变。我深深地感恩在我生命中出现的每一位关心我、帮助我、培养我和提携我的领导、同事。

　　以后的漫长的日子里,虽然工作很是努力,但对于写作却经常时断时续,有时缺少读书,有时缺乏灵感,有时心灰意懒,曾经辛勤耕耘过的园地几近荒芜,曾经承载我的梦想的方舟忽隐忽现。幸亏与晚报的安泰老师保持了长期的联系,他的言辞和他的鼓励着实使我感到羞愧和震撼,心灵的压力和折磨使我不得不又拿起了尘封已久的笔,用我很不成熟的文字书写我对这个城市的眷恋和生活的热爱。

——生活不止眼前的苟且,还有诗和远方。

我的爹我的娘

在故乡新城的黑土地上，行走着生我养我的爹和娘。

娘是一个普通的农村家庭妇女。在我宛如昨日般清晰的记忆里，求学时从学校回到家总是喜欢轻轻松松过个周末，常常一觉便到天亮。每逢擦着蒙眬的睡眼走到院子里，发现母亲已做好了饭，烧熟了菜，打扫干净了偌大一个庭院，桌椅上摸不到一点灰尘，刚擦过的地板反射出淡淡的光……到底是母亲！我不禁抬起头如打量陌生人似的打量起我最熟悉的母亲来：粗手、大脚，齐耳的短发，一身极为朴素的旧衣服，一双再普通不过的蓝布鞋——多么典型的一个北方农村女人形象！母亲没有察觉我的异样，依旧在不停地劳作着。从依稀记事到现在，我看到母亲天天如此，月月如此，年年如此。母亲不但以她的勤劳影响着我，而且教给我许多做人的道理，是我初涉人世的精神导师。记得儿时，母亲经常告诫我和妹妹，绝不许偷吃小贩们篓里的果子，如果馋了就告诉她。尽管那时家里并不宽裕，但只要我们开口，母亲大多会掏出装在

我的母亲

内衣口袋里的皱巴巴的几角钱，有时甚至去邻居家借钱给我们买。直到今天，当年的情形依旧会闪回在我的眼前。母亲的话使我终身受益，甚至我要将她的嘱咐讲给我的儿女，让他们也体会一个黑土地女人的艰辛、无奈和胸怀。无论什么时候见到母亲，她总在忙碌着仿佛永远也做不完的活儿，这简直定格成了一幅画、一种风景。母亲啊，儿子实在不忍看到您疲惫的面容，累弯的腰板和与日俱增的白发。

爹是儿那登天的梯、那拉车的牛。父亲是共和国的同龄人，共和国是年轻的，而父亲却已经明显地衰老了。大年初一，我们一起去拜年，村里人见到我父亲，都颇有感叹地说：孙女孙子都大了，你还真看出老来了！父亲老了吗？不，没有，我思想深处难以接受，也无法接受这个现实。在我的眼睛里，父亲依然是那个穿着军装的年轻英俊的父亲啊。可现实是，按照我们农村的说法，父亲已经七十二岁了，人生七十古来稀啊！仔细想想，我欲语泪先流。父亲没有多少文化，高小毕业就去当了兵，退伍回来一直务农，其后托战友的关系安排到一家县属企业。当时我们家的经济条件比较差，为了省钱，父亲从不在单位吃饭。由于工作三班倒，父亲每天骑自行车奔波在家和单位之间，哪怕是白天黑夜，哪怕是大雨滂沱，哪怕是冰雪覆盖，哪怕是严寒酷暑，风里雨里每天往返骑行四到五个小时五十余公里的路程。回来后还要和母亲一起干农活，村里人都说，你爹能吃苦啊！他这一辈子着实不容易。记得每每下大雨的时候，从村里到张田公路的道路泥泞不堪，根本没法骑车，母亲就冒雨和父亲抬着自行车，把父亲送到四五里地之外的大路上再回来。夜路走多了，遇上的事情自然就多。父

我的父亲

亲曾遇到过打劫的歹徒等让人头皮发麻、毛骨悚然的事情。前几年我二胎生了儿子,年过七旬的父亲非常高兴,每天凌晨三点多起床,四点钟出发坐公交车到张店来帮我看孩子,寒冬酷暑雨雪风霜全然不顾,仿佛又回到了当年上班的日子。鲁迅先生说,"我像一头牛,吃的是草,挤出来的是奶,是血。"对于我们这个家庭,父亲确是理所当然的一头老牛了。

巧合的是,父亲参过军、经过商、务过农、当过工人,母亲当过教师、务过农,再加上我和妹妹,工农商学兵,我们家就是北方农村七八十年代的缩影。

长大以后,我听得城市里有人把农民喊作"下里巴人"。有次看某访谈节目中一位作家在谈论通俗小说时也说到:通俗小说不只是下里巴人喜欢看的。他们把人划分为上等人和下等人,或划分为高贵的人和普通的人,或划分为谙懂艺术的人和浅陋粗鄙的人,显然都是犯了知识上甚至常识上的错误。《阳春》《白雪》《下里》《巴人》是战国时代楚国民间流行的歌曲,"阳春白雪"现今用于形容高雅的文艺作品,"下里巴人"则用于比喻通俗易懂的文学艺术。普通人如此随意说说也就罢了,一个作家面对着亿万电视观众却也这么说,他到底是怎么个意思呢?

据说,"下里巴人"还是一种比较文明的称谓。倘若这种所谓文明的称谓能够为"被文明称谓"的一方勉强接受的话,那么我就是"下里巴人"的儿子。我的确是领受了做"下里巴人"的滋味的。二十年前,一位好心的阿姨看我也老大不小的了,便张罗着给介绍了个女朋友。姑娘是大专毕业的,在一家医院做会计。彼此之间都觉得还马马虎虎。孰料在一次约会中,女孩子突然问我:"你爸爸妈妈从事什么工作呢?""务农呗。"我坦然地回答。就在那一刻,我从姑娘的目光中读出了异样。且不论"王侯将相宁有种乎",也不说由此上推一代或者几代她的先辈肯定也是农民,单单就她这种渗透到骨子里面的态度,我是无论如何也不敢接受像她这样一位富贵人家的女儿做相厮相守一生的妻子的。我是"下里巴人"的儿子。"下里巴人"的母亲生了我,又一口一口地把她的乳汁喂给我,含辛茹苦把我养大。我不是女人,无法体会母亲临产时难熬的苦痛,但我知道,有过二十几年人梯生涯的母亲教会了我怎样微笑着面对世界,并因此成为我人生中最伟大的导师;"下里巴人"的父亲亦工亦农,从未有过"生子当如孙仲谋"的壮志豪情。儿子眼中像山一样巍峨的父亲从部队退伍后便成为《车间主任》里的普通工人,唯一知道的就是老老实实做事,光明正大做人,养儿养女养爹娘。正是从父亲身上,我才懂得了男人为什么总是与事业紧密地联结在一起。于是乎,在一对"下里巴人"夫妻的不倦教诲中,颇令他们感到自豪的儿子也考上了大学,也成了"坐办公室"的人。最让他们感到欣慰的是,他们的儿子的血管里仍然奔腾着"下里巴人"自立自强的血液,还天生铸就了一副"下里巴人"的铮铮傲骨。

记得有次去深山里探望一位担负"传道受业解惑"之大任的同学,那次仅仅是出于常人的礼仪,我向推门而入的一位老教师递去一支烟。哪承想几个月后,同学却在一次小聚时神秘兮兮地对我悄言那位老师说你双眸中须臾间迸发出一种莫可名状的力量,倘若机缘巧合将来必成大器。我仰天而笑:"别是因为我敬他一支烟吧?"又嘲弄道:"你是人民教师,怎么也信这些乌七八糟的东西呢,真是莫名惊诧!"同学却严肃而一本正经地对我说,那老师是研究周易的专家呢。我是彻头彻尾的唯物主义者,自然不相信这些荒唐的说法,却莫名其妙地感到一种前所未有的心理的满足。或许,这就是"下里巴人"意识深处的污垢?而我却在这上面增长了不少对生活的信心。

没有一个农民心甘情愿地被称为"下里巴人",也没有一个农民对此太为在意,所有的只是淡淡的、宽厚的一笑罢了——海纳百川,有容乃大。壁立千仞,无欲则刚。几千年来,"下里巴人"又何尝不是这么做的呢?

让我梦萦魂牵的故乡

可能是随着年龄不断增长的缘故吧,我对故乡的情愫越来越浓了。

俯瞰古城新城,在鳞次栉比的楼房与民居里,星星点点缀着好几处青砖青瓦的明清建筑群,古色古香的院落中间,满眼是一片片绿绿的草地,一棵棵丁香、玉兰、樱花,一株株雪松、法桐、白杨,在小巷边、甬道前、大门旁,争奇斗艳,竞相倾吐着盎然的生机。圆圆的、方方的,还有园林工程师们精心设计出来的以各种优美的图案为造型的大大小小的花坛里,红的、黄的、白的、绛紫色的许多知名的、不知名的小花一团团、一簇簇儿热烈地盛开着,惹得一群群蜜蜂来来回回地忙碌着,五彩缤纷的蝴蝶也赶来凑热闹,与那些红红绿绿的花儿搅到了一块,好像凭空里下了一场纷纷扬扬的花雨,倒让人分不清哪些是花,哪些是蝴蝶了。一座座明清时期设计和建造的房子就位于这充满了芬芳的院子里。浓郁的花儿的馨香弥漫着整组建筑群落,附近的楼宇、民居甚至路上的行人也沾了不少的风光。有诗云,若待上林花似锦,出门俱是看花人。

在新城一望无垠、一马平川、坦荡如砥的黑土地上,我的祖祖辈辈日出而作日落而息地繁衍着、生活着——黑油油的铁脊梁,汗珠子滚太阳,风吹篱笆雨洗窗,泪花泡月亮……女人不是泥呀,男人不是筐;命运不是那辘轳要挣断那井绳,牛铃摇春光。

在这片黑黝黝的土地上,一条弯弯的小河汩汩流淌。在我儿时的梦里,有我对故乡的小河斑斑驳驳的记忆。小河自南而北哗哗地一路欢快向前。河里的水儿很清,清得可以看见河床上一群群嬉戏着游来游去的小鱼儿,惹得一些光屁股的孩子拿了一根根细长的竹竿,杆头再用细纱布绑一个圆圆的网,伸到河底,去兜网那些鱼儿。河面上成群结队的鸭子、白鹅荡来漾去,自由自在的。洗衣的大嫂怕弄脏了这一汪清水,只是用一只竹筒提了,到岸边儿上去搓衣服。两岸婀娜的垂柳飘下纤细的枝条,像极了青春少女那柔软披肩的秀发。岸边儿盛开着五颜六色的野花,黄昏的阳光铺洒在河面上,河中的水儿便变得五光十色溢彩镏金。不知何时,河边又多了一道道院墙,墙里面只听得马达轰鸣,人声欢笑。小河的水儿流得更欢更快了。

不久的一个夏日,我又来到了小河边。咦,小河怎么了?哗哗的流水已近乎停滞,河面上不见了驰来飞去的鸭子,只有一层枯黄的落叶,糜烂的叶子散发着一阵阵微微的异味。不知哪家的顽童丢了块小石子到河心,溅起了一个个浑浊的小水滴,小河流泪了,小河的心碎了。蓦地,我抬起头来,围墙内冷冷清清,再也听不到鼎沸的人声,机器的轰鸣,许多爬蔓的野草儿巴着墙缝从里面探出头来,惊奇不解地看着外面的世界。那年麦子熟了的时候,我接到大学的入学通知书。临行,我又一次来到小河边,同它告别。风儿徐徐,吹得小河边杨树上的树叶哗啦地响。故乡的小河,这可是你,嘱托你的即将远行的游子的话语?

身在异乡的我,耳畔不禁又响起了那首歌:我要走了,弯弯的小河,你在流泪层层浪波……啊,家乡的小河你听我说,我去寻找知识让你的身边,结满丰收的硕果。家乡的小河你别难过,我会回来,你等着我。

让我魂牵梦绕的小河!

在这片黑黝黝的土地上,勾画着家乡人的淳朴善良。在繁华喧嚣的高楼大厦之间住惯了的人,如果不是身临其境,大抵是很难获得这样一种感受的。一个怡人的秋日,在汽车忽上忽下的颠簸中,我和几位朋友一起来到了古城新城。落脚点是一个同学家。一踏进同学家的大门,又饥又渴的我们就受到了厚重的礼遇。年逾七旬的老奶奶和同学的父母一见到我们这群都市来客,马上洗水果、沏茶、做饭、斟酒。茶是大碗的茶,菜是大盘的菜,酒是大杯的酒。主人劝酒让菜,虽然嘴巴稍嫌笨了点,却句句散发着"有朋自远方来不亦乐乎"的真情实意。

酒足饭饱之后,四五辆自行车出现在蜿蜒的小路上。目的地到了,车子寄存在何处呢?我与朋友试着敲开了一户人家的门。明白我们的来意后,开门的大嫂似乎有些为难,她正要出门。当我们推着车子又往前走的时候,她喊住了我们:"就放在我家吧,没事的。"下午回来推车时,大嫂不在,一位头发花白的老者抱着孩子坐在门口。老人见我们来了,只说主人到地里做活去了,托他帮着照看这些自行车。我们连忙谢过老人,同时被那位再未谋面的大嫂感动了。她完全可以不找这些麻烦的。当我依照城市里的惯例掏出一元钱付看车费时,老人惊愕地睁圆了眼睛:"这,这……"继而,明白是怎么一回事后,老人家满面不解地看着我们,眼珠瞪得溜圆,额上青筋暴起。同行的当地同学劈手夺过我手中的钱,塞到我的口袋里,朝老人一挥手,就带领我们走了。同学说:"这就是我们农村人,愿意帮助别人解决困难。你的钱不是玷污了他的一番好意么?"如果不是身临其境,大家自然不会相信这些。而今市井中有时问路对方都伸手要钱,谁知竟还有这样民风淳朴的地方!

回到同学家,已是晚饭时分。一家人早已为我们忙碌起来,颠着小脚的老奶奶刷锅、抱柴火、坐在蒲团上仔细地烧起旺旺的火,额头上渗出了细密的汗珠。吃饭时,我们望着一家人世代居住的简陋的老屋,粗糙笨重犹如文物般的家具,望着老奶奶独自舀上一小碗稀汤到小屋里吃的情景,大家不禁百感交集。

让我魂牵梦绕的故乡人!

在这片黑黝黝的土地上,难释怀恩师教诲伴我成长。昨夜入梦,又梦到初中时的班主任辛老师了。好久不见辛老师了,但辛老师的举手投足、音容笑貌却一直清晰地印在我的脑海里,永远不能抹去。辛老师是我终生的老师,但在我心里她更像是一位慈母。我一向不善言辞和交际,毕业后很少到辛老师家去,十几年前偶去一次,虽二十年不见,辛老师却能一口喊出我的名字,直让我感动不已。

20世纪80年代,我在新城镇中学读书,辛老师担任我们班的班主任,兼教两个班的语文。我是语文科代表,自然接触辛老师多一些。辛老师待我就像对自己的孩子。当时由于各方面条件不好,我经常生病。记得有一次头疼得厉害,辛老师推着自行车把我送到诊所,自己掏钱给我买了药品,亲自把开水端到班里,还回家炒了两个热腾腾的菜送到我的课桌上,自己都顾不上吃饭。现在想来我心里仍然热乎乎的。我至今也很感激辛老师对我的信任。其时,她兼任县里的教研员,一次县教育局语文教研室委托她出期中考试题目,正巧她的手受伤了,就让我到家里帮她抄写试题。记得那天恰逢清明节,辛老师煮了很多鸡蛋让我吃,还留我在家里吃了饭。现在看来这好像算不得什么,可当时在一个学生的眼里却是多么值得自豪的事情啊!辛老师为人宽厚,说话办事非常讲究技巧,特别是一次给我留面子的事,让我终生都不能忘记。我当时是班里有名的瞌睡虫,不管哪位老师讲课,我照例呼呼大睡。前几年还与几位旧时同学谈及此事,皆言你那时肚子里全是一些白菜、菠菜、生菜和土豆之类,没有什么肉和油水。身体里既然没有一丁点儿能"靠得住的东西",怎么会有精力一直坚持听老师讲课呢。听罢哈哈一笑,觉得颇有道理,也不知是真是假。清楚地记起有一次是辛老师的课,她正引导着同学们用"光明磊落"一词造句,我却忍不住又"磕"起头来。半睡半醒之间突然听见老师说了一句:"于光杰同学做事光明磊落。"猛地一个愣怔,原来是辛老师给同学造了一个示例句,我即刻清醒过来,羞愧不堪。辛老师"一箭三雕",既为同学们做了示范,又巧妙地给我留足了"面子",同时很好地达到了教育我的目的,让我的心里洒满了阳光雨露。这让我想起了汉乐府《长歌行》里的句子:"青青园中葵,朝露待日晞。阳春布德泽,万物生光辉。"

有次春节回家,打听辛老师的消息,得知她前几年已正式退休,举家到济南定居了。节后又遇旧时同学,得到辛老师的电话号码,本想问候一下恩师近况的,打过去竟是空号,心中不禁怅然。许多同学说我是辛老师的得意门生,倘若辛老师能够看到这个短文,我想她一定会感到欣慰的。

一管而窥之,辛老师既是一个人,其实也是一群人,是我恩师们的群像。

让我魂牵梦绕的恩师!

在这片黑黝黝的土地上,砥砺着我的坚韧我的自强。"一把瓦刀天下闯,养儿养女养爹娘。"桓台是建筑之乡,青春年少的我,竟也有一段难以忘怀的当建筑工人的深刻记忆。十六岁的夏天，接到了高中录取通知。高兴之余掰着手指一算，到开学还有一个半月呢，于是筹划着暑假里要干点什么事情。便托熟人谋到一份建筑公司小工的工作。回想起来，刚好不算是童工呢！上班第一天，我就领略了其中的滋味。那天气温倒不是很高，记得只有三十二三度，却闷热得很，地上没有一丁点儿风，骑车行驶在路上的时候T恤就全部湿透，紧紧地贴在皮肤上，屁股与车座挨着的地方自是更不必说。工地上的大黄狗躲藏在还未建成的大楼的背阴处，呼哧呼哧地伸着舌头喘粗气，哪里有工夫理会谁偷了什么东西。我不得不极不情愿地像别人一样脱下T恤光着膀子，艰难地推起装满砖块、沙子、水泥或者混凝土的手推车，迈开沉重的脚步，小心翼翼地从杂物满地、泥泞不堪又高洼不平的"水泥路"上或者如履薄冰地从仅有二三十厘米宽的木板上推进，运到大工师傅那里。偷懒是不敢的，一来怕被工头发现扣工资，二来怕年纪轻轻的留下一个不好的名声，三来大工师傅的活儿是计件的，耽误了他的事轻则一顿呵斥，重则骂骂咧咧，甚至会挨到重重的一记耳刮子。那时在工地上小工挨打受骂都是常有的事儿。

从早晨六点上工到十二点，单单一个上午就要不停歇地忙活六个小时，下午一点半开始到七点结束，一天将近十二个小时的工作时间，如果遇到赶工期通常还要再干两三个小时。脸上、背上和胸膛上的汗水像小溪一样哗哗地流淌，汗流如注。身上晒曝皮更是司空见惯，那时已经深刻地体会到课文里所写的"天就像下了火"究竟是什么意思了。晚上躺下，身上酸疼酸疼的，胸前和背上的痱子又痒又刺，浑身的骨头早已散了架，闭上眼睛时真想第二天不干了。每天散工回来，我根本没有胃口吃饭，通常一头倒下便呼呼大睡。半夜醒来，考虑到明天还要上工，便强迫自己草草扒拉几口了事。母亲心疼地说：咱不干了吧！我又何尝不想。可是，找个活儿做点事情是我坚持的，这份工作也是人家好不容易才帮我找到的，怎么能说不去就不去呢？开弓没有回头箭啊！就这样我咬牙坚持在工地上干了十二天半，直到家里有事我不得不回去。按照当初的协议，一天六块钱的工资，工头给了七十五块钱，那时的工头还是比较诚信的。现在虽然觉得不多，但当时在我看来已经是不小的一笔收入，大概也是那个暑假里我最大的收获了。

在农村时其实类似的经历很多很多，一次次地磨砺着我，练就了我自强不息、吃苦耐劳和不屈不挠的秉性。尔今，每当看到建筑工地上那些汗流浃背、吃住简陋的小工时，周围的人的眼睛里总流露出不屑、蔑视甚至是厌恶，而在我心底深处却总有一种无可奈何的同情与怜悯。毕竟，我在工地做过小工。

让我魂牵梦绕的青春！

在这片黑黝黝的土地上，激荡着我青春的梦和理想。长大后当一名作家或者记者，是我年少时梦寐以求的愿望。我喜欢读书与写作，爬格子时的愉悦是局外人所永远也不能体验到的。记得在新城联中读书的时候，班里一名默默无闻的同学在放学的路上捡到一个鼓囊囊的皮包，打开一看，里面竟有厚厚的一沓崭新的"大团结"。同学义无反顾地交到了学校办公室，因此引来了一家报社的记者。记者又是座谈又是拍照，使得我那位同学着实风光了一阵子。同学们只是羡慕，从此以后眼睛大都在上学放学路上到处搜寻着什么。唯独我，当时突然萌发了一个念头：长大后我要成为一名作家或者记者！现在回想起来，大概是记者的文化人的风度深深地吸引了我。自那时起，读报时我开始注意起了消息的导语、通讯的标题、散文的技巧、小说的结构……还攒钱订阅了《新闻与写作》月刊，每收到一期便如饥似渴地从头到尾，读一遍又一遍。倘若比预计时间晚送来几天，心里就火急火燎，如同热恋中的男女一日不见如隔三秋。一篇篇涂鸦之作也频频飞到编辑们的案头，令人失望的是篇篇如石沉大海。当年的我却已有了"套上七十二匹马也拉不回来"的劲头。我买邮票信封的钱还是瞒着父母从伙食费里节省出来的。馒头咸菜伴我初中毕业，又恋恋不舍地追随我读完了高中。直到高三，村里的支书为救一普通村民舍生忘死五次下机井，感人至深，我听说后马上赶赴现场，迅速铺开了稿纸。十几天后《淄博日报》刊用了我的稿子。当作家或记者的愿望随着我写作激情地愈演愈烈变得更加坚定起来。读初中时偏文轻理，读高中便义无反顾地选择了文科，高考时被师专中文系录取，有机会学习新闻理论，让我倍感兴奋的是，经常写稿的我在入学第二学期便被《淄博师专报》聘为学生记者,从此,我发稿时都自豪地在名字前面冠以"学生记者"的称谓,并足足过了一年多的"记者瘾"。青春的梦想,其实对我的人生益处良多,影响很大,而且会一直到我生命的尽头。

列夫·托尔斯泰说,理想就像鸟儿的翅膀,没有了理想,就像鸟儿折断了翅膀,再也不能飞翔。

理想对于一个人来讲,就像河流对于奔腾的方向,鸟儿对于天空的向往。我的梦想源于我深深眷恋的故乡,因为这里是我的人生之梦起航的地方。

让我魂牵梦绕的理想!

"为什么我的眼里常含泪水?因为我对这片土地爱得深沉……"

读《"神韵说"与"意真说"的碰撞》

——于光杰先生之印象

贵阳　刘育源

　　于光杰先生寄来一本《爱在博山》,收到后就想拜读,因为诸多原因迟迟没看,这些天诸多琐碎事终于有了结果,即使没有也不想再投入更多时间和精力,一下就有了空闲时间,于是拿出于君寄来的书,将其写的一篇《"神韵说"与"意真说"的碰撞》一口气就看完了,很过瘾。可以说是近年来看过的不可多得的好文章。一是于君光杰先生的学问,确实有值得敬佩的地方,二是这篇文章功底很扎实,非以华美文辞去撩拨人,看得出于君为了这篇仅仅几千字的文章,呕心沥血不知道查阅了多少书籍资料,言简意赅,字字珠玉,将两位清朝淄博大神级人物王渔洋和赵执信研究得入骨三分。文如其人,在这个浮躁的社会还有如此耐得住寂寞的人,从于君做文章的态度足以窥视其做人和做事的风格,写出这样扬葩振藻且生命永恒的文章,由衷感叹要看就应该看这样的文章。

　　淄博历史悠久,是中华文明的发源地,也是齐文化的发祥地。

　　我说于君对于淄博历史、文化,尤其是对华夏文明影响深远的人物和值得探究的地方可谓是勤耕细作,不得不说有值得学习的地方,是因为我知道,中国文化博大精深,山东人杰地灵,人才辈出,从古至今出现了数不胜数对中华文明产生推动作用的人物,古为今用,我们研究他们就想更好地将民族文化传承和发扬光大。于君就是当今无数传承者之一。春夏秋冬甘于伏案也不是寻常人能学得了的。

　　对于王士祯的认知我是孤陋寡闻的,只知道那首《题秋江独钓图》:

"一蓑一笠一扁舟，一丈丝纶一寸钩。一曲高歌一樽酒，一人独钓一江秋。"现在看来，学无止境，于君治学而言确实取得令人仰望骄人的成就。

我的印象中，中国的古典学问或者先贤的研究上，光有积学邃密是不行的，还应当雅好博文，才能文思如涌，出神入化，新意迭见。看了于君的文章，才知道何为正本溯源的学问，学问到了一定高的境界，跟猜谜差不了多少，先得要想到那儿，才能"求证"到那儿，想都想不到，底子再厚实，都是白搭。把学问做得"如涌"起来，才是真正会做学问的。于君的治学经历，又一次印证了我的这个新认知。

这样说并不完全，应当说，于君的治学经历，使我对治学之道，有了更深一层的体味。要在一门学问，尤其是像研究先贤一类枯燥乏味的"绝学"上，汲取大成就，体现这几个方面的心得；首先是禀赋，其次是博阅，再次是省思，最后是神悟。以于君而论，"齐鲁大地生长的人，对治学似乎有某种天赋，古往今来，山东出了许多文化大学家"，这能说不是一种特殊的天赋吗？至于博阅，山东文人墨客那么多人，偏偏于君不知在何处受何人面授"机宜"，有一点可以肯定，就是日积月累，博闻强记，谓之博阅和省思，方得所成。

最能体现于君研精覃思，博考经籍的深厚底蕴，花了多少年心思我确实是无法揣测，可能几年，也可能是十几年，我始终认为应该用几十年光阴都耕耘在书山文海里。如同禅悟，也可以说是一种神悟。不过，我所说的神悟，还不是这个，而是一种近似通感的能力，也即是前面说的"雅好博文，方能文思如涌"。于君微信朋友圈发的文章，看得出是学问中人，也是才学之士。唯有致力于有这样的雅兴，做起学问才会"神韵"，也才会"参透悟于心"。而后一种乃做学问的大境界，也是成业的至关重要的关键点。遗憾的是，能拥有如此成就的人并不多，这也就是为什么睿智聪慧的人很多，然而有真才学的人稀缺，而真正有大建树的人更是凤毛麟角。

再说于君这篇文章的文风笔调。如蚕茧抽丝，将淄博清中期的两位清流人物研究得入木三分。文章将人物、事件、治学著述等等引经论点，总是让事实来说话，让别人来说话，自己却是那样克制，那样谦抑。大有水到渠成，呼之欲出。

　　记录先贤,至关重要的是谨言笃行,传奇或者戏说都是轻浮的体现,从这一点看,《"神韵说"与"意真说"的碰撞》是一篇成功的文章,成功之处就是将两位先贤客观地呈现在我们面前,遵循事实,尊重历史,于君:犹如蛰伏在沙漠中雄鹰,扇动翅膀,厚积薄发只等风来。

2018 年 12 月 20 日星期四夜

凡是过往皆为序章(后记)

于光杰

随着年龄的增长,对我的故乡,对桓台的乡贤,对我的祖辈,对我的父母,对我的恩师,对美好的童年时代,对难忘的求学时光,对青春韶华的梦想,对我曾经的过往,真的如同昨日一般,历历出现在我的梦中,轻轻走到我的眼前。

我是一个爱好读书、爱好写作的人,但是书读得不多不精,虽涉猎较为广泛,但离细读、深读、精读尚有遥远的距离,基本上是水过地皮也不湿。对于写作坚持得也不怎么好,虽起步相对较早,但常常是断断续续,内容上不仅过于肤浅,况且大致类似记流水账,根本谈不上文学性、思想性,其实就是业余爱好吧。倘若读者朋友能够从中受到启发,我也就不枉出版这个集子了。

关于记录桓台诸位先贤的文章中描述的一些内容,并非我自己的研究,大部分是借鉴了王渔洋文化研究保护中心的研究成果,其他的有的是借鉴了桓台历史上出版的书籍资料,有的是借鉴了一些民间故事传说,有的甚至是借鉴了网络上的一些文章,特别是网络上一些学者的说法,读来觉得也颇有道理,实在是因为自己学浅才疏,有的地方不好甄别,有的地方虽与主流研究的意见相左,但却比较符合我的观点,便借用了其中的一些内容,并没有进行深入的研究和深层次的考证,因此疏漏谬误之处肯定在所难免,所以恳请诸位方家与广大读者朋友们批评指正。对于以上借鉴的内容,本人只是用散文随笔的形式表现出来而已。在此,我对原作者、编者表示衷心的、诚挚的感谢,算作是共同对宣传桓台,宣传桓台的历史文化尽了一分力量吧。

关于这个集子的名字也是一波三折，最初我拟的名字《朝露待日晞》，是借鉴汉乐府《长歌行》中的诗句，嗣后正在读初中的女儿芮卿认为该名太过诗性化，而且不太好懂，建议改为《新城旧事》，"新"与"旧"姑且对应，此新城非彼"新"城，觉得不错遂改之。再后来王渔洋文化研究保护中心魏恒远老师说新城历史上曾有一部《新城旧事》，对新城县古代先贤和著名的历史事件皆有记载。"旧事，逸史也……编纂两年，为《新城旧事》若干卷，风土、人物，大略具此矣"，经查阅资料方知为明万历举人山西监军道按察司佥事郑独复著。方觉我的散文结集如亦用此名，则有辱于先贤郑知县，自己的粗陋之文涂鸦之作哪能与《新城旧事》相提并论，如此甚为不妥。正巧贵州刘育源先生写了一篇有关于我的文章，里面提到了王渔洋的《题秋江独钓图》，读后不禁眼前一亮，感觉这首诗的意境倒是非常符合我的心境，遂用《一蓑一笠一扁舟》作了书名。

与这个集子的名字有关的是，前几年拿不定主意时，我求了原淄博军分区司令员、书法家刘春国先生的两幅作品，作为书名待用。刘司令非常豪爽，又平易近人，丝毫没有大校军官的架子。他行事果断，性情刚毅，眉宇间透露着果毅睿智，虽退出行伍之列，但军人风采依旧。他提掖后学晚辈，不但爽快地答应为我题写书名，而且经常揣摩练习，唯恐辜负了我的重托。一幅是《朝露待日晞》，一幅是《新城旧事》。如今书名又易，觉得很是对不住刘司令，就把这两幅作品作了两篇代表性文章的插图。前段时间将其中详情在电话中向刘司令作了解释，想再求一幅"一蓑一笠一扁舟"的书法作品作为这个集子的名字，没想到他竟然非常痛快地答应了下来，让我甚是感叹。

再就是淄博市文联副主席、淄博晚报副总编辑兼诗人、作家的郝永勃先生，在我读书写作的道路上常常给我以鼓励，不断给我以鞭策，陆续给我以指导，一直对我以关注，使我对于写作有了较好地坚持。特别是每当我思想蒙尘、心灰意懒的时候，关键时刻他就像金庸笔下的神秘侠客，总能挽狂澜于既倒，扶大厦之将倾。1998年倘若到报社工作，正好是在先生的麾下，可我永远地失去这个难得的机会了。但是这些年来永勃老师一直没有放弃我,他与我不时地保持了密切的联系,这就是我今生今世的幸运了。这次又鼓励我结集出版,还亲自给我作了序文。

最后感谢王渔洋文化研究保护中心副主任,也是我的老同学陈艳华女士,在结集出版前给我提供了很多的帮助。

这个集子把我近些年来特别是 2016 年以后,在《时代文学》《淄博日报》《淄博晚报》《鲁中晨报》等报纸杂志发表过的一些散文和刚写不久的一些随笔集在了一起,虽不能代表全部,但也算是对我以前散文写作的一个阶段性的总结了。

凡是过往,皆为序章。

凡是过往皆为序章(后记)